Rüdiger Schneider
Michael Gentz

Intelligent Office

Rüdiger Schneider
Michael Gentz

Intelligent Office

Zukunftssichere Bürogebäude durch ganzheitliche Nutzungskonzepte

mit 114 Abbildungen

Rüdiger Schneider
Dipl.-Ing. Architekt Diplom-Exportwirt (EA),
Fraunhofer-Institut für Arbeitswirtschaft und Organisation IAO, Stuttgart

Michael Gentz
Dipl.-Ing. arch., London

Rudolf Müller

Die Deutsche Bibliothek – CIP-Einheitsaufnahme

Schneider, Rüdiger:
Intelligent Office : Zukunftssichere Bürogebäude durch ganzheitliche Nutzungskonzepte /
Rüdiger Schneider ; Michael Gentz. –
Köln : R. Müller, 1997

ISBN 3-481-01235-7

ISBN 3-481-01235-7

Umschlaggestaltung: Grafik Design Patrizia Obst, Köln
Lektorat: Anne Fries. Das Lektorat, Bonn
Satz: Satzstudio Widdig, Köln
Druck: Hellendoorn Druckerei und Verlag, Bad Bentheim
Printed in Germany

Das vorliegende Buch wurde auf umweltfreundlichem Papier
aus chlorfrei gebleichtem Zellstoff gedruckt.

Vorwort

Ein Weg zu besseren Bürogebäuden

Bei der Betrachtung von Bürogebäuden aus der Sicht der Arbeitswissenschaft frage ich mich häufig: Wieso wird so viel Wert auf die nach außen sichtbaren Merkmale gelegt, während die inneren Qualitäten des Gebäudes häufig dem Zufall überlassen bleiben. Die Leerstände auf dem Immobilienmarkt sprechen inzwischen ihre eigene Sprache. Gebäude, die nur von ihrem äußeren Eindruck leben, finden oft nur unter großen Preisnachlässen einen neuen Nutzer.

Es ist notwendig, sich weg von dem flächenbezogenen Denken hin zu den Qualitätsmerkmalen zu orientieren, die für den Nutzer immer mehr im Mittelpunkt stehen. Es genügt nicht, sich beim Thema Büro ausschließlich an den relativ leicht erfaßbaren Hard facts, wie sie durch das Gebäude repräsentiert werden, zu orientieren. Die Soft facts, die vor allem mit dem Menschen und den dazugehörigen Nutzungsprozessen verbunden sind, sind weniger transparent und werden oft nicht berücksichtigt. Die eigentliche Wertschöpfung im Büro basiert jedoch im wesentlichen auf den Nutzungsprozessen. Das Gebäude hat hierfür nur eine unterstützende Funktion. Zwischen den Nutzern, die immer mobiler werden, und dem per se immobilen Gebäude entsteht ein weites Spannungsfeld.

Defizite in der Betrachtungsweise führen häufig dazu, daß die gebäudebezogenen Kenndaten zu Lasten der Nutzungsprozesse optimiert werden. Die Leistungsfähigkeit des Gesamtsystems Büro, das aus der Nutzung und dem Gebäude besteht, vermindert sich. Die Folgen für das Gesamtsystem, die durch eine Veränderung in einem Teilbereich entstehen, können nur durch eine ganzheitliche Sichtweise erfaßt werden. Die Bürobetreiber sind sich dieser Zusammenhänge bewußt und wählen ihre Bürogebäude auf der Basis der für sie wichtigen Nutzungsaspekte aus.

Das vorliegende Buch »Intelligent Office« liefert eine umfassende Charakterisierung für das Gesamtsystem Büronutzung und Gebäude. Die Erläuterung der verschiedenen Standpunkte in bezug auf das Gesamtsystem trägt zur Identifizierung der eigenen Position bei und fördert das Verständnis für die Interessen der anderen Projektbeteiligten.

Um den Umgang mit den aktuellen Begriffen zu erleichtern, werden sie ausführlich erklärt und, wenn möglich, aus der Historie hergeleitet.

Mit seinem Schwerpunkt auf der Sichtweise »von innen heraus« trägt es dazu bei, die Anforderungen des Nutzers zu erfassen, zu sichern und zu erfüllen. Gerade die nutzerbezogenen Anforderungen unterliegen zur Zeit Veränderungen, deren Konsequenzen auf das Bürogebäude bisher nicht umfassend beschrieben wurden. Stichworte hierfür sind unter anderem Lean Management, Desk-Sharing, alternierende Telearbeit oder fraktales Büro. All diesen Konzepten ist gemeinsam, daß die Wertschöpfungsprozesse im Büro und die damit verbundenen Aspekte im Mittelpunkt stehen. Es muß nun untersucht werden, wie diese Aspekte durch die Gestaltung von Organisation, Technik, Mitarbeiterqualifikation und Gebäude unterstützt werden können. Vor dem Hintergrund der schnellen Veränderungen genügt es nicht, einen Ist-Zustand abzubilden. Die zukünftigen Organisationskonzepte und die einzusetzenden Informations- und Kommunikationstechnologien müssen vielmehr bereits heute in die Planung der Gebäude eingehen.

Die Autoren beabsichtigen nicht, ein generelles Lösungsschema zu entwickeln, das für alle Anwendungszwecke geeignet ist. Das Anliegen dieses Buches ist vielmehr die Sensibilisierung und die Gewichtung der Vielzahl der Aspekte rund um das Thema Büro.

In diesem Sinne liefert das Buch allen, die am Thema Büro beteiligt sind, wertvolle und zukunftsweisende Anregungen.

Stuttgart, im Mai 1997

Hans-Jörg Bullinger
Univ.-Prof. Dr.-Ing. habil. Prof. e. h. Dr. h. c.

Vorwort der Autoren

Wer sich mit dem Thema Büroplanung beschäftigt, muß schnell feststellen, daß es hierfür im Gegensatz zur Fabrikplanung keinen umfassenden Planungsansatz gibt. Ein Büro reduziert sich für viele Investoren und Bürobetreiber auf die Formel »Fläche pro Arbeitsplatz × Anzahl der Arbeitsplätze« – und alles, wenn möglich, in einem optisch ansprechenden Gebäude. Das Büro als die Produktionsstätte der Informationen muß unter dieser eingeschränkten Sichtweise leiden.

Ziel der vorliegenden Arbeit ist es, Anregungen für einen ganzheitlichen nutzerorientierten Lösungsansatz bei Büroprojekten zu bieten, der die veränderten Randbedingungen berücksichtigt. Die Arbeit entstand aus den Erfahrungen, die wir bei Planungsprojekten gesammelt haben, und aus zahlreichen Diskussionen mit Planern, Investoren, Organisatoren, EDV-Spezialisten, Bauherren und anderen Projektbeteiligten.

Um der Breite des Themas gerecht zu werden, haben wir auf die Vertiefung einzelner Themen bewußt verzichtet. Spezialliteratur zu den einzelnen Themen kann bei Bedarf herangezogen werden. Vor dem Hintergrund der schnellen Entwicklung in manchen Bereichen muß dieses Buch als eine Momentaufnahme gesehen werden und kontinuierlich fortgeschrieben werden.

Rüdiger Schneider
Michael Gentz

Stuttgart, London, im Mai 1997

Danksagung

Ohne die große Unterstützung der unten genannten Personen bzw. Unternehmen wäre diese Arbeit in der vorliegenden Form nicht realisierbar gewesen. Die Autoren möchten an dieser Stelle für die Gespräche, Anregungen, kritischen Fragen, die Vermittlung von Objektbesichtigungen und das Bildmaterial danken. Die Organisationen bzw. Institutionen bei den Namen entsprechen denen zum Zeitpunkt des Kontaktes zwischen den Gesprächspartnern und den Autoren:

W. Bauer, Fraunhofer IAO, Stuttgart; A. Buschmann, Krupp-Wärmetechnik, Essen; P. Flaig, IBM Deutschland GmbH, Sindelfingen; H.-P. Fröschle, Fraunhofer IAO, Stuttgart; F. Gaugler, Landesgirokasse Stuttgart; Gartner, Gundolfing; R. Hehn, Helmut Fischer, Talheim; P. Hindelang, Spedition Hindelang, Wörnitz; K. Hirschfelder, DEC International, Stuttgart; Dr. F. W. Hofmann, Bankhaus Ellwanger & Geiger, Stuttgart; F. Horst, Lufthansa AG, Frankfurt am Main; A. Kergaßner, Architekturbüro Kaufmann und Theilig, Stuttgart; F. Krämer, Bankhaus Ellwanger & Geiger, Stuttgart; H. K. Kuhn, IBM Deutschland GmbH, Sindelfingen; B. Lutz, Architekturbüro Kammer + Belz, Kucher und Partner, Stuttgart; K. Ottenberg, IBM Deutschland GmbH, Sindelfingen; Dr. E. Schaur, Institut für leichte Flächentragwerke, Universität Stuttgart; P. J. Schmenger, IBM Deutschland GmbH, Sindelfingen; L. Seeburger, Freie Planungsgruppe 7, Stuttgart; A. Seyfarth, Technodata, Renningen; Siemens, Antriebs-, Schalt- und Installationstechnik, Traunreut; K. Stiegler, IBM Deutschland GmbH, Essen; A. Vischer, DEC Europe, Genf; Ian Lambot, London.

Inhaltsverzeichnis

Teil I
Begriff und Geschichte

Teil I

Begriff und Geschichte

Teil I
Begriff und Geschichte

1 Das Büro im Zentrum der Veränderungen – warum ein neues Verständnis für das Bürogebäude notwendig ist

TIME-Technologien

Im ausgehenden 20. Jahrhundert gibt es in den industrialisierten Gesellschaften einen eindeutigen Trend zur Dienstleistungs- und Informationsgesellschaft. Dabei steigt die Zahl der Büroarbeitsplätze an. In der Bundesrepublik Deutschland arbeiten heute über 20 Mio. Menschen in Büros. Das entspricht ca. der Hälfte aller Arbeitnehmer. Die Bedeutung der Dienstleistung wird weiter steigen. Insbesondere im Bereich der TIME-Technologien (TIME = Telekommunikation, Informationstechniken, Medien und Elektronik) werden neue Arbeitsplätze entstehen, während in den traditionellen Bereichen wie Automobil- und Maschinenbau kein Wachstum stattfinden wird [Bullinger 1997].

Globalisierung contra Sparmaßnahmen?

Durch die zunehmende Globalisierung der Wirtschaft und die verschärften Wettbewerbsbedingungen sind Unternehmen einem dauernden Kostendruck ausgesetzt, der sie ständig zwingt, nach Einsparmöglichkeiten zu suchen. Obwohl im letzten Jahrzehnt in der Produktion neue und wirtschaftlichere computergesteuerte Fertigungstechniken und Arbeitsorganisationen eingeführt wurden, hat sich wenig an den Abläufen im Büro verändert. Mehr und mehr erkennt man jedoch das im Büro verborgene Produktivitäts- und Einsparpotential.

Ganzheitliche Sichtweise

Die Kenntnis um die verdeckten Kosten der Verwaltung, die sich in anderen Bereichen auswirken, führt zu einer ganzheitlicheren Sichtweise. In der Beurteilung von Büroflächen weichen reine Flächenvergleiche Überlegungen nach optimaler Büroorganisation, Unternehmenskultur, Mitarbeiterführung nach optimalen Managementtheorien.

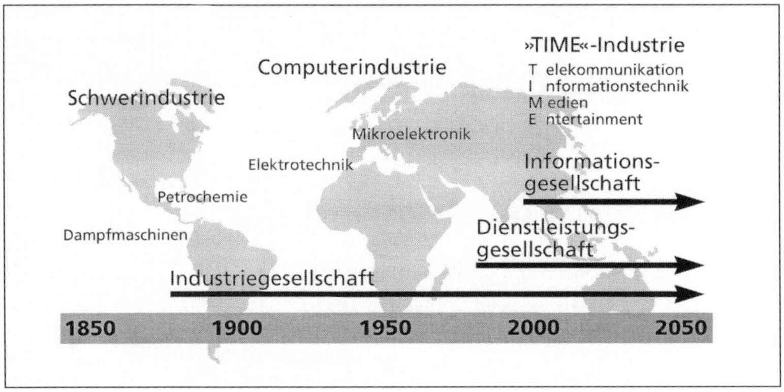

Abb. 1: Technologieentwicklung und Wachstumsphasen der Industrie (nach Fraunhofer IAO)

Kürzere Produktlebenszyklen

Die Vielzahl der Produktentwicklungen und die Kürze der Produktlebenszyklen verändern die technischen Rahmenbedingungen von Bürogebäuden. Gleichzeitig mit der Miniaturisierung der Mikroelektronik werden neue Geräte zur Informationsverarbeitung entwickelt.

Büro ist überall möglich!

Die Mitarbeiter sind weniger stark an das Büro gebunden, da Informationen, das eigentliche Produkt des Büros, an jedem Ort und zu jeder Zeit verfügbar sind. Büro ist überall möglich! Der klassische Arbeitsplatz löst sich auf. Nach Voraussagen von Soziologen werden beide Trends in Zukunft zu gesellschaftlichen Veränderungen führen [Geberzahn]. Das Büro wird immer mehr durch den Prozeß anstatt durch Ort und Gebäude repräsentiert werden.

Leerstände

Bereits heute deutet sich dieser Umbruch in der Nachfrage nach Bürogebäuden an. Zum einen bestehen schon jetzt erhebliche Leerstandsraten, die in Zukunft durch die momentan im Bau befindlichen Objekte weiter ansteigen. Zum anderen verändert sich auch die Qualität der Nachfrage. Das Büro ist nicht mehr das statische System, das es bisher darstellte, sondern vielmehr ein hochaktives System, das sich permanent verändert.

Volkswirtschaftliche Dimension

Die Beschäftigung mit dem Thema Büro und Bürogebäude ist sowohl aus gesellschaftlichen als auch aus wirtschaftlichen Gründen notwendig. Die vorhandenen Immobilien sowie die jährlichen Neuinvestitionen stellen ein enormes finanzielles Volumen dar, das zukunftssicher investiert werden sollte. Das Gebäude mit seiner Infrastruktur verkörpert für ein Unternehmen den baulichen Rahmen, in dem die Mitarbeiter die notwendige Arbeit verrichten können, um das Unternehmensziel zu erreichen.

Ort der Tätigkeit
Ein Büro ist definiert durch seine Arbeitsmittel, seine Ausstattung und seinen Raum.

Prozeß der Informationsverarbeitung
Im Büro werden Informationen produziert, gesammelt, bearbeitet und kommuniziert.

- Büro steht für beides: Ort und Prozeß.
- Büro kann überall sein: im Auto, im Hotel, auf der Veranda, im Bürogebäude, ...
- Entscheidend sind die Prozesse im Büro.

Abb. 2: Büro – Ort oder Prozeß? (nach Fraunhofer IAO)

Büroprojekt als komplexe Planungsaufgabe

Der Begriff Büroprojekt ist nicht auf den Bau- oder Umbau eines Bürogebäudes beschränkt. Er beinhaltet ebenso organisatorische oder technische Veränderungen im Büro.

Unternehmen und Architekten sind gleichermaßen auf der Suche nach Gebäudekonzepten, die den zukünftigen Anforderungen gerecht werden können. Die Schwierigkeiten bestehen darin, die komplexen Zusammenhänge und die zugrundeliegenden Kostenstrukturen zu erkennen. Dazu kommen mögliche Kommunikationsprobleme der einzelnen Planungsbeteiligten, die alle eine unterschiedliche Sprache sprechen und verschiedene Interessen verfolgen können.

Nutzungsprozesse

Die Fachliteratur sorgt für eine Informationsflut, die zahlreiche vermeintlich wirkungsvolle Konzepte präsentiert. Die Zielgruppen der Literatur sind in der Regel entweder die Bauplaner, die das Gebäude erstellen, oder die Organisationsplaner, die sich mit den Nutzungsprozessen beschäftigen. Diese getrennte Ansprache von Projektbeteiligten, deren Beitrag für ein erfolgreiches Büroprojekt notwendig ist, setzt sich im Planungsalltag häufig fort.

Intelligent Buildings

Beispielsweise werden »Intelligent Buildings« seit fast drei Jahrzehnten in der Bauliteratur als ein Lösungsvorschlag für Bürogebäude genannt, während sie in der betriebswirtschaftlichen Literatur keine Rolle spielen. Es muß hinterfragt werden, ob solche Vorschläge die Erwartungen erfüllt haben und ob sie auch für die Zukunft ein Lösungskonzept darstellen.

Anforderungen des Nutzers

Die Nutzungsmöglichkeiten und damit der Erfolg eines Büroprojektes hängen vom Verhältnis zwischen Gebäude und Unternehmen bzw. Nutzer ab. Die zentrale Fragestellung ist, wie weit das Gebäude in der Lage ist, die Anforderungen der Nutzer zu erfüllen und sich deren Bedürfnissen anzupassen.

2 Das Bürogebäude im Spannungsfeld der verschiedenen Betrachtungsebenen

Die Betrachtung des Bürogebäudes ist abhängig von der eigenen Rolle. Je nachdem, ob man Nutzer, Eigentümer, Investor oder die Baubehörde ist, stehen Nutzwert, Ertragswert oder Imagewert eines Büroprojekts im Vordergrund [DEGW]. Die einzelnen Werte ergänzen sich nicht immer, sondern können zueinander im Widerspruch stehen. Jeder Wert birgt ein Spannungsfeld verschiedener Faktoren. Eine zukunftsorientierte Lösung kann nur gefunden werden, wenn alle drei Werte angemessen berücksichtigt werden. Der Investor muß den Gebäudetyp entwickeln, der auf dem Markt einen Interessenten findet. Die Vorteile eines Gebäudes müssen vom Nutzer verstanden werden, sonst ist er nicht bereit, dem Investor eine entsprechende Prämie in Form der Miete oder des Kaufpreises zu zahlen. Die Baubehörde hat das Interesse, daß das Allgemeinwohl durch das Büroprojekt gefördert wird.

2.1 Nutzwert

Mitarbeiter

Der Nutzwert wird durch die Qualitäten dargestellt, die für den Nutzer zur Erfüllung seiner Anforderungen notwendig sind. Die Bedeutung dieser Anforderungen läßt sich daran messen, wieviel Geld der Nutzer für ihre Erfüllung zahlen will. Der Nutzer besteht zum einen aus dem Unternehmen und zum anderen aus dessen Mitarbeitern. Je größer der Nutzwert ist, desto besser sind die Marktchancen des Objektes.

2.1.1 Nutzungsart

Nutzungsart

Die Nutzungsart eines Gebäudes ist in Deutschland im Bebauungsplan festgeschrieben. Sie wird mit dem Bauantrag für das Gebäude verbindlich definiert. Eine Nutzungsänderung aufgrund veränderter wirtschaftlicher oder sozialer Rahmenbedingungen bedarf der Zustimmung der Baurechtsbehörde.

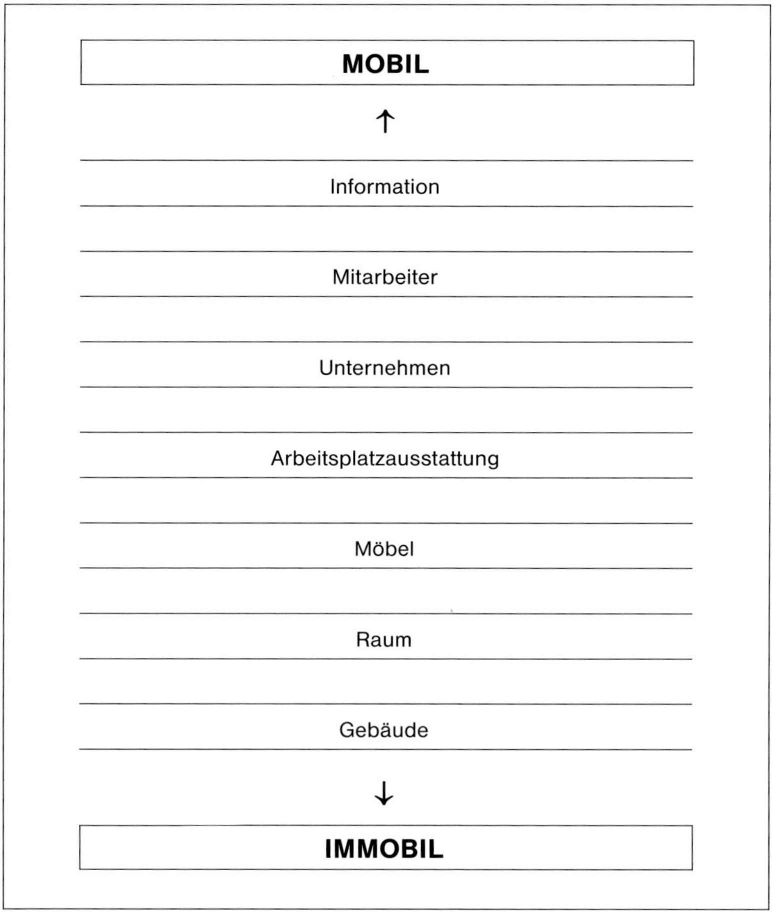

Abb. 3: Mobil – Immobil

Veränderungsprozesse im Büro

Die Nutzung Büro befindet sich durch die Veränderungen in der Organisation und der Informations- und Kommunikationstechnologie in einem starken Veränderungsprozeß. Während das Büro früher statisch war, entwickelt es sich jetzt zu einem lebendigen Organismus, der seine Anforderungen an die Fläche, Raumzuschnitte und Ausstattung permanent ändert. Die Produkte des Büros, Information und Wissen, sind immateriell und an keinen Ort gebunden. Innerhalb des Gebäudes muß mit flexiblen Systemen auf diese Veränderungen reagiert werden können.

Spannungsfeld mobil – immobil

Das Gebäude bleibt als Immobilie vorhanden und ist untrennbar mit dem Ort verbunden. Ganz im Gegensatz dazu sind Informationen überhaupt nicht mehr an den Ort gebunden. Alle anderen Faktoren nehmen eine Zwischenstellung ein. Je mobiler sie sind, um so einfacher ist es für ein Unternehmen, sich auf veränderte Anforderungen einzustellen.

Infrastruktur am Standort

Für den Standort spielt die Infrastruktur, in die er eingebunden ist, eine wichtige Rolle. Wenn das Gebäude nicht mit öffentlichen Verkehrsmitteln erreicht werden kann, müssen ausreichend Parkmöglichkeiten zur Verfügung stehen.

Overheadkosten

Die Unternehmen erwarten heute nicht mehr nur, eine Fläche zur Verfügung gestellt zu bekommen. Büroflächen müssen ihren Beitrag zur Kostensenkung im Unternehmen leisten. Das Büro ist für sie nicht nur ein fester Overheadkostenblock. Sie versuchen auch hier die Produktivität zu steigern und den finanziellen Aufwand zu minimieren. Sie sind daran interessiert, die Nebenkosten, die neben Miete, Leasinggebühren oder Abschreibungen anfallen, detailliert zu erfassen. Auf dieser Basis können sie Maßnahmen zur Verbesserung der Kostensituation ergreifen.

Serviceangebote können zur Reduzierung dieser Kosten beitragen. Die Anbieter der Leistungen können diese auf einer professionellen Basis erbringen und stehen im Wettbewerb mit anderen Anbietern.

2.1.2 Mitarbeiter

Corporate Culture

Die Mitarbeiter werden durch ihre Arbeit in das Unternehmen eingebunden. Sie können dabei bewußt oder unbewußt starken gemeinsamen Regeln unterworfen sein, einer sogenannten »Corporate Culture«, oder sie können weitgehend unbeeinflußt bleiben und einen individuellen Freiraum besitzen. Die Corporate Culture in international tätigen Unternehmen kann durch die Rotation der Mitarbeiter über die verschiedenen Standorte gefördert werden. Dieser Freiraum muß nicht im Gegensatz zu den funktionalen Interessen des Unternehmens stehen. Motivierte Mitarbeiter sind der wichtigste Produktivfaktor eines Büros.

Produktivfaktor Mitarbeiter

Konzentration und Kommunikation

Die Beziehungen der Mitarbeiter untereinander werden entscheidend durch bauliche Maßnahmen geprägt. Sowohl für Kommunikation als auch für Konzentration müssen im Büro entsprechende Flächen bereitstehen. Neben den Qualitäten des Gebäudes für die Unterstützung der Produktivprozesse kann es sinnvoll sein, den Mitarbeitern unterstützende Serviceleistungen anzubieten. Mit diesen Leistungen werden sie entlastet und können sich mehr auf ihren Beruf konzentrieren.

2.2 Ertragswert

Der Ertragswert beschreibt den finanziellen Wert, den das Büroprojekt hat. Er wird durch den Verkaufswert oder die Rendite angegeben, die mit einem Projekt erzielt werden kann. Die Rendite wird meist in Prozent pro Jahr bewertet und hat einen Zeitbezug. Je nach Zeithorizont werden erwirtschafteter Ertrag und Kosten unterschiedlich bewertet.

2.2.1 Zeitfaktor

Projektinitiator

Der Zeithorizont, der der Beurteilung eines Projektes zugrunde gelegt wird, hängt von der Position des Betrachters ab. Die Beteiligten haben unterschiedliche Vorstellungen. Der Projektinitiator, der als der Erstinvestor seine Leistungen mit Fremdkapital vorfinanzieren muß, möchte so schnell wie möglich das wirtschaftliche Risiko weitergeben. Er wird das gesamte Projekt häufig an einen anderen Investor mit hohen Liquiditätsreserven, z.B. einen Fonds, verkaufen. Im Idealfall, bevor der eigentliche Bau begonnen hat und seine Vorleistungen sehr hoch wurden.

Architekt

Der Architekt beschäftigt sich mit dem Gebäude hauptsächlich in der Planungs- und Bauphase. Danach beteiligt er sich nur noch, falls Bauschäden oder Probleme auftreten oder Umbauarbeiten anfallen. Ähnlich der Generalunternehmer und die Handwerker. Ihre Gewährleistung für das Gebäude beschränkt sich im Regelfall auf maximal fünf Jahre.

Fondsinvestor

Einen etwas längeren Zeithorizont hat der Fondsinvestor bei Speculative Offices. Er hält das Gebäude meist zwischen sieben und zwölf Jahren in Besitz, abhängig von steuerlichen und markttechnischen Erwägungen.

Nutzungszeitraum

Der Zeitraum, unter dem der Nutzer das Gebäude betrachtet, ist wiederum anders. Er kann von einer kurzen Dauer für die Zeit seines Miet- oder Leasingvertrages bis zur gesamten Nutzungsdauer des Gebäudes (50 bis 70 Jahre) gehen, wenn er das Gebäude in Eigennutzung betreibt.

Ausfallzeiten

Je länger Flächen vermietet werden können und je kürzer die Ausfallzeiten sind, desto höher ist die Rendite, die mit dem Gebäude erwirtschaftet werden kann. Die ökologische Bilanz verbessert sich mit der Nutzungsdauer eines Gebäudes. Die in den Bau investierte Energie und die entstandenen Baureststoffe können auf einen längeren Zeitraum hin bilanziert werden. Voraussetzung dafür ist aber eine entsprechend leistungsfähige Planung, die es erlaubt, das Gebäude leicht an die sich in dieser Zeit verändernden Rahmenbedingungen anzupassen.

Abb.4: Speculative Office in Taipeh

Auswahl der Flächen

Der Nutzer wird flexibler und vermeidet es, sich bei Immobilienverträgen für Zeiträume von bis zu zehn Jahren festzulegen. Die Flächen müssen für die Nutzungsphase ideale Bedingungen aufweisen. Der Nutzer sammelt Erfahrungen, kennt sich im Markt aus und handelt sehr professionell. Diese Faktoren führen zu einer selektiven Auswahl qualitativ hochwertiger Flächen. Im Umkehrschluß werden die anderen Flächen schlechter vermietbar.

2.2.2 Renditefaktor

Gebäude als Kapitalanlage

Ein Bürogebäude als Investition steht unter Renditegesichtspunkten im Wettbewerb mit anderen Investitionsmöglichkeiten. Die Steuergesetzgebung berücksichtigt mit den Abschreibungsmöglichkeiten die in Deutschland relativ schlechte Verzinsung von Immobilien, verbunden mit dem langen Anlagezeitraum und dem wirtschaftlichen Risiko. Dabei können teilweise Verzerrungen entstehen, wenn die Rendite von Gebäuden ausschließlich durch steuerliche Aspekte und nicht durch die laufenden Einnahmen entsteht. Zahlreiche leerstehende Gebäude »rechnen« sich auf diese Weise für die Eigentümer. Bei einer Veränderung der Steuergesetzgebung, z. B. durch eine Absenkung des Spitzensteuersatzes, können diese Objekte schnell unrentabel werden.

Renditebetrachtung aus Investorensicht

Bei der Renditebetrachtung fließen neben den eigentlichen Baukosten die Finanzierungskosten mit ein. Veränderungen in den Konditionen für die Finanzierung können einen stärkeren Einfluß auf die Rendite haben als Veränderungen in den Baukosten. Der Investor wird danach streben, Bau- und Finanzierungskosten zu minimieren.

Der Nutzer des Gebäudes muß die Bürokosten erwirtschaften. Dazu gehören neben den Baukosten auch die Raumkosten und die Kosten für den eigentlichen Geschäftsbetrieb. Die Bau- und Finanzierungskosten haben für den Nutzer einen wesentlich geringeren Stellenwert.

2.3 Imagewert

Der Imagewert eines Bürogebäudes beruht auf einem weiteren Spektrum von harten und weichen Faktoren. Dieses beginnt bei der Lage und der Einbindung in das städtebauliche Umfeld, geht über seine Materialität und seine Ästhetik und reicht hin bis zu Aussagen wie Offenheit und Transparenz. Das Image entsteht beim Betrachter oder beim Benutzer des Gebäudes und ist stark von dessen subjektiven Vorstellungen abhängig. Dominiert beispielsweise ein Gebäude seine Nachbarbebauung, so kann dies einerseits als städtebaulicher Akzent betrachtet werden, andererseits als Planungsfehler.

Mit Marketingmaßnahmen kann versucht werden, das Image aufzuwerten. Das Äußere des Gebäudes sollte einen Eindruck vom Image und der Identität des Nutzers vermitteln.

Superintendent of the Room Ian Simister von Lloyd's bemerkte zu dem Neubau der Hauptverwaltung: »Lloyd's brauchte ein besseres Image in der Öffentlichkeit und wollte sich in einer bisher noch nicht dagewesenen Art vermarkten. Man wollte sagen: Lloyd's ist eine moderne Organisation, die Raumschiffe und Satelliten ebenso versichert wie Schiffe« [Freiman 1994].

2.3.1 Standort

1 a-Lagen

Der Standort eines Gebäudes ist eines seiner Hauptkriterien für seine Beurteilung. Mit dem Standort wird nicht nur eine Aussage über seine Erreichbarkeit für die Nutzer gemacht, sondern auch darüber, in welchem Kontext das Unternehmen gesehen werden soll. Innerstädtische 1a-Lagen zeichnen sich durch eine starke Präsenz des Einzelhandels aus. Für Dienstleister wie Bankfilialen ist es wichtig, an Orten mit hoher Kundenfrequenz lokalisiert zu sein. Sie nehmen die hohen Mieten in diesen Lagen in Kauf.

Verkehrsanbindung

Für typische Backoffice-Bereiche, wie sie Hauptverwaltungen und Servicezentren darstellen, ist die Erreichbarkeit ein wichtiges Kriterium. Sie wollen für ihren hohen Flächenbedarf nicht die hohen Mieten der 1a-Lagen bezahlen. Man findet sie daher häufig am Rand der Stadtkerne oder in der Nähe von Schnellstraßen und S-Bahn-Stationen. Sie wollen den Kunden vermitteln, daß sie ihre Einnahmen in funktionsorientierte und nicht in statusorientierte Immobilien investieren.

Auch hier steht daher die Standortwahl auch für die bewußte Wahl eines bestimmten Images.

2.3.2 Gebäude

Das Bürogebäude strahlt durch seinen Baukörper und seine Materialität einen Imagewert aus. Form und Oberflächen können gezielt als Informationsträger genutzt werden.

Hochhäuser als Machtsymbole

Hochhäuser sind oft nicht ausschließlich mit hohen Bodenpreisen begründbar. Je nach Standort können sie sogar sehr unwirtschaftliche Lösungen sein. Der Aufwand an Konstruktionsfläche im Verhältnis zur Nutzfläche nimmt mit steigender Geschoßzahl zu. Beim Frankfurter Messeturm von Murphy/Jahn beispielsweise kann auf den Normalgeschossen nur ca. die Hälfte der Fläche als Bürofläche genutzt werden. Die übrigen Flächen sind Sonder- und Versorgungsflächen. Die Verteilung der Bürofläche auf vergleichsweise viele Geschosse kann die vorgesehene Nutzung erschweren. Die Gebäudehöhe ist insofern eher von symbolischer Bedeutung. Die optische Dominanz verkörpert Macht und Anspruch. In vielen Städten findet ein Wettkampf der vertikalen Superlative statt. Bei einer Neuplanung muß das neue Gebäude ein paar Meter höher sein als das bisher höchste Gebäude.

Natursteinfassade

Material und Konstruktion der Fassade repräsentieren das Gebäude im öffentlichen Raum. Aufwendige Natursteinfassaden vermitteln auf traditionelle Weise den Eindruck von Solidität.

Stahl-Glas-Fassaden

Ein anderer Trend sind filigrane Stahl-Glas-Fassaden, die einer komplexen Geometrie unterliegen können und mit einem Minimum an Material konstruiert werden. Sie symbolisieren Transparenz, Offenheit und Modernität. Der Eingangsbereich des 1995 fertiggestellten Channel-Four-Gebäudes in London wurde unter diesen Gesichtspunkten entworfen. An einigen anderen Gebäuden wird ganz bewußt die im Inneren angewendete Technik dargestellt. Das Lloyd's-Gebäude ist dafür ein klassisches Beispiel.

Abb. 5: Messeturm Frankfurt

2.4 Zielkonflikte

Zwischen den genannten Werten – Nutzwert, Ertragswert, Imagewert – ergeben sich häufig Zielkonflikte. Sie können nicht alle drei gleichzeitig optimiert werden.

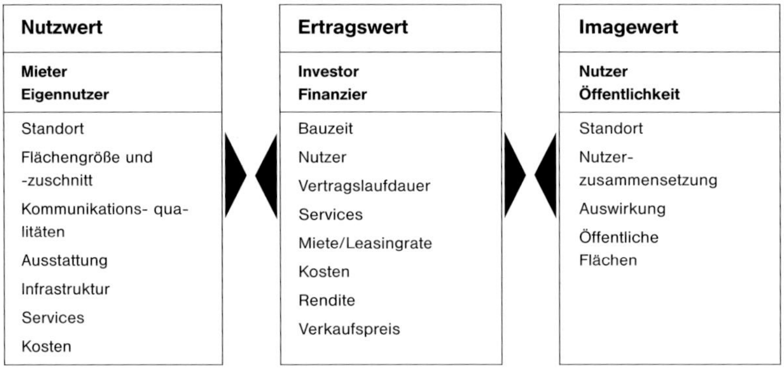

Abb. 6: Zielkonflikte

2.4.1 Imagewert versus Nutzwert

Der Neubau der Hongkong and Shanghai Bank 1986 wurde beispielsweise als Beweis des Vertrauens der Bank in die Zukunft der Kronkolonie nach der Rückgabe an China im Jahr 1997 gewertet. Sonst hätte die Bank kein Gebäude gebaut, das auf 50 Jahre Nutzungsdauer angelegt ist und mit 2 Mrd. DM Baukosten (1986) das zweitteuerste Gebäude der Welt ist.

Rückzug aus 1a-Lagen

Bis Anfang der 90er Jahre wurden immer mehr Verwaltungen zur Reduzierung der Gebäudekosten aus bevorzugten innerstädtischen Lagen in Stadtrandlagen oder Gewerbeparks verlagert. In der Londoner Innenstadt hatten vor 1975 noch 700 Unternehmen ihre Hauptverwaltung. 1990 waren es nur noch 300. Banken zählen zu den wenigen Branchen, die noch immer fast ausschließlich in 1a-City-Lagen und an städtebaulich exponierten Stellen bauen. Sie sind im öffentlichen Raum präsent, werden von Passanten wahrgenommen, und gleichzeitig dienen die wertvollen Grundstücke als stille Reserven. Die Bankenzentren in Frankfurt und London belegen dies. Ähnliche Konzepte verfolgen auch die Versicherungsgesellschaften, z. B. von Lloyd's in London oder der Allianz in München und Stuttgart.

Mit dem Rückgang der Mietpreise in den City-Lagen nutzen die Unternehmen die Chancen, wieder zu günstigen Konditionen in diese bevorzugten Lagen zurückzukehren. Vor allem kleine und mittlere Unternehmen, die nicht gleich mehrere 10.000 m^2 auf einmal benötigen und die leerstehenden Flächen flexibel nutzen können, sind die Vorreiter dieser Trends.

Repräsentationswert contra Bürokosten

Die Auswirkungen dieses Repräsentationswertes sind aber schwer zu erfassen. In aller Regel muß der Imagewert mit höheren Baukosten und Bürokosten bezahlt werden, die keine Verbesserungen der Funktionalität zur Folge haben. Obwohl der Einfluß auf den Unternehmenserfolg schwer nachvollziehbar ist, ist das Streben nach einem Imagewert weit verbreitet.

2.4.2 Nutzwert versus Ertragswert

Investoreninteresse: niedrige Investitionskosten

Ziel eines Investors beim Bau eines Speculative Office ist die Gewinnmaximierung bei gleichzeitiger Zeit- und Risikominimierung. Ausschlaggebend sind für ihn die Investitionskosten. Er interessiert sich also für die Baukosten. Da er nur eine Fläche vermietet oder verkauft, sind die Bürokosten für ihn unbedeutend. Vor die Wahl zweier Möglichkeiten gestellt, wird er sich für die Lösung mit den für ihn geringeren Investitionskosten entscheiden, auch wenn damit höhere Betriebskosten für den Mieter verbunden sind. Deshalb besteht auf Investorenseite die Tendenz, langfristig wirtschaftlichere Lösungen zugunsten einer kurzfristig billigeren Variante zurückzuweisen.

Anpaßbarkeit von Gebäuden

Um ein Gebäude anpassungsfähig zu gestalten, stehen zwei grundsätzlich verschiedene Konzepte zur Verfügung. Deutlich wird das an dem Beispiel der Raumanpassung. Es ist möglich, ein vollständig flexibles Büro zu planen, das sich allen nur denkbaren Anforderungen anpassen läßt. Verschiebbare Trennwände, leicht bewegliche Möbel, ein kleines Ausbauraster, unterstützt durch neueste Informations- und Kommunikationstechnologie, sind mögliche Maßnahmen, um dieses Ziel zu erreichen. Es fallen jedoch große Kosten an, wenn jedem Mitarbeiter für seine Tätigkeit ein spezieller Arbeitsplatz geschaffen werden soll. Der Investor muß also höhere Vorinvestitionen vornehmen, um diesen höheren Nutzwert anzubieten.

Standardräume

Die Alternative dazu wäre ein Standard, an den sich der Mitarbeiter anpassen muß. Dieses Prinzip wurde beim Bau der Daimler-Benz-Hauptverwaltung in Stuttgart angewendet. Der ausgeführte Standardraum kann durch unterschiedliche Belegungsvarianten einer Reihe von Anforderungen gerecht werden. Er kann als Einzelzimmer, als Doppelzimmer oder als Doppelzimmer mit zusätzlichem Ausbildungsarbeitsplatz genutzt werden. Ausbau- und Fassadenraster wurden mit 4,80 m festgelegt. Darüber hinaus sind keine nachträglichen Veränderungen vorgesehen.

Umorganisationen

Umorganisationen erfolgen durch Raumwechsel. Aber auch bei kleineren Raummengen mit unterschiedlicher Größe besteht die Möglichkeit des Wechselns. Bei vielen Büros zieht man bei Bedarf mit seinem Rollboy und den Akten einfach in den nächsten Raum und programmiert das Telefon neu, statt Gipskartonwände zu versetzen.

Steuerung der Haustechnik

Ein ähnliches Spannungsfeld besteht bei der Steuerung der Haustechnik. Die Lösungsmöglichkeiten reichen von einer individuellen Steuerung durch jeden einzelnen Mitarbeiter bis hin zu einem sich selbständig steuernden Gebäude.

Hier wird eine bestimmte Organisationsform der Unternehmen vorausgesetzt. Vor dem Hintergrund der starken Veränderungen im Büro ist es jedoch auch für den Eigennutzer von Gebäuden fraglich, ob er mittelfristig seine Organisationsform, die Arbeitsmittel und seinen Flächenbedarf kennt.

2.4.3 Zielsetzung des Intelligent Office

Der richtige Umgang mit diesen Zielkonflikten ist der Schlüssel zu einem erfolgreichen Büroprojekt. Die für die verschiedenen Werte notwendigen Qualitäten müssen erfaßt und abgewogen werden.

Orientierung des Intelligent Office

- **am Gesamtsystem**
- **am Nutzen**
- **an der zielgerichteten Entwicklung**

Das Intelligent Building kann die Anforderungen aus der Nutzung nur eingeschränkt abdecken. Veränderungen in der Organisation und im Bürokonzept stehen beispielsweise nicht in seinem Mittelpunkt. Es ist sehr stark an die gebäudeorientierte Seite des Gesamtsystems, das aus Nutzer und Gebäude besteht, gebunden. Diese Aspekte werden im Kapitel 3 ausführlich behandelt.

Das Konzept des Intelligent Office versucht mit seinem ganzheitlichen Ansatz dieser Aufgabenstellung umfassender gerecht zu werden.

Mit seiner Hilfe werden vor dem Hintergrund der gesamten Kosten die Werte aufeinander abgestimmt. Im Konfliktfall hat der Nutzwert Vorrang. Gebäude ohne Nutzer sind weder für den Investor noch für die Öffentlichkeit wünschenswert.

3 Intelligent Building – das Konzept für die Zukunft?

Intelligent Buildings – in der Diskussion um das Bürogebäude der Zukunft wird dieser Begriff sehr häufig zitiert. Was wird unter diesem Begriff verstanden, und woher kommt er? Verkörpert er den richtigen Lösungsansatz für die aktuellen und zukünftigen Anforderungen an das Bürogebäude?

Die große Zahl der neuerlich auf den Markt gebrachten »intelligenten« Produkte zeigt die Attraktivität des Begriffs, jeder bedient sich seiner. Der Begriff Intelligent Building findet von Land zu Land unterschiedliche Ausprägungen. Unter seinem Namen wurden neue Techniken für das Bürogebäude entwickelt und angewendet, die heute nicht mehr wegzudenken sind. Basierend auf der historischen Entwicklung des Bürogebäudes, wird im folgenden der sprachliche und funktionale Zusammenhang geklärt und der Beitrag, den Intelligent Buildings für ein zukunftsorientiertes Bürogebäude leisten können, evaluiert.

3.1 Entwicklung des Bürogebäudes

Uffizien – der Prototyp des Zellenbüros

Die Uffizien in Florenz gelten als Quelle für das englische Wort »Office«. Nachdem der toskanische Staat 1559 sein Reich vergrößert hatte, wurde noch im gleichen Jahr der Architekt Giorgio Varasi mit dem jahrelang gehegten Plan beauftragt, ein Gebäude zu bauen, das allen Ämtern und Ministerien des Staates Raum bieten sollte. Von einem Gang bzw. einer Galerie aus wurden einzelne Zimmer erschlossen, die jeweils einem Ministerium entsprachen (Abb. 7).

Bis Mitte des 18. Jahrhunderts wurden reine Büros nur in geringem Umfang benötigt. Die privaten Verwaltungsaufgaben wurden meist von kleineren Firmen übernommen, die dafür keine neue Bauform suchten, sondern aufgrund ihrer geringen Größe in der Wohnbausubstanz untergebracht werden konnten. Bei Neubauten orientierte man sich stark an den vorhandenen repräsentativen Wohnbauten. Grund- und Aufriß sowie Organisation und Raumfolgen der Gebäude blieben erhalten.

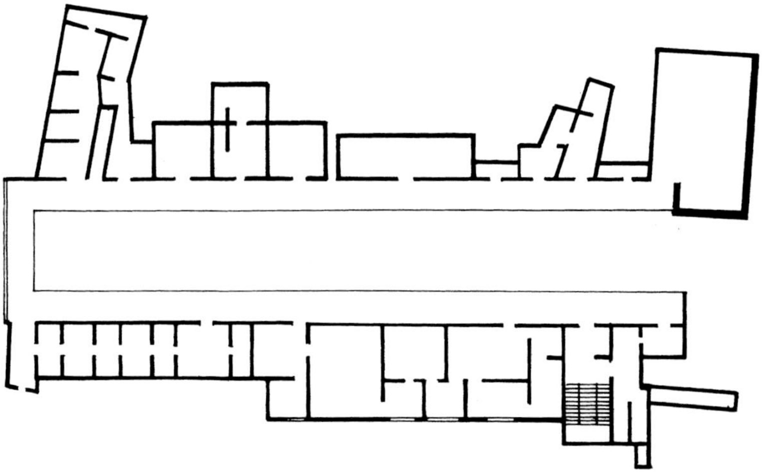

Abb. 7: Grundriß der Uffizien, Florenz

Mit der Industrialisierung entstehen Büroarbeitsplätze

Mit Beginn der Industrialisierung und der tayloristischen Trennung der Arbeit in Hand- und Kopfarbeit entstand eine große Nachfrage im privatwirtschaftlichen Bereich nach Verwaltungsarbeiten. Gleichzeitig wurden innovative technische Möglichkeiten, Baumaterialien und -techniken von Architekten und Ingenieuren aufgenommen und eingesetzt. Die Zeit war reif für neue Gebäudetypen, die die neuen Anforderungen mit den neuen Materialien umsetzten.

3.1.1 Das 19. Jahrhundert in Großbritannien

Stahl als neues Baumaterial

Mit der Erfindung des Bauens mit Gußeisen wurde sowohl ein neues Baumaterial als auch eine neue Bauweise, die Vorfertigung, eingeführt. Das Prinzip wurde Grundlage des Eisen- und Stahlbaus, der entscheidenden Einfluß auf den Bürohausbau nehmen sollte. 1844 wurde beim Royal Navy's Dockyard in Portsmouth das Eisenskelett erstmals sichtbar gelassen und die Fassade von innen an der tragenden Struktur befestigt.

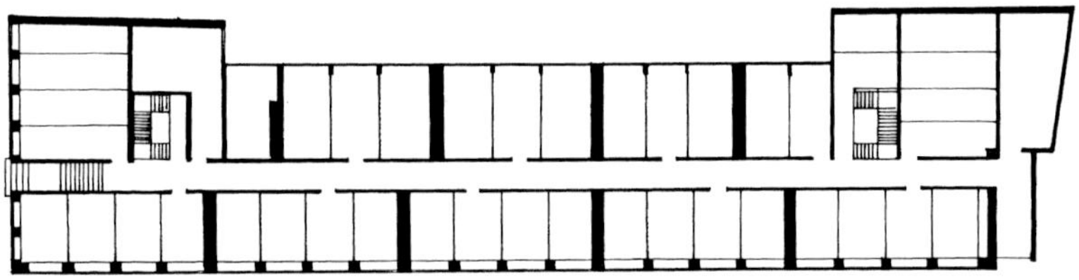

Abb. 8: Grundriß Oriel Chambers, Liverpool (nach Society of Architectural Historians)

Modulbauweise

Eine neuartige Lösung für die Raumorganisation fand der Architekt Peter Ellis 1864 für die Oriel Chambers in Liverpool. Das Gebäude war für mehrere kleine Firmen mit drei oder vier Angestellten gedacht. Der

Grundriß ist genau auf diese Bedürfnisse zugeschnitten (Abb. 8). Ellis entwarf ein modular aufgebautes Gebäude für einen anonymen Nutzer. Sowohl der Grundriß als auch die Ansichten zeigen eine Wiederholung immer gleicher Einheiten. Die Fassade besteht aus vorgefertigten Eisenelementen [Society]. Oriel Chambers nahm damit ein wichtiges Gestaltungselement späterer Bürogebäude vorweg (Abb. 9).

Abb. 9: Oriel Chambers, Liverpool

Stahlskelette als Gestaltungselemente

Englische und französische Architekten entwickelten den Eisen- und Stahlbau zunächst für Ingenieurbauten weiter. Das Palmenhaus von Kew Gardens in London von Decimus Burton (1848), der legendäre Kristallpalast von Joseph Paxton aus dem Jahre 1851, St. Pancras Station von 1865, der Eiffelturm und die Galerie des Machines von Comtamin und Dutert für die Weltausstellung in Paris 1889 sind nur einige herausragende Beispiele für die Anwendung der neuen Technik.

3.1.2 Die USA im Wirtschaftsboom nach 1850

Entwicklung der Stahlrahmen-bauweise

In den USA lag der Schwerpunkt der Entwicklung auf der Nutzbarmachung des neuen Materials Stahl für Bürogebäude. Der Amerikaner James Bogardus erhielt 1850 für ein neues Eisenbauteilsystem ein Patent, das die in Amerika bisher übliche Reibverbindung am Stützenträgeranschluß durch eine Bolzenverbindung ersetzte. Damit stand eine ausreichend steife Verbindung zur Verfügung, mit der auch hohe Gebäude in Stahlrahmenbauweise erstellt werden konnten.

Etwa gleichzeitig stellte Elisha Otis auf der Weltausstellung 1853 in New York erstmals den Sicherheitsaufzug vor. Wenig später erfand Alexander G. Bell das Telefon, wurden Rohrpostsysteme entwickelt und wurde die Schreibmaschine zum Verkaufsschlager. Damit waren fast alle wesentlichen technischen und organisatorischen Mittel für den Bau und die Nutzung von Hochhäusern vorhanden.

Brandschutz

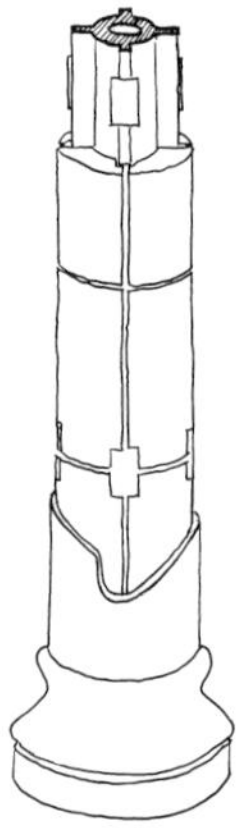

Abb. 10: Brandschutzummantelung

Der große Brand in Chicago vom 8. bis 10. Oktober 1871 lenkte die Aufmerksamkeit auf das bisher ungelöste Problem des Brandschutzes bei mehrgeschossigen Stahlskelettbauten. Die nationalen Versicherungsgesellschaften übten nach dem Brand großen Druck auf die Stadtverwaltung aus, die Bauvorschriften zu verschärfen und größeren Wert auf vorbeugenden Brandschutz zu legen. 1874 stellten Peter B. Wight und Sanford Loring eine mechanisch montierbare Mauerwerksverkleidung aus Terrakotta für Eisensäulen vor. Damit war der Durchbruch für die 1850 von Bogardus in New York entwickelte Eisenskelettkonstruktion geschafft. Das Chicagoer Hochhaus war geboren.

Renditeaspekte

Der Bostoner Kaufmann Peter Brooks sah in der neuen Bauform ausschließlich den Nutzenaspekt. An seinen Architekten schrieb er 1881 anläßlich eines Neubaus in Chicago: »Ich möchte eine einfache achtstöckige Ziegelfassade mit Flachdach und Keller (...) Das gesamte Gebäude ist für den Gebrauch bestimmt und dient nicht zur Dekoration. Seine Schönheit liegt in seiner konsequenten Funktionalität« [Condit]. Sehr früh zeigte sich, daß der Nutzen unter Renditegesichtspunkten beurteilt wurde.

Maximale Flächennutzung durch Hochhäuser

Das starke wirtschaftliche Wachstum in den USA verhalf diesem neuen Gebäudetyp zum Durchbruch, obwohl er mit hohen Investitionskosten für die Technik verbunden war. Chicago entwickelte sich im Laufe des 19. Jahrhunderts zu einem Eisenbahnknotenpunkt. In der Folge entstand ein Dienstleistungssektor aus Banken und Versicherungen, der Verwaltungsarbeitsplätze schuf. Die Bodenpreise stiegen in enorme Höhen. Dieser Effekt wurde durch gezielte Spekulation noch verstärkt.

Die Gebäudekosten verloren gegenüber den Grundstückskosten an Bedeutung. Diese Situation führte dazu, daß die Grundstücke bis zum äußersten Rand genutzt werden mußten. Es entwickelte sich die typische Blockbebauung. Die Fassade folgte der Grundstücksgrenze, um keine Flächen unbebaut zu lassen. Der Eisenskelettbau erlaubte höhere Geschoßzahlen und benötigte weniger Konstruktionsfläche.

Wirtschaftliche Stadtplanung

Wie stark der Druck auf dem Immobilienmarkt war, sieht man an der städtebaulichen Neuplanung nach dem Brand. Die Stadt wurde mit einem regelmäßigen Raster überzogen, das eine gute Flächenausnutzung ermöglichte. Im Gegensatz zur gleichzeitigen Planung von Haussmann in Paris wurden keine Freiflächen eingeplant. Selbst vor dem Rathaus ist kein öffentlicher Platz vorhanden.

Vertikale Struktur von Hochhäusern

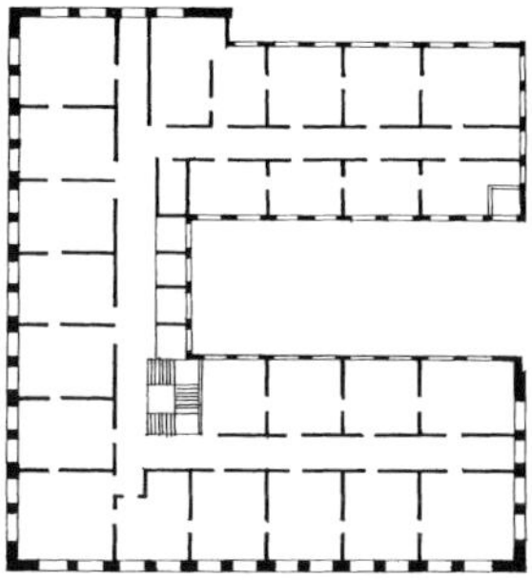

Abb. 11: Grundriß Guaranty Building, Buffalo (nach Sullivan)

Es war Louis Sullivan, der der neuen Bauform den eigenen architektonischen Ausdruck verlieh. Er erfand die Dreiteiletheorie für Hochhäuser. Ein Wolkenkratzer solle wie eine Säule wirken, da sein Wesen vertikal sei. Er solle eine ausgeprägte Basis haben, einen durchgehenden Schaft und ein abschließendes Kapitell [Sullivan]. Am Beispiel des Guaranty Building 1896 in Buffalo zeigt sich der vertikale Charakter deutlich. Sullivan löst damit das Problem, wie eine Vielzahl immer gleicher Einheiten von Räumen und Fenstern auf der Fassade angeordnet werden und das ungewohnt große Volumen behandelt werden sollte. William Le Baron Jenney und andere seiner Architektenkollegen versuchten bis dahin vergeblich, alte Gliederungsprinzipien der Renaissance auf die neue Bauaufgabe anzuwenden.

Großverwaltungen als neuer Gebäudetyp

Fast alle Gebäude dieser Zeit waren so entworfen, daß sie in viele kleine Räume für kleine Firmen unterteilt werden konnten. Eine wesentliche Neuerung stellt das Larkin-Gebäude von 1904 in Buffalo von Frank Lloyd Wright dar (Abb. 12). Das Versandhausunternehmen benötigte abseits der großen Zentren für seine Verwaltung ein Gebäude mit mehreren hundert Arbeitsplätzen. Wright sah sich mit einer noch nicht bekannten Bauaufgabe konfrontiert. Der Unterschied lag darin, daß es sich nicht um ein Objekt zur Vermietung mit ausschließlichem Zwang zu großer Flächenwirtschaftlichkeit handelte, sondern um ein Bauwerk, das der Nutzer selbst baute und in dessen Entwurf er seine speziellen Bedürfnisse einbrachte. Das Ergebnis war ein sehr charakteristisches Gebäude. Die Arbeitsplätze sind in Großräumen angeordnet, die sich nach innen zu einem vier Stockwerke hohen Atrium orientieren.

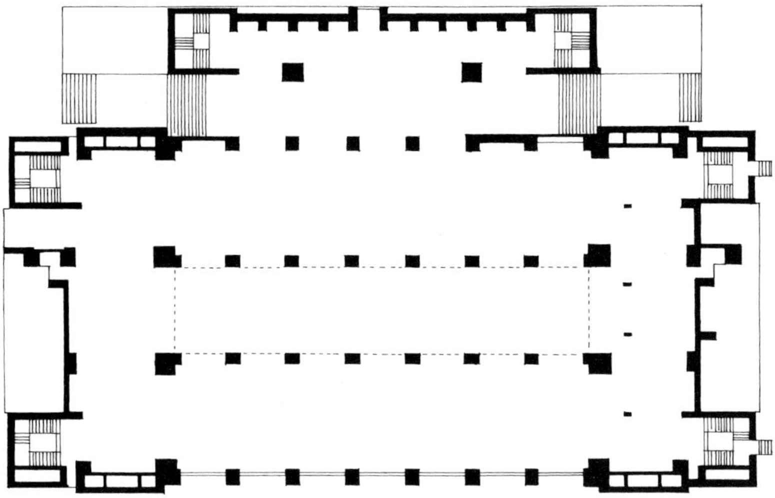

Abb. 12: Grundriß Larkin-Gebäude, Buffalo (nach Frank Lloyd Wright)

Gebäude als Ausdruck der Unternehmensphilosophie

Der gemeinsame Raum verkörpert die Firma. Mitarbeiter und Firma sollten als Einheit verstanden werden. An den Wänden befanden sich Parolen, die den Angestellten die Unternehmenswerte vermitteln sollten. Zur Einrichtung wurden keine Standardmöbel verwendet – die gesamte Einrichtung wurde von Wright entworfen. Die Einheitlichkeit der Firma sollte auch im Gebäude und in der Einrichtung ablesbar sein. Die rigide Planung ging so weit, daß die Stühle vor den Schreibtischen auf drehbaren Stiften unverrückbar gelagert waren. Jeder Angestellte hatte seinen Platz und saß dort »ordentlich« aufgereiht. Die menschliche Arbeitskraft wurde als Produktionsfaktor aufgefaßt und ausschließlich unter finanziellen Gesichtspunkten betrachtet.

Überwachung der Arbeit

Jede Aufgabe wurde nach tayloristischem Prinzip in ihre kleinsten Teile zerlegt. Mit naturwissenschaftlichen Methoden aus der industriellen Produktionstechnik versuchte man die maximale Produktivität zu erreichen. Hohe und große Räume wurden zum einen gewählt, weil die damaligen Belüftungsanlagen keine kleinen Räume versorgen konnten. Zum anderen war durch den Großraum auch eine effektive Kontrolle möglich. Gute Überwachung sollte helfen, versteckte Pausen zu verringern und damit die Produktivität des einzelnen steigern.

Das Larkin-Gebäude ist beispielhafter Ausdruck eines praktischen Taylorismus und zeigt mehr eine Management- als eine Architekturtheorie. Im Gegensatz zu den Hochhäusern in Chicago oder New York führt es vor Augen, wie stark innere Faktoren Einfluß auf den Entwurf eines Gebäudes nehmen können. Ursache war ganz wesentlich der Standort des Larkin-Gebäudes. Die Bodenpreise in Buffalo lagen erheblich unter denen in den großen Städten und ermöglichten den größeren Flächenverbrauch des Gebäudes.

3.1.3 Klimaanlage und Bürolandschaft

Großraumbüro

In den 50er Jahren kamen im Rahmen des Marshallplanes (1948) zum Wiederaufbau der westeuropäischen Wirtschaft amerikanische Managementtheorien nach Deutschland. Sie versuchten einen umfassenden Corporate Style entstehen zu lassen. Für alle Mitarbeiter sollte ein hoher und gleicher Arbeitsplatzstandard erreicht werden. Der Chef saß mit seinen Mitarbeitern in einem Raum. Jeder Mitarbeiter konnte seine Kollegen bei der Arbeit sehen, wodurch ein Gemeinschaftsgefühl entstehen sollte. Vollständige organisatorische Freiheit war das Ziel. Diese Anforderungen konnten nur in großen Flächen verwirklicht werden. Die Bürolandschaft wurde Ausdrucksform dieser Entwicklung. Die Ursprünge lagen wieder im betriebswirtschaftlichen Bereich und nicht in der Architektur.

Die Arbeitsplatzqualität der neuen Gebäude sollte besser sein als in den rechtwinkligen amerikanischen Arbeitssälen, die bis dahin bekannt waren. Um möglichst vielen Mitarbeitern einen Fenster- oder fensternahen Arbeitsplatz bereitstellen zu können und trotzdem einen wirtschaftlichen Grundriß zu erhalten, entwickelte man Gebäude mit großen Raumtiefen, freien Grundrissen und langen Fassadenabwicklungen. Die Bürolandschaft fand in Deutschland besonders viele Anhänger, da die zahlreichen Eigennutzer bei Neubauten stärkeren konzeptionellen Einfluß auf die Planung nehmen konnten.

Klimaanlage

Möglich wurden diese großen zusammenhängenden Flächen nur durch die Einführung der Klimaanlage, ohne die ein akzeptables Raumklima nicht erreichbar war. Ein Beispiel für diese Bauform ist das Verwaltungsgebäude der Textilfirma Ninoflax in Nordhorn, Deutschland, an der niederländischen Grenze.

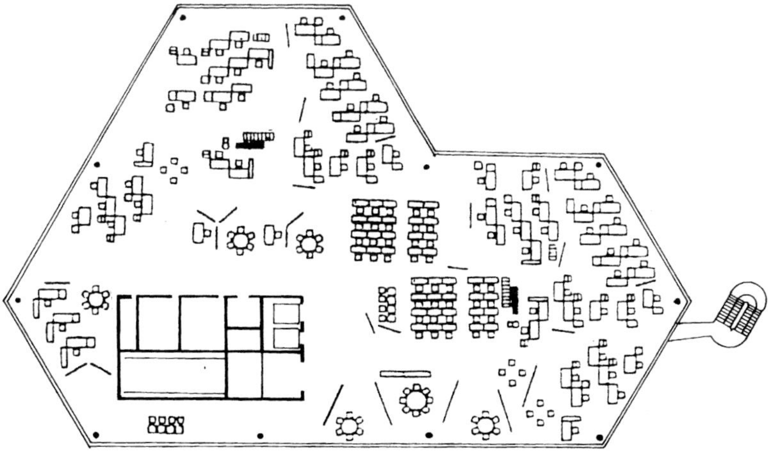

Abb. 13: Grundriß Ninoflax, Nordhorn

Städtebauliche Einbindung von Großraumbürogebäuden

Ein starkes Ansteigen der Immobilienpreise führte zu Zweifeln an den in kurzer Zeit entstandenen Bürohäusern. Durch die freie Form konnten die Gebäude häufig nur als Solitäre gebaut werden. Sie hatten einen hohen Flächenverbrauch. Eine städtebauliche Eingliederung in vorhandene Gebäudestrukturen war aufgrund der notwendigen Fassadenfläche häufig nicht möglich. Steigende Unzufriedenheit mit den schlechten klimatischen und akustischen Bedingungen, der Mangel an zu öffnenden Fenstern, der Trend zur »Nachverdichtung« der Belegung und das Ausgeliefertsein gegenüber der Haustechnik wurden zunehmend kritisiert.

Klimatisierung bei Zellenbüros

Zeitgleich wurden in den Vereinigten Staaten die Hochhäuser weiterentwickelt. Auch hier war die Klimaanlage Grundlage für die Entwicklung. Anfang der 50er Jahre war die Technik so weit, daß auch kleine Zellenbüros in großen Mengen künstlich klimatisiert werden konnten. Im Hochhaus konnten Zellen- und Großraumbüros realisiert werden. Beide Büroformen entsprachen den Marktanforderungen. Das Hochhaus setzte sich in den Stadtzentren aus Renditegründen endgültig durch.

3.2 Intelligent Building

Das Konzept von Intelligent Buildings wird meist bei Gebäuden über 5.000 m^2 angewendet. Die Nutzer sind kleine und große Firmen, die komplexe oder innovative Arbeitsfelder haben [Duffy 1992]. Es gibt mehrere wesentliche Einflußfaktoren für die Entwicklung des Begriffs. Mit dem technischen Fortschritt wurde die elektronische Arbeitsplatzausstattung zunehmend leistungsfähiger und zugleich billiger. Computer sind heute nicht mehr in speziell für sie errichteten Räumen untergebracht, sondern werden in den Arbeitsplatz integriert. Gleichzeitig ermöglicht die neue Technologie die bessere Erfassung von Daten aus der Umgebung des Gebäudes und darauf abgestimmt die Steuerung und Regelung der haustechnischen Systeme. Statt einer Ansammlung mehrerer Einzelsysteme wird eine Integration möglich.

3.2.1 Der Begriff Intelligenz

Intelligenz ist das Begreifen von Zusammenhängen

Intelligenz stammt von dem lateinischen Verb »intellegere«, dessen Bedeutung »dazwischen auswählen« schon zu römischen Zeiten vom konkreten Vorgang in den geistig abstrakten Bereich übertragen wurde [Ritter]. Eisler versteht unter Intelligenz das Begreifen von Zusammenhängen [Eisler].

Intelligent Buldings stellen keinen Stil dar

Mellin verstand schon 1800 in einer auf Kant zurückgehenden Erklärung unter einem intelligenten Wesen »ein Wesen, das im Vernunftsgebrauch von sinnlichen Einflüssen frei ist«. Dieser Satz schafft die Abgrenzung zwischen Intelligent Buildings und Architektur. Intelligent Buildings sind gedankliche Konzepte, die auf Gebäude angewandt werden und die für funktionale Probleme mit technischen Mitteln eine objektive Lösung suchen. Sie sind ein rational orientierter Bestandteil der Architektur, gelten aber nicht als architektonisches Konzept oder gar als architektonischer Stil. Sinnliche Wahrnehmungen, die Architektur zu Kunst werden lassen, sind bei Intelligent Buildings ausgeschlossen.

Auffassungsgabe und Fähigkeit des Urteilens als Intelligenzmerkmale

Gedankliche Konzepte und technische Möglichkeiten

Der Neue Brockhaus, 1976, nennt Auffassungsgabe und Fähigkeit des Urteilens als Merkmale von Intelligenz. Diese Definition lag den ersten Intelligent Buildings der 60er und 70er Jahre zugrunde und beschrieb die neuartige Meß- (auffassen) und Steuertechnik (urteilen). Die Definition bezog sich auf die Aktivitäten des Gebäudes. Das entspricht der rein technischen Vorstellung von intelligenten Systemen, die aus computergesteuerten Elementen bestehen, die auf unterschiedliche Anforderungen individuell mit dem optimalen Programm reagieren können. Der Begriff Intelligent Building beschränkt sich auf die gedanklichen Konzepte und die technischen Möglichkeiten eines Gebäudes.

Heute herrscht Uneinigkeit über eine einheitliche Definition von Intelligenz [Roth]. Dies liegt nicht nur an unterschiedlichen disziplinären Sichtweisen, sondern auch an den komplexen Inhalten des Begriffs. In diesem Kapitel sollen nur die für Gebäude relevanten Bereiche betrachtet werden.

Auf ein Gebäude übertragen, sind mit Eislers Definition die Zusammenhänge gemeint, in denen das Bauwerk steht, z. B. der städtebauliche Kontext, der tatsächliche Gesamtenergiebedarf, Nutzungsaspekte, der Immobilienmarkt, für den das Projekt entwickelt wird, oder die Veränderung über die Dauer der Nutzung. Diese Anforderungen führen nicht zu einer aktiven Intelligenz im Sinne einer Computersteuerung. Sie beziehen sich auf Entscheidungen während der Planungsphase, die in der Nutzungszeit Auswirkungen haben können. Es handelt sich sozusagen um eingebaute oder passive Intelligenz. Als intelligente Entwurfsentscheidungen werden Maßnahmen verstanden, die einen Mehrfachnutzen zur Lösung verschiedener Anforderungen haben. Intelligenz kann heute nicht mehr als Anwendung einzelner perfektionierter Komponenten verstanden werden, sondern als genau integrierte Abstimmung vieler hochentwickelter Komponenten unter Berücksichtigung aller wesentlichen Zusammenhänge.

Integrierte Abstimmung und Berücksichtigung der Zusammenhänge

Steuerungs- und Regelmechanismen

Durch die veränderten Anforderungen an ein Bürogebäude ändert sich auch die Vorstellung von einem Intelligent Building. Intelligenz ermöglicht die Bewältigung neuer Anforderungen und Situationen [Benesch]. Diese Fähigkeit wird durch die Lösung konkreter und abstrakter Probleme bei der Planung ermöglicht, die in geeigneter Ausführung des Gebäudes und seiner Ausstattung ihren Niederschlag finden. Das Gebäude wird dadurch in die Lage versetzt, intelligent zu reagieren. Diese Anforderungen liegen aber nicht mehr nur allein in der Gebäudeautomation, sondern erstrecken sich größtenteils auf den Nutzungsbereich. Der Komplexitätsgrad nimmt zu, Rohbau und Ausbau kommt eine größere Bedeutung zu.

Denken – IQ
Fühlen – EQ
Bewegen – MQ

Eine gänzlich neue Sichtweise der Intelligenz wird von Goleman vertreten. Für ihn beschränkt sich der Begriff Intelligenz nicht nur auf die Fähigkeit des abstrakten Denkens, repräsentiert durch den Intelligenzquotienten (IQ). Wichtiger sind für ihn die Kontrolle über die eigenen Gefühle und das Vermögen, sich in andere Menschen einzufühlen, also die emotionale Intelligenz (EQ) [Goleman]. Beide machen keine Aussage über das physikalische Leistungsvermögen und die Fähigkeit des Körpers, sich an seine Umweltbedingungen anzupassen. Hierfür steht der Begriff der motorischen Intelligenz (MQ) [Chang]. Die Auswirkungen dieser neuen Intelligenztheorien auf das Büro und die Gebäude sind noch nicht abzusehen.

3.2.2 Entwicklungsstufen des Intelligent Buildings

1. Stufe: Gebäudeautomatisierung

Begriffsgeschichte

Im Jahre 1967 wurde der Begriff »Intelligent-Building« erstmals erwähnt. N. P. Negroponte definierte am MIT in Cambridge, Massachusetts: »Ein Intelligent Building ist ein Gebäude, dessen eingebauten Systeme in der Lage sind, innere und äußere Einflüsse, die auf das Gebäude und seine Nutzer wirken, zu erkennen und auf sie zu reagieren.«

Building-Automation-Systems (BAS)

Im Laufe des folgenden Jahrzehnts wurden unter dieser Definition Gebäude errichtet, die einfache haustechnische Überwachungs- und später auch Steuer- und Regeltechniken nutzten. Licht-, Temperatur- und Luftsteuerungen sowie Sicherheitskontrollen und Zeiterfassungssysteme wurden unter dem Begriff Building-Automation-Systems (BAS) zusammengefaßt.

Anfang der 70er Jahre begann, ausgelöst durch die Ölkrisen, ein Umdenken in allen Bereichen der Gesellschaft. In der Architektur suchte man nach Wegen, um den Energieverbrauch während der Betriebszeit der Gebäude zu verringern. Intelligent Buildings stellten mit ihrer selbstregelnden Haustechnik ein Konzept zur Verfügung, das ebenso wie später die High-Tech-Architektur zur Lösung von Problemen auf die Anwendung von Technik vertraute.

Wandel zur Dienstleistungsgesellschaft

Parallel fanden Veränderungen in der Wirtschaft statt. In den westlichen Industrienationen verschob sich der Schwerpunkt der Wertschöpfung von der Produktion zu den Dienstleistungen. Der Wandel von der Industrie- zur Dienstleistungsgesellschaft vollzog sich. Die zunehmende Zahl der Büroarbeitsplätze und der gleichzeitige Zwang zur Rentabilitätsverbesserung gaben den Anstoß zu einem Nachdenken über den Einsatz von EDV im Büro und für das Gebäude.

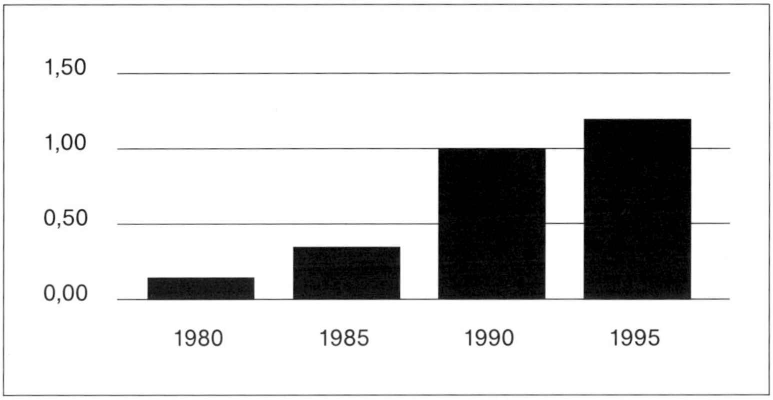

Abb. 14: Anzahl der Terminals pro Mitarbeiter (nach Busse)

2. Stufe: Informations- und Kommunikationstechnologie

Telefone werden Standard

Ein Haustechnikhersteller aus Hartford, Connecticut, die United Technologies Building Systems Co., faßte die 80er Jahre in der Entwicklung von Intelligent Buildings zusammen: »Hochentwickelte Elektrotechnik schafft Intelligent Buildings.« Damit wurde der Einzug moderner Informations- und Kommunikationstechnologie in die Büros beschrieben.

Für diese Entwicklung gab es mehrere Ursachen. 1984 wurde in den USA das Telefonmonopol von AT&T aufgehoben. Die Folge war ein harter Wettbewerb, der zu einer Innovationswelle in der Kommunikationstechnologie führte. Die Kosten für Telekommunikation sanken. Telefone wurden zur Standardausstattung eines jeden Arbeitsplatzes. Zur gleichen Zeit wurden Fortschritte bei der Computerchipfertigung und Softwareentwicklung erzielt. Zusammen mit einem Preisverfall von Hardware und Software trug dies zur Verbreitung von Personalcomputern bei.

Intelligent Buildings als Marketingargument

Zu Beginn der 80er Jahre stagnierte der US-Immobilienmarkt. Die Investoren suchten nach neuen Möglichkeiten, das Produkt Büroraum interessanter zu machen, um damit den Markt für Büroimmobilien wieder zu beleben. Die neuen Technologien boten sich dafür an, und »Intelligent Building« wurde das Etikett für Marketingkampagnen. Während die Gebäudeautomatisierung weiterentwickelt wurde und unverändert Bestandteil von Intelligent Buildings blieb, kamen nun weitere Veränderungen auf die Gebäude zu. Doppelböden und abgehängte Decken sollten die notwendigen Installationen aufnehmen. Die Integration von Computern und Peripheriegeräten in den Arbeitsplatz machte Veränderungen an den Büromöbeln nötig. Der Einsatz von Bildschirmen erforderte eine andere Beleuchtung, die blendfreies Sehen ermöglichte. Im Gegensatz zur ersten Entwicklungsstufe des Begriffes fanden die Veränderungen nun in der Gebäudestruktur statt. Die Geschoßhöhen des Rohbaus erhöhten sich, und der Innenausbau veränderte sich.

Einzug von PCs

Speculative Offices

In den USA stellen sogenannte Speculative Offices den Großteil der Büros dar. Sie werden von Immobiliengesellschaften errichtet und sind zur Vermietung bestimmt. In der Regel werden sie nicht von wenigen großen Unternehmen angemietet, sondern von vielen kleinen Firmen geteilt, die die innerstädtische Lage nutzen wollen. Unter ihnen ist die Bereitschaft zum Einsatz neuester Technologie hoch, besonders bei den jungen und unternehmerischen Firmen. Ihnen fehlen jedoch häufig die finanziellen Möglichkeiten, die notwendigen Investitionen in die Informations- und Kommunikationstechnologie zu tätigen, da sie nicht umsatzstark genug sind.

Shared Tenant-Service (STS)

Aus diesem Grund wurde das Prinzip der Shared Tenant-Services erfunden, die den kleinen Unternehmen die Technologie zur Verfügung stellen und damit einen riesigen Markt öffnen [Worthington]. Die Immobiliengesellschaften bieten neben den reinen Flächen zusätzliche Leistungen an, die gegen Bezahlung von allen Mietern des Gebäudes in Anspruch genommen werden können. Zu den Dienstleistungen gehören Textverarbeitung, Nutzung einer Kommunikationszentrale, Management von Datenübertragung, Videokonferenzdienste und Datenbankservice. Als Beispiel kann der Associates Tower Realcom (IBM/Aetna) in Chicago von 1984 gelten. Er bot als eines der ersten Gebäude Shared Tenant-Services an. Der Turm war 1989 zu 95% vermietet, und 50% der Mieter nutzten den Service.

Serviceangebot im Gebäude

3. Stufe: Integration der Systeme

Integration der Informations- und Kommunikationstechnologie in die Gebäudeautomation

Die Weiterentwicklung der Informations- und Kommunikationstechnologien Anfang der 90er Jahre erlaubt es, sie für komplexe Aufgaben in die Gebäudeautomation einzubeziehen. Durch die Integration beider Systeme ergeben sich Synergieeffekte.

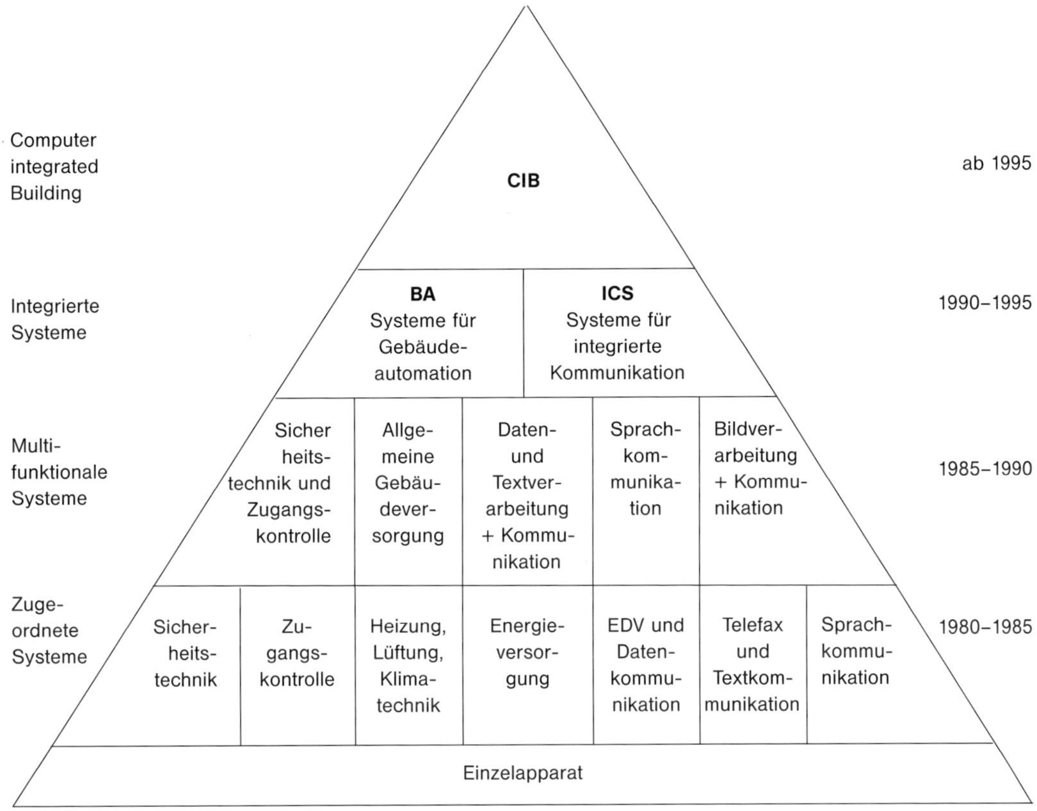

Abb. 15: Integration der Systeme (nach DEGW 1992)

Anlaß: Kostendruck

Anlaß für die Integration sind der Kostendruck, dem die Unternehmen zunehmend ausgesetzt werden, und ökologische Gesichtspunkte. Es bilden sich drei ökologische Globalziele heraus: Energieeinsparung, Umweltschonung und Verringerung von Gesundheitsrisiken [Fuchs]. Die Energieeinsparung bezieht sich nicht nur auf die Betriebskosten, sondern fängt bei der Herstellung der Materialien und deren Transport zum Bauplatz an und endet beim Recycling oder bei der Entsorgung. Regenerativen Energien wird größere Beachtung geschenkt.

3.2.3 Prioritäten im internationalen Vergleich

Regionale Ansätze

Heutzutage sind viele national und regional unterschiedliche Ansätze zu Intelligent Buildings und Bürogebäuden vorhanden, die aus unterschiedlichen Wirtschaftsstrukturen, Gesetzgebungen und Prioritäten bei Immobilieninvestitionen herrühren und sich in verschiedenen Bürokulturen zeigen [DEGW]. Der Büroimmobilienmarkt in Europa wird – Voraussagen nach – in den nächsten Jahren eine stärkere Standardisierung erfahren, um der zunehmenden Internationalisierung der wirtschaftlichen Zusammenarbeit gerecht zu werden.

Deutschland:	**Großbritannien:**	**USA:**	**Japan:**
• große Verwaltungskomplexe außerhalb der Stadtzentren • Präferenz der natürlichen Belüftung • Dominanz des Zweibünders und des Zellenbüros	• technikorientierte Lösungen • Dominanz von Speculative Offices • Klimatisierung • Renditeorientierung	• Renditeorientierung • Shared Tenant-Services • Klimatisierung • Zellenbüro und Großraumbüro parallel • Dominanz der Hochhäuser	• Entwicklung der Gebäudekerne • Servicesysteme • Modulbaukästen • Baurobotik

Bürokonzeptionen im internationalen Vergleich

Traditionell gibt es in Deutschland eine große Zahl von Unternehmen mit Immobilienbesitz. In letzter Zeit werden größere Objekte immer häufiger nach der Fertigstellung an Immobiliengesellschaften verkauft und zurückgemietet. Der wirtschaftliche Druck auf die Grundstücke ist im Vergleich zu den USA kleiner. Die meisten Gebäude haben maximal sechs oder sieben Stockwerke. Große Verwaltungskomplexe wurden bis in die 90er Jahre außerhalb der Stadtzentren gebaut, weil in innerstädtischen Lagen kaum noch Grundstücke entsprechender Größe zur Verfügung stehen und die Kosten für den Grunderwerb abschrecken. Beispiele sind die Colonia Versicherung in Köln, Daimler-Benz in Stuttgart und die Deutsche Lufthansa in Kelsterbach.

Atrien werden in diesen Gebäuden aus energetischen und sozialen Gründen eingeplant. Eine große Bedeutung kommt der Gebäudehülle zu. Wo immer möglich, werden Arbeitsplätze mit Tageslicht beleuchtet. Natürliche Fensterlüftung hat Vorrang vor Klimaanlagen. Wie in den skandinavischen Ländern sind die Gebäudegrundrisse aus Gründen des Raumklimas relativ schmal. Der Zweibünder dominiert mit einer Gebäudetiefe von 12 bis 15 Metern. Umfangreiche Sicherheits- und Umweltschutzbestimmungen reglementieren das Bauwesen. Das Zellenbüro ist als Büroform sehr verbreitet. Die Ansprüche an die Ausstattung des Arbeitsplatzes sind relativ hoch.

Großbritannien ist gekennzeichnet durch technikorientierte Lösungen. Die traditionelle Führungsposition bei der Entwicklung von Intelligent Buildings geht schrittweise an Deutschland verloren. In Großbritannien besteht im Vergleich zu Deutschland eine viel größere Tradition im Bau von Speculative Offices. Büros werden als Handelsware betrachtet, wodurch der Trend zur Minimierung der Investitionskosten entsteht und von einem standardisierten Nutzer ausgegangen wird. Klimatisierte Büros sind überdurchschnittlich stark verbreitet. Großraumbüros werden bevorzugt. Staatliche Auflagen sind begrenzt. Ein Großteil der Unternehmen befindet sich in Privatbesitz. Die Privatisierung der öffentlichen Unternehmen verstärkt dieses Merkmal.

Die Vereinigten Staaten erleben seit über 100 Jahren einen wachsenden finanziellen Druck auf innerstädtische Immobilien. Er ist in jeder Großstadt an der typisch nordamerikanischen Stadtsilhouette zu erkennen. Grundstücke werden maximal in Fläche und Höhe überbaut. Die entstandenen Büroflächen werden größtenteils in viele kleine Citybüros unterteilt. Shared Tenant-Services unterstützen diese Entwicklung. Die Zahl der klimatisierten Büros ist sehr hoch. Die angebotenen Großraumflächen wurden aber ebenso häufig in Zellen unterteilt wie als Großräume belassen.

In Japan liegt der Schwerpunkt der Entwicklung auf den Gebäudekernen und den damit verbundenen Servicesystemen. Künstliche Klimatisierung und Großraumbüros dominieren. Beim Neubau von Gebäuden werden Bausätze von Generalunternehmern für den Roh- und Ausbau in Form von Modulbaukästen verwendet. Für Wartungsarbeiten wie z. B. die Fensterreinigung werden Roboter verwendet.

3.3 Intelligente High-Tech-Architektur?

Auf der Suche nach Beispielen für Intelligent Buildings werden von den verschiedensten Quellen die gleichen Gebäude genannt. Es sind die High-Tech-Bauten einiger britischer Architekten. Beide Begriffe werden oft synonym verwendet, obwohl sie größtenteils unterschiedliche Inhalte haben. Die Abgrenzung der beiden Begriffe Intelligent Building und High-Tech-Architektur ist notwendig.

3.3.1 Merkmale der High-Tech-Architektur

Viele der späteren Bauten wenden die gleichen Prinzipien an – bedienende und bediente Räume, industrielle Vorfertigung, Veranschaulichung von Präzision und Technik.

Abb. 16: Atrium der Hongkong Shanghai Banking Corporation, Hongkong

Louis Kahn und Paul Rudolph schufen mit ihrem Konzept von bedienenden und bedienten Räumen eine der gedanklichen Grundlagen für die High-Tech-Architektur [Davies 1988]. J. Sterling stellte 1968 in Cambridge die Bibliothek der Geschichtlichen Fakultät fertig, in der erstmals viele Elemente der High-Tech gemeinsam auftauchen: weitgespannte Fachwerkträger, große Glasflächen, ein freier Aufzugs- und Versorgungsturm, ein Kran und expressive Abluftöffnungen.

High-Tech-Architektur als Baustil

Eines der grundsätzlichen Ziele der High-Tech-Architektur ist, Gebäude genauso industriell herzustellen wie andere Produkte des täglichen Lebens. Diese Gebäude sollen nach innen und außen zeigen, daß sie einer industriell geprägten Gesellschaft entstammen. Sie hat den Rang eines Stilmerkmals.

Vorfertigung in der Fabrik – Montage auf der Baustelle

Dies erfordert eine sachliche Erscheinung, den Verzicht auf nicht funktional zu erklärende Bauteile. Rationelle Planung ermöglicht eine industrielle Vorfertigung und damit größere Präzision. Die Folge ist eine schnelle Erstellung des Gebäudes vor Ort. Einzelne Komponenten müssen nur noch zusammengefügt werden. Die Vorfertigung kann so weit gehen, daß ganze Bauteilgruppen gebrauchsfertig ausgebaut auf der Baustelle ankommen und nur noch angeschlossen werden müssen. Häufig werden diese Gruppen auch optisch gesondert dargestellt, um den seriellen Charakter zu betonen. Anregungen werden nicht aus der Bauindustrie, sondern aus der Schiffahrt, Luft- und Raumfahrttechnik gewonnen. Zusammen mit der Industrie werden neue Produkte entwikkelt und als Prototypen in Gebäuden eingesetzt.

Es gibt drei wesentliche Kategorien von Entwurfsansätzen für Bauteile und Gebäude der High-Tech-Architektur [Davies 1988]:

Fertiggebäude

Fertiggebäude

Ein standardisiertes Gebäude wird in Serie gebaut, in möglichst großer Stückzahl verkauft und an unterschiedlichen Stellen errichtet. Ein Beispiel ist das Hallensystem Patera von Michael Hopkins. Serienprodukte dieser Art können aber nur für untergeordnete Nutzungen und in wenig anspruchsvoller Umgebung erstellt werden, da sie auf den Genius loci oder individuelle Anforderungen nur schwer eingehen können. Folglich müssen diese Produkte sehr billig sein, um konkurrenzfähig zu sein.

Fertigprodukte

Fertigprodukte

Statt ganze Gebäude von der Stange zu kaufen, kann man auf einzelne industriell gefertigte Serienprodukte der Bauindustrie zurückgreifen und darin eine industrielle, aber angepaßte Lösung finden. Ein Problem liegt hier in der geringen Zahl an sinnvollen Produkten, die angeboten werden.

Prototypen

Vor Beginn eines neuen Projekts wird mit einem Hersteller die Entwicklung eines Produkts vereinbart, das später vom Hersteller in Serie vertrieben werden kann und im Gebäude zum erstenmal als Prototyp eingesetzt wird. Der Hersteller übernimmt die Kosten, da er sich mit dem Architekturbüro sozusagen eine externe Entwicklungsabteilung hält. Die Fassadenkonstruktion des Gebäudes von Willis Faber & Dumas in Norwich wurde auf diese Weise zusammen mit einem Architekten und einem Glashersteller entwickelt. Voraussetzung für diesen Weg ist ein großes und renommiertes Projekt, um die Finanzierung und anschließende Vermarktung zu ermöglichen.

Einsatz modernster Technik

Es sollen immer die neuesten technischen Entwicklungen eingesetzt werden. Dies gilt für konstruktive, haustechnische und sonstige Bauteile. Sollten keine Produkte auf dem Markt sein, die die Anforderungen erfüllen, werden diese unter Umständen objektspezifisch entwickelt und gefertigt.

Das Erscheinungsbild eines Gebäudes soll die verwendete Technik explizit zeigen. Tragwerk und Versorgungseinheiten für die Gebäudetechnik werden nach außen verlagert. In der Konsequenz kann sich eine höhere Flexibilität für die Raumeinteilung ergeben. Die bevorzugten Materialien sind Glas und Stahl.

3.3.2 Gemeinsamkeiten von Intelligent Buildings und High-Tech-Architektur

Omniplatz:
- **freie Fläche**
- **Versorgungseinrichtungen**
- **flexible Nutzung**

Es gibt zwei grundlegende funktionale Gemeinsamkeiten zwischen Intelligent Buildings und High-Tech-Architektur.

Die erste ist das in der High-Tech-Architektur als »Omniplatz« bezeichnete Flächenkonzept. Darunter versteht man eine vollständig flexible Zone, die mit allen notwendigen Versorgungseinrichtungen ausgestattet ist. Sie wird durch große Spannweiten und künstliche Klimatisierung ermöglicht. Kerne und Haustechnik sind so angeordnet, daß die Nutzung auf sie keine Rücksicht nehmen muß und möglichst wenigen Einschränkungen unterliegt.

Inland Steel, Chicago

Bereits das Gebäude der Inland Steel Company in Chicago von 1958 zeigt diesen Ansatz deutlich. Der Grundriß besteht aus einem langgestreckten Rechteck, das weder durch Stützen noch durch Schächte unterbrochen ist. Die Geschosse, unterstützt durch Doppelboden und abgehängte Decke, bieten dem Nutzer maximale Flexibilität. Der Kern mit Treppen, Aufzügen und Schächten ist seitlich angelagert.

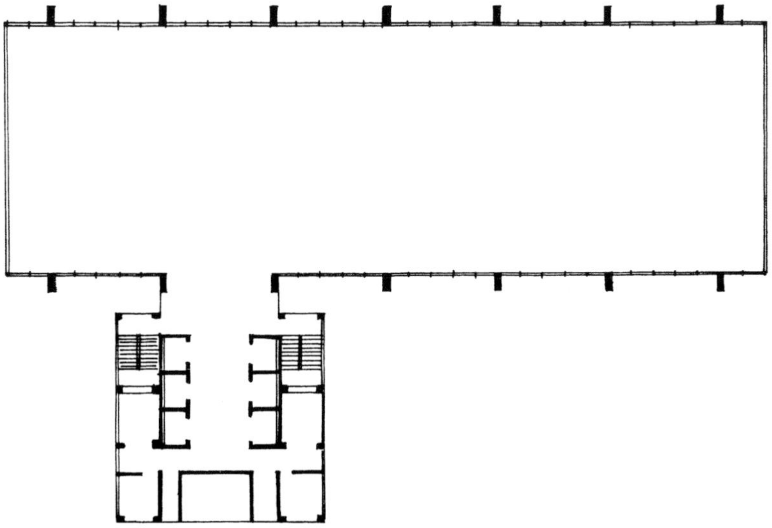

Abb. 17: Grundriß Inland Steel, Chicago (nach SOM)

Abb. 18: Fassadenausschnitt Lloyd's, London

Lloyd's of London

Obwohl das Lloyd's Gebäude von 1986 wesentlich größer und komplexer ist, basiert es auf dem gleichen Prinzip. Um die rechteckige Bürofläche mit zentralem Atrium sind die Kerne entsprechend den Anforderungen verteilt.

Flexibler Ausbau

In beiden Beispielen sind die Medienversorgung in Boden und Decke und der Ausbau mit Trennwänden und Möbelsystemen so konzipiert, daß die Flexibilität vollständig unterstützt und nicht eingeschränkt wird.

Einsatz automatisierter Steuerungen

Die zweite Übereinstimmung besteht im starken Einsatz von automatisierten Steuerungen. Wesentliches Anliegen der High-TechArchitektur ist es, auf allen Gebieten die neuesten Technologien zu verwenden. Die Fortschritte in der Computertechnologie in den 70er und 80er Jahren stellten eine ganze Reihe von neuen Möglichkeiten bereit, die von den Architekten aufgegriffen wurden. Diese Neuerungen hatten eine starke Zunahme der Kommunikations- und Informationstechnologie zur Folge. Doppelböden nehmen die notwendigen zusätzlichen Leistungen auf.

Die Gemeinsamkeiten von Intelligent Buildings und High-Tech-Architektur in manchen Bereichen führen dazu, daß der Begriff Intelligent Buildings in der öffentlichen Meinung über das dominante Erscheinungsbild einiger Architekturbeispiele an den von High-Tech-Bauten gekoppelt wurde und beide Begriffe häufig synonym verwendet werden.

3.3.3 High-Tech – »not intelligent«

High-Tech-Architektur basiert auf einem Konzept, das teilweise Ähnlichkeiten mit dem technischen Konzept von Intelligent Buildings hat. High-Tech-Bauten drücken ihre funktionalen Eigenschaften durch ihre Architektursprache aus. Weitgespannte Tragwerke über großen, stützenfreien Flächen werden an der Fassade und den Dächern gezeigt und sind Hinweis auf die Funktionalität des Gebäudes. Außenliegende Versorgungsleitungen veranschaulichen den technischen Aufwand, der betrieben wird, um das Gebäude flexibel nutzen zu können. Das Erscheinungsbild läßt häufig Rückschlüsse auf die realen funktionalen Vorteile zu.

Funktionsorientierte High-Tech-Gebäude

High-Tech-Gebäude im Sinn der Definition sind stark funktionsorientiert. Entscheidungen werden auf einer rationalen Ebene getroffen. Das Erscheinungsbild wird aus den inneren Funktionen heraus entwickelt. Der erhöhte Aufwand an der Fassade wird mit dem »Mehr« an Funktionalität gerechtfertigt. Die offensichtlichen Mehrausgaben für ein außenliegendes Tragwerk oder Lüftungsleitungen können durch eine verbesserte Nutzungsvariabilität oder eine erleichterte Wartung während des Betriebs ausgeglichen werden. Für die abschließende Beurteilung muß das Gesamtsystem betrachtet werden.

High-Tech-Image

Falsch verstandene High-Tech-Architektur kopiert nur ein Erscheinungsbild, ohne wirklich sinnvoll durch die internen Funktionen für diese Gestaltungsform argumentieren zu können. In der Gesamtbewertung stehen dann einem Mehraufwand an Investitionskosten keine funktionalen Vorteile oder gesenkten Betriebskosten gegenüber. In diesem Fall wird die Gestaltung reiner Manierismus. Das Gebäude bietet keinen erhöhten Nutzwert, im Gegenteil, es verursacht nur zusätzliche Kosten. In diesem Sinne negative Beispiele haben den Begriff »High-Tech« geprägt

Flexibilität und Kosten

Steigende Flexibilität ist mit steigenden Kosten verbunden. Funktional begründete High-Tech-Gebäude sind zu kritisieren, wenn der Gedanke der Flexibilität überzogen wird.

Beispielsweise kann eine zu späte Festlegung der genauen Position von Räumen mit erhöhten Nutzlasten wie Bibliotheken eine allgemeine Erhöhung der Tragfähigkeit aller Decken erforderlich machen. Wird die Fläche eingeschränkt, muß nur ein kleiner Bereich mit einer höheren Tragfähigkeit ausgebildet werden. Für alle anderen Bereiche kann eine geringere Tragfähigkeit angesetzt und können damit erhebliche Kosten eingespart werden. Je kleiner der Anteil dieser Bibliotheksfläche an der Gesamtfläche ist, um so mehr kostet die effektive Bibliotheksfläche. Dies ist nur ein Beispiel, das stellvertretend für die Frage stehen soll, wie weit sinnvolle Flexibilität geht und wo die Grenze zu übertriebenen Kosten liegt.

Hoher Energieverbrauch

In den 70er und 80er Jahren, als die meisten High-Tech-Gebäude entstanden sind, war die Bereitschaft, Energie einzusparen, noch nicht so verbreitet wie heute. Die meisten technischen Konzepte von High-Tech-Gebäuden basierten ausschließlich auf künstlicher Belichtung und Beleuchtung und nahmen keine Rücksicht auf natürliche Umgebungsbedingungen. Energie wurde eingesetzt, um flexible Innenraumbedingungen zu ermöglichen, wodurch viel Energie unnötig verbraucht wurde.

Berücksichtigung der lokalen Bedingungen

Eine intelligente Lösung hingegen sieht an jedem Ort unter dem Einfluß der Umwelt- und Klimabedingungen anders aus, da meist nur so die örtlichen Potentiale bestmöglich genutzt werden können. Dies kann zu einem neuen Regionalismus führen [Herzog 1995].

Teil II

Leistungsprofil des Intelligent Office

Teil II

Leistungsprofil des Intelligent Office

Die Unternehmen haben im produzierenden Bereich durch die Einführung neuer Organisationsprinzipien wie Gruppenarbeit, durch die Verkleinerung der Hierarchien usw. erhebliche Effizienzsteigerungen erreicht. Jetzt rückt die Nutzung »Büro« immer mehr in den Brennpunkt des Interesses, wenn Unternehmen über weitere Verbesserungen ihrer Leistungsfähigkeit nachdenken. Büro steht dabei nicht nur für das Gebäude, sondern auch für die darin stattfindenden Produktionsschritte. Das Büro ist die Fabrik der Informationen.

Nutzung als Hauptmotiv des Intelligent Office

Deshalb wird ein Bürogebäude meist nicht um seiner selbst willen gebaut, sondern weil eine Organisation in ihm eine Nutzung unterbringen möchte. Für eine Organisation, sei es ein Unternehmen oder eine Behörde, steht primär der Nutzungsaspekt im Vordergrund. Für diesen ist sie bereit Geld zu investieren.

Das Intelligent Office versteht sich als nutzungsorientierter Ansatz zur Betrachtung des Systems Gebäude – Nutzer. Nutzung bezieht sich an erster Stelle auf die wertschöpfenden Prozesse, die in dem Gebäude stattfinden sollen und mit denen Erträge zur Deckung der Kosten des Gebäudes erwirtschaftet werden. Der Gestaltungsprozeß erfolgt von innen nach außen.

Im Planungsalltag für Bürogebäude erlebt man oft, daß die eigentlichen Nutzungsaspekte am Projektanfang hervorgehoben werden, jedoch mit fortschreitender Projektdauer zugunsten anderer Aspekte wie Gestaltung, Kosten, Zeit in den Hintergrund treten.

Bei der Beschreibung eines zukunftsorientierten Bürogebäudes dürfen nicht die Einzelfaktoren im Vordergrund stehen. Die Zusammenhänge zwischen Bauwerk, technischem Ausbau und der Nutzung sind so eng, daß Maßnahmen in einem Bereich unmittelbar Auswirkungen in einem anderen Bereich haben. Bei der Suche nach Einsparmöglichkeiten muß immer das Gesamtsystem Gebäude – Nutzung betrachtet werden.

Anforderungen an Intelligent Buildings

Ab dem Ende der 60er Jahre entstanden die Anforderungen an Intelligent Buildings. Sie beinhalten den Betrieb und die Informations- und Kommunikationstechnologie. Im Laufe der späten 80er und 90er Jahre erkannte man, daß die bisherigen Anforderungen nicht ausreichten, um die Aufgaben eines Bürogebäudes in ausreichender Weise zu beschreiben. Daher ging man jetzt auch auf den Planungsprozeß, psychologische Faktoren und den Nutzwert ein. Die Bereiche Betrieb und Flexibilität während des Betriebs wurden grundlegend erweitert und neu bewertet.

Bauteilorientierter Ansatz

Bei der Beschreibung des Intelligent Office gibt es zwei verschiedene Sichtweisen. Ein Ansatz, der sich an den Bauteilen und -elementen orientiert, führt baukonstruktive Elemente auf und ordnet ihnen mögliche Funktionen zu. Alle Anforderungen werden Bauteilen zugewiesen. Im Ergebnis ergibt sich eine Optimierung der einzelnen Bauteile. Die vorliegende Arbeit orientiert sich dagegen an den nutzerbezogenen Anforderungen. Angesichts der steigenden Komplexität der Planungsaufgaben erscheint dieser Ansatz am besten geeignet, die Wechselbeziehungen zwischen unterschiedlichen Bereichen zu erfassen.

Zielorientierung

Das Konzept für ein Intelligent Office verfolgt immer das Ziel, einen Beitrag zum wirtschaftlichen Erfolg des Unternehmens zu leisten. Das Intelligent Office versteht das Gebäude nicht als Selbstzweck, sondern als Instrument einer bestimmten Nutzung. Voraussetzung für die Praktikabilität des Intelligent Office ist eine präzise und auf das Konzept abgestimmte Erfolgskontrolle. Das Facility-Management als ein wichtiges Steuerinstrument wirkt als Querschnittsfunktion auf die beiden anderen Bereiche des Intelligent Office. Nur die Betrachtung der Bürokosten ermöglicht die gleichzeitige kostenmäßige Erfassung der Wechselwirkungen zwischen Gebäude und Nutzer.

Intelligent Office

Nutzer	**Gebäude**
Unternehmenszweck	Standort
Organisation und Arbeitsmittel	Planung
Standort	Bau
Arbeitsplatzgestaltung und -umfeld	Betrieb
Flexibilität	
Humanfaktoren	

Facility-Management

Kosten

Abb. 19: Komponenten des Intelligent Office

1 Nutzer

Die Anforderungen des Nutzers ergeben sich unter anderem aus dem Unternehmenszweck, der Organisation, den notwendigen Arbeitsmitteln und den Humanfaktoren. Das Intelligent Office setzt sich ausschließlich mit der Nutzung »Büro« auseinander. Bei der Betrachtung des Büros aus der Sicht des Nutzers müssen anstatt der harten, gebäudebezogenen Aspekte, die weichen Faktoren wie Unternehmenszweck, Organisation und Mitarbeiter bevorzugt berücksichtigt werden.

1.1 Unternehmenszweck

Der Unternehmenszweck beschreibt das Tätigkeitsgebiet des Unternehmens oder der Organisation. Es muß das künftige Tätigkeitsgebiet des Unternehmens identifiziert sein. Aus den Tätigkeiten ergeben sich die notwendigen Ressourcen. Dazu gehören unter anderem die Mitarbeiter, die Arbeitsmittel und das Gebäude. Für diese Ressourcen werden die räumlichen und konzeptionellen Anforderungen beschrieben.

Information und Wissen als die Produkte des Büros

Beim Intelligent Office steht die Büronutzung im Mittelpunkt. Büro steht primär für die darin ablaufenden Geschäftsprozesse zur Erstellung der Produkte »Information« und »Wissen«. Mit der Definition des Unternehmenszwecks wird festgelegt, welche Bereiche dieser Produkte gefördert werden müssen. Während das Büro bei einem Produktionsunternehmen wie z. B. einer Automobilfabrik die Rolle eines internen Dienstleisters für Entwicklung, Marketing, Backoffice usw. hat, ist es bei einem Dienstleistungsunternehmen wie einem Beratungsunternehmen oder einem Softwarehaus unmittelbar auf den Endkunden ausgerichtet. Bei den letztgenannten wirken sich die Effizienz und die Qualität der Prozesse unmittelbar auf die Produkte »Wissen« und »Information« aus.

Produktqualität

In beiden Fällen ist eine hohe Produktqualität unerläßlich für den geschäftlichen Erfolg. Beim Intelligent Office werden auf der Basis des Unternehmenszwecks die Organisationsform, die notwendige Informations- und Kommunikationstechnologie und die Arbeitsplätze mit den Arbeitsmitteln festgelegt.

In diesem Kapitel werden die verschiedenen Büroformen und ihre Unterschiede beschrieben. Die Organisation der Büroform wird im Bürokonzept angesprochen. Vor dem Hintergrund der immer größer werdenden Veränderungsgeschwindigkeit sind Veränderbarkeit und Flexibilität wesentliche Anforderungen. Hierfür gibt es verschiedene Stufen. Auf mögliche Alternativnutzungen wird eingegangen. Ob die vorher genannten Anforderungen als allgemeingültig gelten können, läßt sich an der Praxis ablesen: Die Akzeptanz durch die Benutzer ist ein entscheidender Hinweis.

1.2 Organisation und Arbeitsmittel

Die Bedarfsermittlung, die bei jedem Büroprojekt am Anfang stehen muß, darf sich nicht auf die Abbildung des Ist-Zustandes beschränken. Auf der Ebene der Unternehmensleitung muß die Zielsetzung des Unternehmens festgelegt sein. Eine interne Arbeitsgruppe oder ein externes Beraterteam sucht nach einem Konzept für die Büroorganisation zur Umsetzung der Unternehmensziele. Fragen nach den heutigen und zukünftigen Arbeitsabläufen und Arbeitsmitteln im Unternehmen, dem Verhältnis von Routinearbeit und kreativer Arbeit oder Häufigkeit von Änderungen im Arbeitsablauf des Unternehmens müssen dazu erwogen werden [Worthington]. Anhand der Arbeitsabläufe kann man die benötigten Arbeitsplatztypen und deren Standorte definieren und den Raum- und Flächenbedarf ermitteln. Die geeignete Büroform ergibt sich aus den Arbeitsplatztypen und der Organisationsform.

1.2.1 Arbeitsabläufe

Das Büro ist ein Ort zur Produktion von Information. Je geringer der reine Verwaltungsteil ist, desto effizienter sind die Prozesse gestaltet. Das Spektrum an Arbeitsabläufen, das hinter dem Büro steht, ist sehr breit. Es reicht von routinemäßigen Prozessen typischer Backoffice-Bereiche wie Personalwesen oder Buchhaltung bis hin zu kreativen, projektbezogenen Prozessen wie in der Produktentwicklung und bei Beratern.

Tätigkeitsmix

Die Arbeitsabläufe setzen sich aus einer Vielzahl von Tätigkeiten zusammen. Es läßt sich ein durchschnittlicher Tätigkeitsmix angeben, obgleich die prozentualen Anteile von Arbeitsplatz zu Arbeitsplatz beträchtlich schwanken können. Es können ruhige und unruhige Tätigkeiten unterschieden werden.

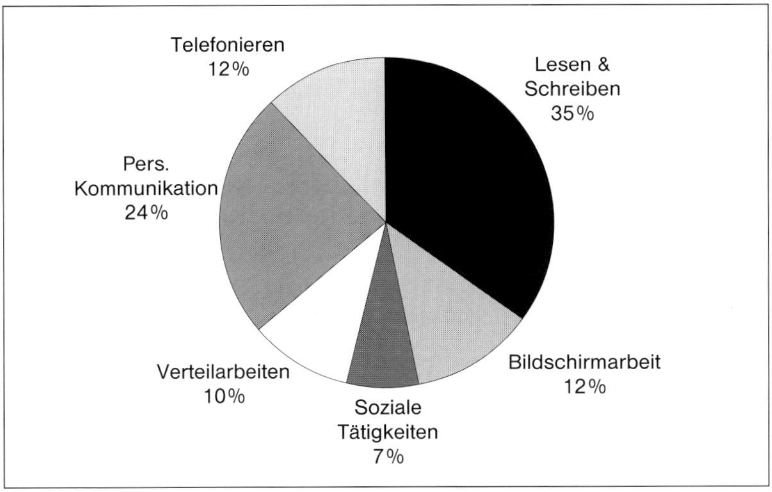

Abb. 20: Tätigkeitsverteilung im Büro (nach Gottschalk)

Zunahme des Bereichs Kommunikation

Durchschnittlich 35% (15 bis 71%) der täglich im Büro verbrachten Zeit werden mit Lesen und Schreiben verbracht. Zusammen mit 12% (5 bis 40%) Bildschirmarbeit zählen die Tätigkeiten zu der ruhigen Arbeit. Soziale Tätigkeiten fallen mit 7% (5 bis 20%) und Verteilarbeiten mit 10% (5 bis 30%) an. Die persönliche Kommunikation nimmt 24% (10 bis 45%) in Anspruch, 12% (5 bis 35%) entfallen auf das Telefonieren [Gottschalk 1994] (Abb. 20). Es ist davon auszugehen, daß sich diese Tätigkeitsverteilung mit der Einführung moderner Organisationsformen stark zugunsten der Kommunikation verschieben wird.

Funktionstypen

Eine Möglichkeit, Mitarbeiter zu beschreiben, sind die Funktionstypen. Sie beziehen sich auf die Art der Arbeit, Bildung und Status. Meist wird eines der Kriterien genutzt, um die Unterteilung in

- Führungstätigkeit
- Fachtätigkeit
- Sachbearbeitertätigkeit
- Unterstützungstätigkeit

zu ermöglichen [Peters 1990]. Ein anderer Ansatz zieht die Kriterien Länge des Arbeitszyklus, Größe des Entscheidungsspielraumes und Gleichförmigkeit bzw. Ungleichförmigkeit des Arbeitsablaufes heran, mit deren Hilfe ein Freiheitsgrad definiert werden kann [Gottschalk 1993].

Vermischung von Funktionstypen in der Teamarbeit

Es leiten sich die Funktionstypen Abwickler, Halbprofi und Profi ab. Der Abwickler trifft Entscheidungen nach einem festen Regelwerk. Der Halbprofi bereitet Entscheidungen vor und hat einen kleinen Entscheidungsspielraum. Der Profi wird nur noch durch ein geringes Regelwerk in seinen Entscheidungen eingeengt, entsprechend groß ist sein Entscheidungsspielraum. Moderne Organisationsformen wie die Teamarbeit führen zu einer Vermischung dieser Typen. Wer in einem Projekt der Leiter ist, ist in einem anderen vielleicht nur mit Zuarbeiten betraut.

Mit der Zunahme von Projektarbeit wird der Anteil der Routinearbeiten im Büro zugunsten des nicht eindeutig strukturierten, oft chaotischen Teils immer mehr zurückgehen.

Face-to-face- und mediengestützte Kommunikation

Die Kommunikation ist ein immer wichtiger werdender Bestandteil aller Arbeitsabläufe. Der Anteil der Kommunikation wird zukünftig noch weiter steigen, weil in Projektteams die Interaktionen zwischen den Teammitgliedern immer häufiger werden. Die Kommunikation kann direkt, face-to-face, oder mediengestützt über Hilfsmittel wie Telefone, Fax, E-Mail, Online-Teleconferencing oder wie bei schriftlichen Mitteilungen zeitlich versetzt ablaufen.

Die direkte Kommunikation wird auch weiterhin ihre wichtige Bedeutung behalten. Untersuchungen aus den USA weisen darauf hin, daß mehr als 80 % aller innovativen Ideen in der direkten Kommunikation entstehen. Sie kann formalisiert in einem Konferenz- oder Besprechungsraum stattfinden, gezielt am Arbeitsplatz eines Kollegen oder spontan und informell an Technik-Pools, auf dem Gang, in der Cafeteria oder am Meeting-Point.

1.2.2 Arbeitsorganisation

Die Arbeitsabläufe müssen mit einer möglichst hohen Produktivität realisiert werden. An diesem Prozeß müssen alle Hierarchiestufen aktiv teilhaben und ihn leben. Unternehmen wie IBM haben dafür den Begriff der Vertrauensorganisation geprägt. Organisationsformen wie Teamarbeit, virtuelle Unternehmen und Telearbeit basieren darauf.

Routinetätigkeiten

Taylorismus

Das traditionelle Büro ist tayloristisch organisiert. Die gesamte Aufgabe wird in viele kleine Einzelschritte zerlegt, und der einzelne Mitarbeiter ist für einen – relativ kleinen – Einzelschritt verantwortlich. Diese tayloristischen Systeme sind nicht flexibel genug, um sich schnell verändernden Rahmenbedingungen anzupassen, und bieten keine wirklichen Chancen für symbiotische Effekte in der Zusammenarbeit. Zudem hat der einzelne Mitarbeiter den Eindruck, nur ein kleines Rädchen in der »Büro«-kratie zu sein. Eigenverantwortung und Motivation werden nicht gefördert.

Stereotypisch sich wiederholende Vorgänge

Ein typisches Beispiel für solch eine Tätigkeit ist die Sachbearbeitung mit vielen sich stereotypisch wiederholenden Vorgängen. Diese Arbeiten stellen teilweise sehr hohe Anforderungen an das Konzentrationsvermögen. Aufgrund ihrer relativ geringen Komplexität können sie nach kurzer Einarbeitungszeit ausgeführt werden.

Die Anzahl dieser Arbeitsplätze wird zukünftig stark zurückgehen. Zum einen übernehmen immer mehr Maschinen diese Funktionen (z.B. Belegerfassung, zum anderen werden sie in das billigere Ausland, teilweise in andere Kontinente verlagert. Ein Großteil der Personaleinsparungen, die Banken und Versicherungen in den nächsten Jahren realisieren wollen, entfällt auf diese Arbeitsplätze.

Teamarbeit

Komplexität der Aufgaben

Die zunehmende Komplexität der Aufgaben erfordert es, daß immer mehr Aufgaben in Gruppen und Projektteams bearbeitet werden. Das erfolgreiche Gelingen von Projekten setzt meist die Zusammenarbeit unterschiedlicher Spezialisten voraus. Gruppen- oder Teamarbeit verlangen andere Regeln. Projektteams binden die Mitarbeiter stärker aneinander und geben ihnen ein besseres Feedback, da sie im Team für einen relativ großen Bereich das Ergebnis verantworten müssen.

Abb. 21: Teamarbeit (Quelle: Bruce Ayres, Tony Stone Bilderwelten, München)

Informationsfluß

Informationen und Ideen müssen frei fließen. Es muß ein Klima geschaffen werden, in dem Anregungen, Initiativen und Verbesserungsvorschläge vorgebracht und weiterentwickelt werden können. Die hierarchische Abstufung in der Gruppe sollte möglichst klein sein. Der Kontakt muß vereinfacht und Schwellen müssen abgebaut werden. Wer inhaltlich als Gruppe arbeitet, sollte in räumlicher und visueller Verbindung stehen. Das Prinzip der offenen Türen zeigt die Kontaktbereitschaft, stärkt das Gruppengefühl und ermöglicht schnellen Informationsfluß. Gläserne Wände oder Türen integrieren den einzelnen Mitarbeiter zumindest visuell in das Gruppengeschehen.

Gruppenbüro, Kombibüro

Das Gruppenbüro und das Kombibüro sind speziell für diese Anforderungen entwickelt worden. Die Art der baulichen Maßnahmen, die Teamarbeit ermöglichen sollen, hängt von dem benötigten Grad des Kontaktes ab. Je stärker die Teamarbeit unterstützt wird, um so stärker wird die Privatsphäre der einzelnen Mitarbeiter abgebaut. Ob und in welchem Umfang dies als störend empfunden wird, hängt von der Organisation ab. Hierarchiearme und offen organisierte Unternehmen, die Teamgeist als selbstverständlich betrachten, haben damit weniger Probleme als streng hierarchisch aufgebaute Organisationen, wie sie die meisten öffentlichen und staatlichen Behörden darstellen [Sommer]. Aber auch in diesem Bereich zeigt sich inzwischen eine Tendenz, die bisherigen Strukturen zu verlassen.

Virtuelle Unternehmen

Standortübergreifende Kooperationen

Das Unternehmen in seiner starren rechtlichen Form wird teilweise nicht mehr für die neuen Aufgaben geeignet sein. Es werden sich virtuelle Strukturen etablieren. Virtuelle Unternehmen sind temporäre horizontale oder vertikale standortübergreifende Kooperationen von unterschiedlichen Unternehmen. Die beteiligten Einzelunternehmen konzentrieren sich jeweils auf ihre Kernkompetenz, während nicht wertschöpfende Tätigkeiten im Rahmen des Outsourcings auf Dritte verlagert werden. Diese Strukturen benötigen keinen zentralen Unternehmensstandort mehr, wichtig ist für sie allein die Möglichkeit der kundenorientierten Leistungserstellung und Produktgestaltung.

Flexible Organisationen

Die Entflechtung und Neukombination von Unternehmensfunktionen erlaubt die Schaffung »flexibler« Organisationen. Sie sind bei gleicher Leistung kleiner als die etablierten Unternehmensstrukturen und weisen flachere Hierarchien und kürzere Kommunikationswege auf. Projektteams werden ad hoc zusammengesetzt, stellen eine virtuelle Projektgruppe dar und können aus hochgradig flexiblen und mobilen Arbeitsplätzen bestehen [Bullinger 1996]. Zu der vertraglichen Trennung kommt meist auch eine räumliche Trennung dazu. Bei diesen Unternehmen muß man sich von dem Bild, daß »alles unter einem Dach« ist, lösen.

Telearbeit

Teleheimarbeit, alternierende Telearbeit, Telearbeitszentren

Bei der Telearbeit besteht eine räumliche Trennung zwischen der Leistungserbringung und der Leistungsverwertung. Durch die Nutzung der Informations- und Kommunikationstechnik zusammen mit einer dezentralen Arbeitsorganisation wird die räumliche Trennung überwunden. Die Telearbeit läßt sich in drei Bereiche unterteilen: Teleheimarbeit in häuslicher Umgebung mit einer Verbindung an das zentrale Büro; alternierende Telearbeit mit einem Ortswechsel zwischen der häuslichen Umgebung, einem mobilen »Büro« (Außendienst) und dem zentralen Büro; Telearbeitszentren (Nachbarschafts- und Satellitenbüros in Wohnortnähe, die von mehreren Telearbeitern gleichzeitig genutzt werden) [Bullinger 1996].

Die Verbreitung eines leistungsfähigen Kommunikationsnetzwerks und sinkende Preise für die Geräte und Leitungsgebühren erleichtern die Einführung dieses Konzeptes. Die Loslösung vom Arbeitsplatz im Unternehmen kann ein fachliches und soziales Kommunikationsdefizit entstehen lassen. Diese Gefahr besteht besonders im Fall von Vollzeittelearbeit [Welsch]. Satellitenbüros und Nachbarschaftsbüros entstanden, um Telearbeit in einer Gemeinschaft verrichten zu können. In Nachbarschaftsbüros treffen sich Mitarbeiter verschiedener Unternehmen, während das Satellitenbüro von einem Unternehmen betrieben wird.

Telehäuser

Als regionalpolitisches Instrument ist Teleheimarbeit einsetzbar, um entlegene, strukturschwache Regionen zu fördern. Im dünnbesiedelten Norden von Schweden und Norwegen wurden Satellitenbüros und Telehäuser eingerichtet, um der Bevölkerung eine weitere Erwerbsmöglichkeit anzubieten. In der Schweiz wurde mit diesem Konzept versucht, dem Arbeitskräftemangel in den Städten entgegenzuwirken und gleichzeitig die Infrastrukturprobleme, die sich durch die Verlagerung zusätzlicher Arbeitskräfte in die Städte ergeben würden, zu vermeiden. Teleheimarbeit kann die Erwerbschancen von Behinderten steigern, denen dadurch die Last räumlicher Bewegung abgenommen wird [Welsch].

Telearbeit in Deutschland

Über das Potential der Telearbeit in Deutschland gibt es unterschiedliche Aussagen. Die Schätzungen schwanken zwischen 3.000 und 800.000 Arbeitsplätzen, die für Telearbeit geeignet sind. In der EDV-Branche bei Firmen wie IBM oder Siemens-Nixdorf hat die Telearbeit bereits das Versuchsstadium verlassen und wird für weite Teile des Unternehmens eingeführt.

Telearbeit bietet eine Reihe von interessanten Nebeneffekten. Richard Rogers Partnership hat 1994 den Hauptteil eines Wettbewerbs für den ParcBit auf Mallorca gewonnen. In einem neuen Nutzungsmix soll ein Dorf für ständige Bewohner geplant und mit Telearbeitsplätzen ausgestattet werden. Gleichzeitig soll auch Tourismus in die Anlage integriert

Chancen

- Kundenorientierung
- Flexibilitäts- und Produktivitätssteigerung
- Einsparung von Büroflächen (Shared-Desk-Konzept)
- Mitarbeiter-Motivation
- Unternehmens-Image

Risiken

- Mitarbeiter: Verfügbarkeit und Ausbeutung
- Führungskräfte: Geringe Kontrolle und Leistung
- Outsourcing
- Schein-Selbständigkeit
- Isolation
- Karriere-Nachteile
- Disziplin und Selbststeuerung
- Selbst-Ausbeutung

Abb. 22: Pro und Contra Telearbeit (nach IBM)

werden. Telearbeit wird hier (wie in einem anderen Beispiel in Südfrankreich) dazu genutzt, hochqualifizierten Mitarbeitern einen attraktiven Arbeitsplatz anzubieten.

Alternierende Telearbeit

Alternierende Telearbeit zielt auf eine flexible Zeiteinteilung ab und damit auf eine bessere Verknüpfung von Arbeit mit Familie und Freizeit. Ein Teil der Arbeit findet zu Hause statt, ein anderer Teil wird im Büro erledigt, wodurch die Integration in die Bürogemeinschaft und die Einbindung in das informelle Netzwerk unterstützt werden. Das Büro entwickelt sich zu einem Kommunikationszentrum. Die erzielten Ergebnisse sind beachtlich. Manager, die an dem Teleheimarbeitsprojekt der New York Telephone Company teilnahmen, verzeichneten eine Produktivitätssteigerung von über 40 %. Andere Untersuchungen aus England sprechen von Produktivitätssteigerungen bis zu 30 % [Di Martino]. Weiter kommen Einsparungen in den Raumkosten, eine Flexibilisierung der Arbeitsorganisation und ein Sinken der Fluktuationsrate der Mitarbeiter hinzu. Die Reduzierung der Bürofläche durch Telearbeit in Verbindung mit Desk-Sharing führt bei einem Verhältnis von 3 : 1 (Mitarbeiter : Arbeitsplatz) zu einer Einsparung von 3.000 DM pro Mitarbeiter und Jahr [Zorn]. Eine elektronische Datenbank beim Bundesministerium für Bildung, Wissenschaft, Forschung und Technologie (BMBF) stellt aktuelle Informationen unter anderem in Form von Checklisten zur Verfügung.

Mobile Office

Das Konzept des »Mobile Office« geht in der Loslösung vom Arbeitsort noch einen Schritt weiter. Durch Notebooks, tragbare Drucker und Mobiltelefone ist es heute möglich, die Arbeit nicht mehr auf feste Punkte – sei es im Unternehmen oder zu Hause – zu beschränken. Arbeiten wird dort genauso sein wie beim Kunden oder auf der Baustelle.

Telearbeitskonzepte können nur funktionieren, wenn sie von den Mitarbeitern akzeptiert und mitgetragen werden. Bisherige Erfahrungen zeigen, daß gerade dort, wo der Wille zur Heimarbeit am größten war, die stärksten Produktivitätssteigerungen verzeichnet werden konnten. Telearbeit erfordert auch eine größere Selbstverantwortung der Mitarbeiter. Entsprechend muß das Management die Mitarbeiter zu erfolgsorientiertem Arbeiten anleiten.

Akzeptanz durch die Mitarbeiter

Zusammenhang von Telearbeit und Führungsstil

Die Anzahl der zentral zusammengefaßten Arbeitsplätze wird durch die Einführung der Telearbeit zurückgehen. Telearbeit wird in der Kombination mit Sharing-Konzepten zu einer erheblichen Reduzierung des Flächenbedarfs pro Mitarbeiter führen.

Erfolgsorientiertes Arbeiten – Erfolgskontrolle

Zeiterfassungssysteme

Bürokonzepte wie das Mobile Office, Teleheimarbeit und Desk-Sharing verringern die im Büro verbrachte Zeit. Eine direkte Kontrolle durch den Vorgesetzten ist damit nicht mehr im gewohnten Rahmen möglich. Bisher geht Managern durch die Kontrolle der Mitarbeiter wertvolle Zeit verloren, in der sie nicht produktiv sind. Auf der Basis einer Vertrauensorganisation weicht das traditionelle Zeiterfassungssystem mit Stechuhren und festen Arbeitszeiten flexibleren Lösungen. Die Orientierungsgröße ist das gemeinsam vereinbarte Arbeitsergebnis und nicht der notwendige Aufwand dafür. Gleit- und Kernzeiten sind ein Schritt auf dem Weg zum erfolgsorientierten Arbeiten. Die Verantwortung für die zu erbringende Arbeit liegt in den Händen der Mitarbeiter. Der Leiter der Mitarbeiter erhält die Funktion eines Koordinators und Moderators. Die Leistung des Mitarbeiters wird danach gemessen, ob das vorher gemeinsam festgelegt Ziel erreicht wurde oder nicht (Management by objectives). Der Mitarbeiter kann Ort und Zeit der Arbeit nach eigenem Ermessen frei wählen. Eine vollständige Loslösung vom Büro sollte aber nicht erfolgen. Neben der sozialen Integration ist gerade zur Entwicklung innovativer Gedanken der direkte Kontakt zu den anderen Mitarbeitern notwendig. Ebenso wird Zeit für interne Koordination benötigt, die die Anwesenheit aller Mitarbeiter im Büro notwendig macht. Mit der Verantwortung für die eigene Arbeit steigt auch die Verantwortung des Mitarbeiters für das Gesamtunternehmen. Insgesamt werden höhere Hierarchieebenen entlastet, teilweise sogar überflüssig, und die Arbeit wird effektiver.

Vorgesetzter als Koordinator und Moderator

Dezentrale Entscheidungen – Mitarbeiterpartizipation

Mitarbeiter als wichtigster Produktivfaktor

Im Intelligent Office wird der Mitarbeiter als der wichtigste Produktivfaktor verstanden. Das Humankapital kann um so besser genutzt werden, je stärker die Mitarbeiter in das Unternehmen integriert werden können. Mitdenken, Mitwissen, Mitentscheiden und Mitverantworten steigern die Motivation und bereiten den Grund für neue Ideen. Gemeinsame Entscheidungen werden konsequenter umgesetzt, da die Mitarbeiter die Vorschläge selbst erarbeitet haben.

Voraussetzung ist ein Führungsstil, der den nötigen Informationsfluß in beide Richtungen zuläßt und die Mitarbeiter in die Entscheidungsprozesse einbindet. Engagement und Eigeninitiative entwickeln sich am besten auf der Basis von Vertrauen, das wiederum nur dann besteht, wenn die eigene Situation und die des Unternehmens klar durchblickt werden können.

Akzeptanz

Die Akzeptanz bei der Umsetzung verschiedener Maßnahmen steigt. In einer Untersuchung des IAO wurde am Beispiel des Arbeitsplatzes die Akzeptanz in Abhängigkeit von der Mitbestimmung bei der Gestaltung untersucht (Abb. 23). Die Korrelation ist eindeutig. Je höher der Grad der Mitbestimmung ist, um so höher ist die Akzeptanz. Organisationskonzepte wie Telearbeit und Desk-Sharing sind ohne Berücksichtigung dieser Aspekte kaum erfolgreich realisierbar.

Unternehmens-interne Standards

Die Umsetzung der Mitverantwortung bezieht sich nicht nur auf den spezifischen Standort des Unternehmens. Bei internationalen Unternehmen stößt man immer wieder auf interne Standards, die an jedem Standort eingehalten sein müssen. Solange es sich dabei um die Arbeitsmittel handelt, ist dies vertretbar. Hier ist eine unternehmensweite Kompatibilität notwendig. Bei spezifischen Anforderungen an das Gebäude ergeben sich aufgrund der unterschiedlichen Bestimmungen in den Ländern häufig Differenzen zwischen dem, was die Länderbestimmungen, und dem, was die Unternehmensstandards erfordern. Dies kann zu erheblichen Mehrkosten führen.

Bei einem Unternehmen der EDV-Branche mußte am deutschen Standort eine Sprinkleranlage eingebaut werden, weil vom zentralen US-Firmensitz aus ein amerikanischer Versicherer mit der Feuerversicherung beauftragt wurde. Dieser forderte überall die Einhaltung der amerikani-

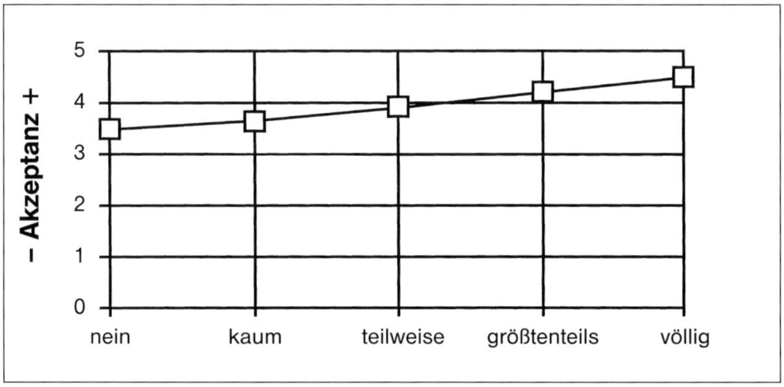

Abb. 23: Mitarbeiterpartizipation und Akzeptanz eines Arbeitsplatzes (nach Fraunhofer IAO)

schen Standards. Wäre die Auswahl des Gebäudeversicherers in der Kompetenz des deutschen Standorts gelegen, hätten die Baukosten deutlich gesenkt werden können.

1.2.3 Informations- und Kommunikationstechnologie

I&K

Der Einsatz von Informations- und Kommunikationstechnologien (I&K) vereinfacht und beschleunigt die Informationsverarbeitung. Mit der Einführung der I&K wird die Produktivität im Büro erheblich gesteigert. Die gewonnene Zeit kann für kreative Tätigkeiten genutzt werden. Arbeitsprozesse verlieren an Routine und erhalten Raum für das Besondere. Spontanität und Unvorhersehbarkeit werden möglich [DEGW]. Die Dynamik in der Entwicklung von I&K wird zu weiteren starken Effizienzsteigerungen bei sinkenden Preisen führen.

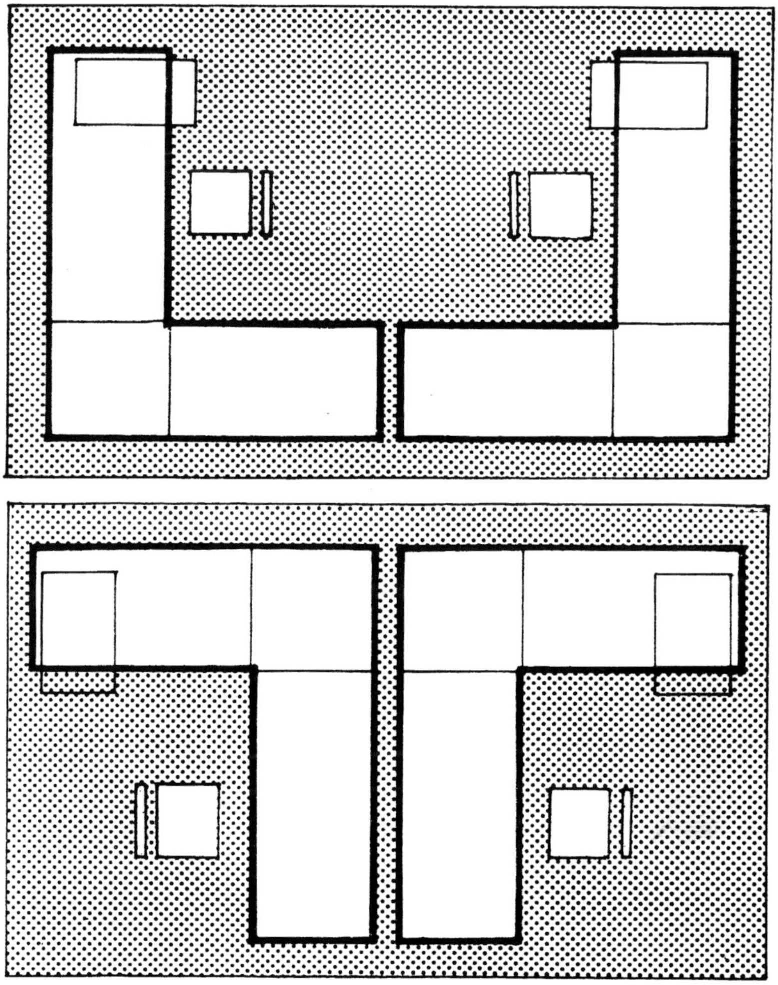

Abb. 24: U- und T-Layout (nach Fraunhofer IAO)

U- und T-Layout

Die moderne Informations- und Kommunikationstechnologie wurde 1875 begründet, als der gebürtige Schotte Alexander G. Bell das Telefon erfand. Die Tragweite der Erfindung wurde schnell erkannt und fand umfangreiche Anwendung in der Bürowelt. Während in den Versandhausfirmen schon von Anfang an jeder Mitarbeiter im Verkauf ein eigenes Telefon hatte, teilten sich auch in Deutschland in vielen Büros bis in die 80er Jahre zwei Mitarbeiter einen Apparat. Das klassische T-Layout für die Anordnung von Schreibtischen hatte seinen Ursprung u. a. in dieser Doppelnutzung (Abb. 24). Auf einem Schwenkarm konnte das Telefon hin und her gereicht werden. Ein gemeinsamer Computerbildschirm wird auch heute noch manchmal auf diese Weise genutzt.

Vom primitiven Wahlscheibengerät hat sich das Telefon heute zu einem Kommunikationscomputer entwickelt. Speichermöglichkeiten für unzählige Telefonnummern, Kalender-, Wecker-, Konferenz- und Notizfunktionen sowie die Möglichkeit, Anrufe an andere Apparate umzulenken, sind vorhanden. In letzter Zeit kam mit dem Mobilfunk die zunehmende räumliche Flexibilität hinzu. Dieser Innovationsschub wurde ausgelöst, als in allen großen Industrienationen in den letzten beiden Jahrzehnten die staatlichen Telekommunikationsfirmen privatisiert wurden und ein offener Wettbewerb entstand.

Fax, ISDN, Internet

Die erfolgreiche Einführung von Faxgeräten machte den Anfang bei der Nutzung der Telefonleitungen für weitere Funktionen zusätzlich zur Sprachübertragung. Die schnelle Verbreitung von Faxgeräten im asiatischen Sprachraum basierte auf der Fähigkeit, die Zeichen der jeweiligen Landessprache als Graphik zu übertragen. Mit den bis dahin vorhandenen Telexgeräten war dies nicht möglich. Mit Hilfe von Modems können Daten aller Art übertragen werden. Anfänglich wurden nur einfache Systeme wie BTX genutzt, mittlerweile zählen leistungsfähigere Systeme wie ISDN und LAN zum technischen Standard. Anschlüsse an Computernetze wie das Internet ermöglichen weltweites Arbeiten »online«. Ermöglicht wurde dies durch die Steigerung der Datenübertragungsraten mit der Einführung von Glasfaserkabeln und digitalen Vermittlungsstellen, die gegenüber Kupferkabeln und analoger Technik eine stark verbesserte Leistungsfähigkeit und Qualität der Systeme mit sich brachte. Neue Technologien wie ATM (Asynchronous Transfer Mode) mit einer wesentlich höheren Leistungsfähigkeit werden zur Zeit erprobt.

Kommunikationsaufgaben für Computer

Computer übernehmen heute außer Textverarbeitungs-, Tabellenkalkulations- und Datenbankaufgaben zunehmend auch Kommunikationsaufgaben. Die Vernetzung der einzelnen Computer bietet weitere Möglichkeiten.

Die Monitore werden immer größer und benötigen, als Röhrenmonitore, daher tiefere Tische und mehr Fläche. Mit der absehbaren Einführung von Flachbildschirmen wird sich dieser Trend umkehren. Mit einem

Quadratmeter eingesparter Fläche lassen sich bereits heute die Mehrkosten für einen Flachbildschirm abdecken. Eine verbesserte Ergonomie, geringerer Verbrauch und geringere Wärmelasten sind positive Nebeneffekte des Einsatzes von Flachbildschirmen. Mittelfristig werden 3-D-Projektionen am Arbeitsplatz und in Kommunikationsräumen eingesetzt.

Multimedia

Der Integrationsprozeß am Computer wird weiter fortschreiten. Multimediale Kommunikationstechniken, die gleichzeitig Bild- und Tonverbindungen möglich machen und von computergesteuerten Lautsprechern und Mikrophonen unterstützt werden, sind im Computer integriert. Videokonferenzen werden von jedem Arbeitsplatz aus möglich sein und keinen speziellen Raum mehr benötigen.

Dual-Mode

Leistungsfähige Computer in Taschenrechnergröße in Kombination mit einem Handy, die die ständige Erreichbarkeit und den Zugriff auf das eigene Terminal auch bei Abwesenheit vom Arbeitsplatz ermöglichen sollen, werden zur Zeit entwickelt. Die Geräte können im Dual-Mode betrieben werden: Im Gebäude erfolgt die Datenübertragung über das hauseigene Netz, außerhalb des Gebäudes über ein Mobilfunknetz. Über kleine Displays können in Besprechungen ohne Störung Informationen weitergegeben und mit Hilfe der Tastatur auch Antworten versandt werden [Stone].

Abb. 25: Flachbildschirm

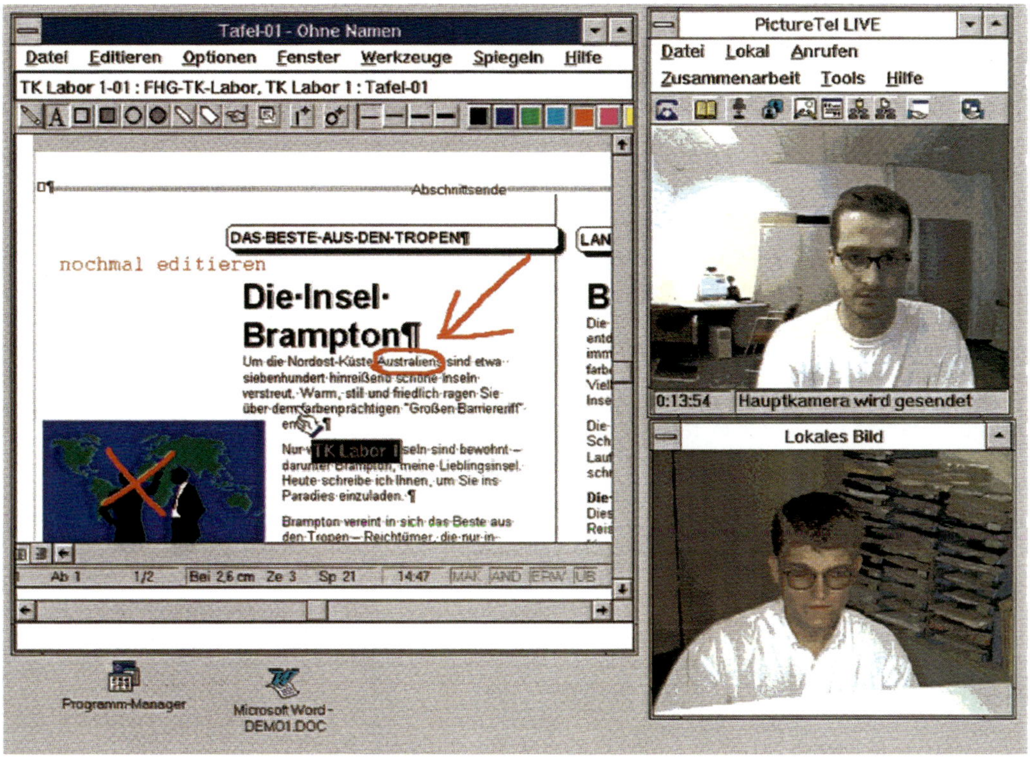

Abb. 26: Desktop-Videokonferenzen (nach Fraunhofer IAO)

Firmeneigene Netze

I&K-Technologie kann eingesetzt werden, um das vorhandene Wissen besser zugänglich zu machen. In firmeneigene Netze können elektronische Anzeigetafeln eingeführt werden. Die räumlichen Barrieren der Kommunikation werden überwunden. Tritt ein Problem auf, beschreibt es der betroffene Mitarbeiter auf der Anzeigetafel, statt wie früher zu den Mitarbeitern zu gehen, bei denen er die Antwort vermutet. Interessanterweise kommen Antworten auf diese Weise häufig aus Teilen des Unternehmens, aus denen gar keine Reaktion erwartet wurde [Stone].

Papierreduziertes Büro

Eingehende Briefe werden gescannt und am Bildschirm weiterbearbeitet. Bei einer konsistenten Datenbearbeitung und klar definierten Rechten zum Zugriff auf elektronische Archivsysteme kann mit Hilfe von Suchmaschinen (Agenten) von jedem Arbeitsplatz aus auf das Archiv zugegriffen werden. Der Aufwand für das Suchen und Auffinden von Dokumenten reduziert sich erheblich. Den Mitarbeitern ist zwar weiterhin erlaubt, Ausdrucke anzufertigen, die Archivierung findet jedoch ausschließlich – sofern keine gesetzlichen Vorschriften wie z.B. bei notariellen Urkunden dagegen sprechen, ausschließlich elektronisch statt. Ein wichtiger Schritt zum papierreduzierten Büro.

Informationsnetzwerk

International tätige Unternehmen verstehen sich als ein 24 Stunden arbeitendes weltweites Informationsnetzwerk. Es soll keinen Unterschied zwischen der Zusammenarbeit mit einem Kollegen in dem darüberliegenden Stockwerk und einem Kollegen auf einem anderen Kontinent geben. Durch I&K-Technologie können Projektteams mit internationaler Besetzung zusammenarbeiten, auch wenn sich die Mitglieder an unterschiedlichen Orten aufhalten. Geeignete Werkzeuge wie »Computer Supported Cooperative Work« (CSCW) und Application-Sharing müssen dafür allerdings noch entwickelt werden [Riedel].

Desk-Sharing und Telearbeit

Durch die I&K-Technologie wird die Bindung an den Arbeitsplatz immer weiter aufgehoben. Neue Bürokonzepte wie Desk-Sharing und Telearbeit werden möglich. Ein Mitarbeiter benötigt nicht mehr seinen eigenen festen Arbeitsplatz, um seiner Tätigkeit nachzugehen, sondern kann dies von verschiedenen Orten aus erledigen. Das Büro von DEC in Espoo, Finnland, ist hierfür ein Beispiel (Abb. 27). In einem Großraum sind Bereiche angeordnet, die auf spezialisierte Tätigkeiten ausgerichtet sind. Je nach notwendiger Tätigkeit geht man zu den Textverarbeitungscomputern, in die Besprechungszone oder zum Technik-Pool. Jeder Mitarbeiter hat ein tragbares Telefon bei sich, um trotzdem

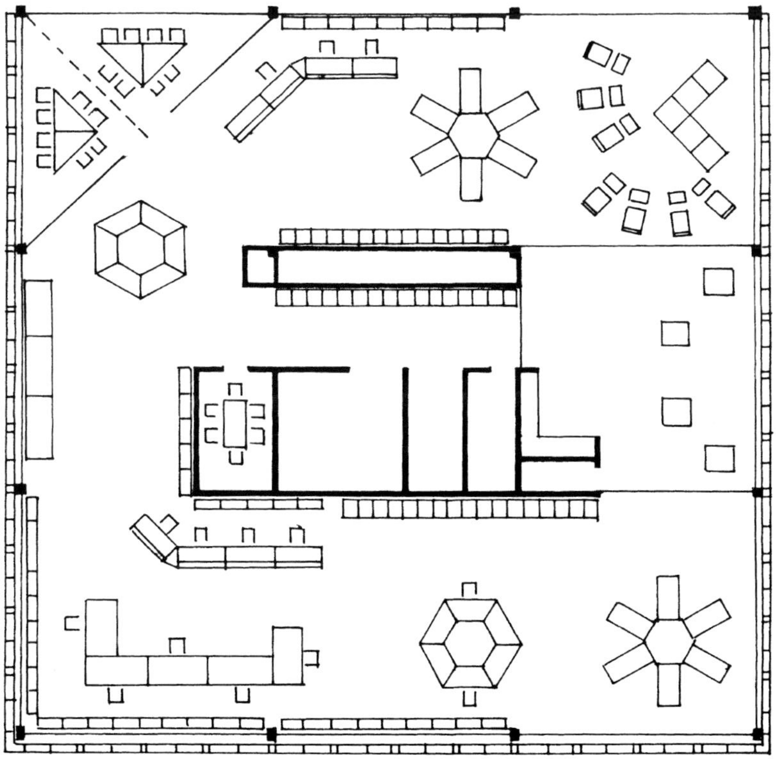

Abb. 27: Grundriß Bürogebäude DEC, Espoo

erreichbar zu sein. Informationen sind weitestgehend über das Computernetz zugänglich, zu dem jeder Mitarbeiter über die Endgeräte mit einem Paßwort Zugang hat. Ohne die I&K-Technologie wäre diese Lösung nicht möglich gewesen. Ein weiteres Argument für dieses Modell war die Tatsache, daß DEC die eigenen Produkte anwenden konnte. So wie die Technologie sich kontinuierlich verändert, verändern sich auch die Büros. In dem Büro in Espoo haben mittlerweile mehrere Umorganisationen stattgefunden.

Dezentrale Unternehmens-standorte

Mit der I&K-Technologie lassen sich Unternehmensstandorte dezentral betreiben. Der in der Provence, Frankreich, gelegene Gewerbepark Sophia Antipolis wird hauptsächlich von Unternehmen der Computerbranche genutzt. Er bietet durch seine Lage angenehme Lebensbedingungen, ganz anders als der Ballungsraum Paris. Das spezielle Angebot, in der Provence leben und arbeiten zu können, soll hochqualifizierte Mitarbeiter an das Unternehmen binden und dadurch der branchentypischen hohen Fluktuation entgegenwirken. Über Datenleitungen und Netzwerke können viele der zuvor in Paris anfallenden Tätigkeiten in Südfrankreich erledigt werden.

Return on Investment

I&K-Technologie ist und bleibt teuer. Wer sie nicht zu 100% ausnützen kann, hat keinen vernünftigen Return on Investment für die Anschaffung. Dies trifft besonders kleine Firmen. Um ihnen dennoch den Zugang zu ermöglichen, wird bei großen Projekten, vor allem in den USA, das Prinzip der Shared Tenant-Services (STS) angewendet.

Mit der I&K-Technologie entwickelte sich auch ein neuer Gebäudebegriff. Es soll nicht mehr abgeschlossene Einheit, sondern mit möglichst vielen Verbindungen zur Außenwelt ausgestattet sein. Es dient dazu, Zugang zu dem Unternehmen zu erhalten und bei dieser Gelegenheit andere Mitarbeiter zu treffen. Früher wurde das Unternehmen durch das Gebäude der Hauptverwaltung symbolisiert. Mit zunehmender Bedeutung der I&K-Technologie steht das Unternehmen immer mehr für ein Netzwerk, das für den Kunden bestimmte Leistungen zur Verfügung stellt.

Häufiger Austausch von I&K-Komponenten

Die I&K-Technologie stellt wesentliche Anforderungen an das Gebäude. Kürzere Produktzyklen der eingesetzten Geräte, starker Preisverfall und wirtschaftlicher Druck führen zu häufigem Wechsel der Bauteile. Der Arbeitsplatz muß mit den notwendigen Leitungen versehen werden. Das größere Problem ist aber, diese Leitungen möglichst störungsfrei warten und austauschen zu können. Die Wahl des dafür geeigneten Systems hängt vom Leitungsvolumen und der Büroform ab. Während große Raumtiefen fast nur mit Doppelboden für die Kabelführung oder über ein Netz an der Decke erschließbar sind, werden in kleineren Räumen zunehmend Kombinationen aus Hohlraumböden und Kanälen gewählt. Für Zellenbüros können Brüstungskanäle angemessene Lösungen sein.

Für die Verkabelung der Arbeitsplätze zeichnen sich zwei verschiedene Entwicklungstrends ab. Ein Trend will die Datenübertragung auf der Basis von Infrarot oder Ultraschall drahtlos machen, der andere möchte die notwendigen Informationen auf die vorhandenen Stromleitungen aufmodulieren. Doppel- oder Hohlraumböden sind für die Unterbringung der Datenleitungen nicht mehr notwendig. Primär werden die Baukosten durch geringere Geschoßhöhen gesenkt. Ein Sekundärnutzen entsteht durch die erhöhte Flexibilität der Arbeitsplätze, die sich leichter umstrukturieren lassen.

Zentrale EDV-Räume

Zentrale EDV-Räume werden auch in Zukunft aus Gründen der Datensicherheit notwendig sein. Ihre Größe und die von ihnen ausgehenden Wärmelasten werden weiter abnehmen. Von einer teuren Besonderheit hat sich die I&K-Technologie zum unabdingbaren Gebäudebestandteil entwickelt, der in die Neuplanung integriert werden muß.

Bürogebäude als Knoten im Kommunikationsnetz

Auch in Zukunft wird das Bürogebäude der Treffpunkt für die Mitarbeiter und die Kunden sein. Immer wenn gemeinsam an einem Thema sehr intensiv gearbeitet werden muß, wird die Arbeitsleistung im Bürogebäude erbracht werden. Ansonsten wird der eigentliche Arbeitsort vollkommen vom Bürogebäude gelöst sein. Das Bürogebäude ist ein Knoten im Kommunikationsnetz des Unternehmens.

1.3 Standort

Der zentrale Standort eines Bürogebäudes hat durch die neuen Organisationsformen und die Informations- und Kommunikationstechnologie an Bedeutung verloren. Es wird jedoch auch weiterhin Bürogebäude geben, die von Geschäftspartnern besucht und von Mitarbeitern benutzt werden. Gute Verkehrsanschlüsse und Parkmöglichkeiten sind wichtige Entscheidungsfaktoren für einen Standort [DIFA].

1.3.1 Verkehrsanbindung

Anteil der direkten Kommunikation

Die Mitarbeiter müssen trotz verbesserter elektronischer Kommunikationsmöglichkeiten räumlich zunehmend mobil sein. Der Anteil der direkten Kommunikation bleibt oft konstant oder wird sogar noch gesteigert, um den direkten Kundenkontakt zu verbessern. Projektteams erstrecken sich auf einen immer größeren regionalen Kreis, und der Kommunikationsbedarf steigt. Eine günstige Anbindung der Gebäude an Verkehrsmittel und Wege ist eine wichtige Voraussetzung, um produktiv arbeiten zu können. Mitarbeiter verlieren wenig Zeit auf dem Weg zur Arbeit, Kunden können schnell besucht werden oder bequem ins Gebäude kommen.

Abb. 28: U-Bahn in Tokio

Standorte in der Nähe von Autobahnanschlüssen und Bundesstraßen ermöglichen schnelle An- und Abfahrten. Wenige hundert Meter Entfernung können durch Ampeln, Einbahnstraßen und Staus zu einer Verlängerung der Fahrtzeit um 10 bis 15 Minuten führen. Mitarbeiter, die mehrmals am Tag zu Kunden fahren müssen, erleiden erhebliche Zeitverluste. Statt dessen sollte die Zeit besser beim Kunden oder im Büro genutzt werden. Die Möglichkeit, im Auto zu telefonieren, kompensiert diesen Arbeitsverlust nur mit Einschränkungen.

Nähe zu Verkehrssystemen

Die Entwicklung von Boden- und Mietpreisen im Einzugsgebiet von neuen S-Bahn-Linien zeigt, wie bedeutend ein leistungsfähiger Anschluß an das öffentliche Nahverkehrsnetz ist. Die Preise liegen dort nur wenig unter denen in der Innenstadt. Mitarbeiter und Kunden sind dann nicht ausschließlich auf das Auto angewiesen, um ein Gebäude zu erreichen. Wie wichtig die Faktoren im einzelnen sind, hängt von der Kunden- und Mitarbeiterstruktur ab.

Innenstadt

In Innenstädten können günstige Fußgängerverbindungen die Attraktivität eines Standortes beträchtlich steigern. Je mehr Fußgänger ein Gebäude passieren, um so höher liegt der Verkehrswert des Grundstücks. Er ist wirtschaftlicher Indikator für die Bedeutung, die die Anbindung für den Nutzer haben kann. In dem Coin-Street-Projekt in London von Richard Rogers scheute sich der Investor nicht vor den Ausgaben für eine neue Brücke, die die Verbindung zweier getrennter Stadtteile herstellen sollte [Appleyard]. Die gesteigerte Attraktivität des Ortes versprach eine bis zu 8 DM (1986) höhere Miete pro Quadratmeter (Abb. 29).

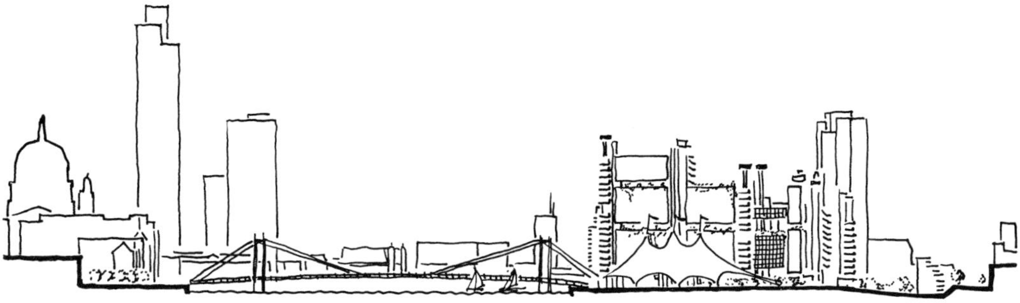

Abb. 29: Ansicht Coin-Street-Projekt, London (nach Richard Rogers Partnership)

1.3.2 Kunden und Projektpartner

Servicekomponente des Produkts

Der Markterfolg eines Produktes wird häufig über den Service entschieden, der mit dem Produkt angeboten wird. Produktlebenszyklen werden kürzer und die Produkte häufig erklärungsbedürftiger. Bei der Anschaffung von PCs beispielsweise liegt der größte Kostenblock nicht beim eigentlichen Kaufpreis, sondern bei der anschließenden Installation im Unternehmen und der Schulung der Mitarbeiter. Bei einer neuen Gerätegeneration kann eine andere Präsentationstechnik notwendig oder ein anderer Kundenkreis umworben werden. Als Folge dieser Anforderungen ändern viele Unternehmen ihre Organisationsstruktur, um sich leichter den veränderten Geschäftsfeldern anpassen zu können. Große und unbewegliche Zentren weichen flexiblen und dezentralen Strukturen. Flächen für Kundenbetreuung werden selten gekauft, sondern meist gemietet, um sie leichter an geänderte Anforderungen anpassen zu können.

Präsentation und Schulung als Teil des Services

Kundenkontakt

Kontakt zum Kunden besteht bei Beratung und Verkauf eines Produkts. In der Zeit des Internets wird bei komplexen Produkten oder Beratungsleistungen auch weiterhin der direkte Kontakt häufig unersetzlich sein. Dieser Kontakt ist vor allem bei Schulungen, Wartung und gemeinsamen Projekten besonders intensiv.

1.3.3 Mitarbeiter

Parkplätze

Der Bürostandort sollte für die Mitarbeiter leicht erreichbar sein. Büros ohne Anbindung an öffentliche Verkehrsmittel setzen voraus, daß die Mitarbeiter ein Auto nutzen, um zur Arbeit zu kommen. Ferner müssen ausreichend Parkmöglichkeiten vorhanden sein. Für die Mitarbeiter ergeben sich im Vergleich zur Benutzung des öffentlichen Personennahverkehr Mehrausgaben, die der Arbeitgeber gegebenenfalls mit einem höheren Gehalt ausgleichen muß. Berücksichtigt man, daß die Personalkosten für ca. 80% der Bürokosten verantwortlich sind, dann hat die Standortwahl entscheidenden Einfluß auf die Gesamtkosten. Die indirekten Kosten durch Ermüdung oder Frustration, verursacht durch eine lange Anfahrt, sind noch nicht berücksichtigt.

Öffentlicher Nahverkehr

Bei einer Steigerung der Energiepreise oder einer generellen Erhöhung der Kosten für die Automobilnutzung ist zu erwarten, daß mehr Mitarbeiter versuchen werden, auf das Auto zu verzichten. Die Folge wird eine stärkere Nachfrage nach Gebäuden mit Anschluß an den öffentlichen Nahverkehr sein.

Trennung von Arbeiten und Wohnen

In großen Ballungsräumen ist die Entfernung von Arbeitsplatz und Wohnung ein weiterer Aspekt. Dort pendeln täglich Hunderttausende zu ihrem Arbeitsplatz. Fast alle westlichen Großstädte sind nach der modernen Funktionstrennung organisiert. Die Wohngebiete sind von den Arbeitszentren getrennt. Das Pendeln zum Arbeitsplatz ist mit einem erheblichen Energieaufwand verbunden. Die Abgase des Individualverkehrs führen zu einer Umweltbelastung, die sich in einem Anstieg der Abgase, vermehrter Ozonbildung und Lärmbelastung der Anwohner äußert.

Beispiel Los Angeles

Die Auswirkungen sind von der topographischen Lage einer Stadt abhängig. Die Stadt Los Angeles ist eines der bekanntesten negativen Beispiele. Mehrere Millionen Menschen fahren täglich in das Stadtzentrum. Der größte Teil von ihnen sitzt allein im Auto. Die ungünstige Lage zwischen Meer und Bergen und die große Trennung von Wohnen und Arbeiten verursachen einen enormen Pendelverkehr zwischen Downtown und den Wohngebieten in den Vororten. Viele Menschen sind auf das Auto als Verkehrsmittel angewiesen, da der öffentliche Verkehr für sie keine Alternative darstellt. Als operative Reaktion darauf ist Los Angeles seit Jahren führend auf dem Gebiet der Verkehrsorganisation. Hier wurden als erstes strengere Abgasgrenzwerte durchgesetzt, Mehrfahrerspuren eingerichtet und neue Verkehrsmittel erforscht. Der Bundesstaat Kalifornien wird eine Vorreiterrolle bei der Einführung von Elektrofahrzeugen einnehmen. Telearbeit stellt auch aus diesem Grund für viele Beschäftigte inzwischen eine ernstzunehmende Alternative dar.

Gesamtenergiebilanz

Der Standort des Gebäudes wird bei der Betrachtung der Gesamtenergiebilanz des Büros meist vernachlässigt. Die Einsparung von Heizkosten durch Fenster mit einer guten Wärmedämmung führt zu dem Etikett »umweltfreundlich«. Unberücksichtigt bleibt die Energie, die für das Pendeln zum Arbeitsplatz verbraucht wird. Mit der Wahl eines Standortes kann entscheidender Einfluß auf den Gesamtenergieverbrauch genommen werden. Die durch Verkehr anfallenden direkten Kosten während der Nutzungsphase müssen durch den Mitarbeiter getragen werden und bleiben bei der Standortwahl meist unbeachtet.

Nutzungsmischung Wohnen – Arbeiten

Vorbild könnte ein historisches Konzept sein. Im Berlin um die Jahrhundertwende gab es sogenannte »Pantoffelfabriken«. Die Fabrikgebäude lagen so nahe an oder sogar in den Wohngebäuden, daß die Arbeiter morgens mit ihren Pantoffeln zur Arbeit gehen konnten. Moderne Kommunikationstechnik und Arbeitsorganisation machen dieses Prinzip für Büroarbeit interessant, diesmal jedoch ohne eine permanente physische Anwesenheit. Teleworking kann vergleichbare Konzepte bereitstellen. Aktuelle Beispiele sind Sophia Antipolis oder ParcBit auf Mallorca.

Standortanalyse

Der Anschluß an öffentliche Verkehrsmittel und der günstigste Weg für die Gesamtheit der Mitarbeiter können entscheidend für die Wahl des Standortes sein. Ein Stuttgarter Versicherungsunternehmen suchte für 1.000 Mitarbeiter ein neues Gebäude. Die meisten Mitarbeiter wohnten in einem klar umrissenen Gebiet in der Nähe von Stuttgart und kamen größtenteils mit öffentlichen Verkehrsmitteln ins Büro. Die Anfahrtszeiten der Mitarbeiter zu potentiellen Standorten wurden im Vorfeld mit Unterstützung des lokalen Verkehrsverbundes errechnet und mit dem Status quo verglichen. Manche Standorte wiesen aufgrund ungünstiger Verkehrsverbindungen eine Verlängerung der Anfahrtszeiten um 50 % auf. Eine solche Untersuchung kann auch klären, ob eine Standortverlagerung mit dem Ziel der Mietpreisreduzierung für das Unternehmen gesamtwirtschaftlich sinnvoll ist.

1.4 Arbeitsplatzgestaltung und Arbeitsumfeld

Die Qualität der Arbeitsplätze und das Arbeitsumfeld tragen entscheidend zur Akzeptanz des Gebäudes durch die Mitarbeiter bei. Kriterien für ihre Qualität sind unter anderem die Funktionalität, die Ergonomie, die richtige Organisation und das äußere Erscheinungsbild. Für ein Großteil dieser Kriterien wird in Deutschland durch die Bildschirmarbeitsverordnung ein EU-weit geltender Mindeststandard festgelegt.

Fenster

In einer repräsentativen Befragung des Fraunhofer-Instituts für Arbeitswirtschaft und Organisation (IAO) wurden diese Anforderungen untersucht [Kelter]. Der Fassade bzw. den Fenstern kommt eine große Bedeutung zu. Als direkte natürliche Licht- und Luftquelle sowie als psychologische Orientierungspunkte sind sie nicht zu unterschätzen. Damit verbunden ist die persönliche Kontrolle des Raumklimas. Ein zu öffnendes Fenster ist hierfür eine Voraussetzung. Architekten entwickeln immer wieder eigene Fensterlösungen, um die ästhetischen und funktionalen Probleme in den Griff zu bekommen. Schmale, hochformatige Fenster, deren Flügel beim Öffnen nicht über die Fensterbrüstung hinweg in den Raum hineinschwenken, können eingesetzt werden, um bei beengten Platzverhältnissen das Fenster öffnen zu können.

Öffnen

Bei größeren Fensterflügeln werden die Fenster häufig horizontal unterteilt. Der untere Teil ist fest verglast, während der Öffnungsflügel im oberen Teil sitzt.

Tür

Die Lage des Schreibtischs zur Tür und der Überblick vom Arbeitsplatz über den Raum haben eine hohe Bedeutung. Besonders in Gruppen- und Großräumen ist ein gesicherter Flankenschutz notwendig. Bei Zellenbüros wird von den Mitarbeitern besonders eine übersichtliche Lage der Tür geschätzt. Mitarbeiter haben das Bestreben, einen Raum zu schaffen, der ihnen persönlich zugeordnet ist. Dieses Bestreben ist besonders in Deutschland ausgeprägt.

Ergonomie

Ergonomische Anforderungen müssen erfüllt werden [Kern 1991]. Unter anderem in bezug auf

- die Körpermaße
- die Arbeitshaltung
- die Wechselwirkung von Arbeitsplatz und Umgebung
- die Organisation der Arbeit.

Flexible Büromöbel

Büromöbel sollten verstellbar sein und insofern für die meisten weiblichen und männlichen Mitarbeiter passend eingestellt werden können. Wo das nicht möglich ist, müssen Mittelwerte gefunden werden. Ein grundsätzliches Problem liegt in der dominierenden Körperhaltung, dem Sitzen. Für die Wirbelsäule ist es eine Position, die mit einer hohen Belastung verbunden ist. Das empfinden auch die Mitarbeiter. 71 % aller Mitarbeiter arbeiten nicht gerne länger im Sitzen. Trotzdem müssen durchschnittlich 75 % der Arbeitszeit im Sitzen verbracht werden [Gottschalk 1994]. Die Körperhaltung hat direkten Einfluß auf die Leistungsfähigkeit der Mitarbeiter. Durch eine gut geplante Arbeitsplatzgestaltung kann dem Mitarbeiter die Möglichkeit zu wechselnden Arbeitshaltungen gegeben werden. Hierfür eignen sich beispielsweise Stehpulte am Arbeitsplatz, an denen gelesen, geschrieben oder telefoniert werden kann. Hierfür ist bei entsprechenden Möbelsystemen nicht einmal ein zusätzlicher Flächenbedarf notwendig (Abb. 30).

Technik-Pools

Hier liegt auch ein wichtiger Nebeneffekt von abteilungsbezogenen Pools für Drucker, Kopierer, Archiv etc. Die Mitarbeiter sind gezwungen, aufzustehen, wenn sie auf diesen Pool zurückgreifen möchten.

Integration der Technik

Einen entscheidenden Einfluß auf die Arbeitsplatzgestaltung hatte in der Vergangenheit die Aufnahme der Informations- und Kommunikationstechnologie. Die teilweise großvolumigen Geräte mußten in den Arbeitsplatz integriert werden. Ebenso benötigten sie zusätzliche Möbel und damit eine größere Fläche. Eine zentrale Rolle spielen dabei der richtig aufzustellende Monitor, die gestiegene Zahl von Kabeln und die Wärmeabgabe [Hartkopf].

Abb. 30: Stehpult aus der Serie isi4 (Quelle: Wini, Coppenbrügge)

Dies hat Folgen für Möbel, Boden und Decke. Das alte Ausbauraster von 1,25 m stellte sich als zu klein heraus, besonders wenn noch weitere Geräte, wie beispielsweise Drucker, benötigt wurden. Mittlerweile werden meist 17-Zoll-Monitore verwendet, die als Röhrenmonitore aus ergonomischen Gründen eine Tischtiefe von mindestens 90 cm erfordern. Durch den technischen Fortschritt werden die Geräte wieder kleiner und erfordern nicht mehr so große Möbel. Beispiele hierfür sind die Flachbildschirme, die sich auch für Desktop-Anwendungen durchsetzen, oder die Netzcomputer, die keinen aufwendigen PC am Arbeitsplatz benötigen. Nebeneffekte hierbei sind eine gleichzeitige Reduzierung des Stromverbrauchs und der Wärmeabgabe.

Der Einfluß von neuen Interfaces für die Datenein- und -ausgabe wie Spracheingabe und 3-D-Projektionen kann noch nicht abschließend beurteilt werden.

1.4.1 Arbeitsplatztypen

Der einzelne Arbeitsplatz ist ein entscheidendes Grundmodul, aus dem sich die Hauptnutzflächen zusammensetzen. Gleichartige Arbeitsplätze können zu Arbeitsplatztypen zusammengefaßt werden. Arbeitsplatztypen werden von einer Anzahl von Faktoren beeinflußt. Der Funktions- und Tätigkeitstyp beeinflußt die Ausstattung und Anordnung der Arbeitsplätze. Die Beziehung der Arbeitsplätze untereinander bestimmt maßgeblich die Kommunikationsqualitäten des Raumlayouts.

Status

Der Arbeitsplatztyp diente früher – bei ähnlichem funktionalem Flächenbedarf verschiedener Arbeitsplätze – häufig zur Definition des Mitarbeiterstatus. Mit einem Prämiensystem wurden Anreize geschaffen, sich stärker für das Unternehmen zu engagieren. Jeder Mitarbeiter konnte an der Zahl der grünen Topfpflanzen oder der Fensterachsen im Raum sofort erkennen, wie erfolgreich sein Kollege war. Im Laufe der Zeit wurde ein stark differenziertes System aus Privilegien geschaffen. Die erfolgreichen Managementkonzepte der letzten Jahre führten zu einer wesentlich rationaleren Betrachtung des Arbeitsplatzes. Vor dem ökonomischen Zwang muß die Zahl unterschiedlicher Raumtypen minimiert werden, und Arbeitsplatztypen müssen durch Funktionstypen bestimmt sein.

Sachbearbeiter

Ein Sachbearbeiterplatz kann dem Funktionstyp Abwickler entsprechen. Er kann aus einem Arbeitstisch (120 × 80 cm), einem Besprechungsanbau (80 × 80 cm), einem Bürodrehstuhl, einem Sideboard (120 cm) und einem Schrank (120 cm) bestehen. Zusätzlich werden ein Telefon und ein Arbeitsplatzcomputer benötigt (Abb. 31). Bei Kombibüroarbeitsplätzen wird die Möblierung um einen Besprechungsanbau erweitert.

Arbeitsplatztypen

Arbeitsplätze mit Leitungsfunktion werden den Funktionstypen nach als Halbprofis bzw. Profis bezeichnet. Der Arbeitsplatz, ausgestattet wie der eines Sachbearbeiters, wird aber durch eine Besprechungsmöglichkeit für zwei bzw. vier Personen ergänzt.

Arbeitsplätze unterscheiden sich in der Beziehung untereinander, d.h. in den Kommunikationsmöglichkeiten. Eine stark von Routine geprägte Sachbearbeitertätigkeit kann in Einzelarbeit am besten bewältigt werden. Teamorientierte Arbeit hingegen benötigt intensive Kommunikation in Form von häufigen Absprachen und Informationsaustausch. Arbeitsplätze mit überwiegend ruhigen Tätigkeiten müssen selektiveren Zugang zu Kommunikationsmöglichkeiten haben als Arbeitsplätze, die durch unruhige Tätigkeiten charakterisiert sind. Die Anordnung der Arbeitsplätze muß auf die Kombination der Arbeitsplätze abgestimmt sein. Besprechungs- oder Rückzugsmöglichkeiten müssen fallweise angeboten werden.

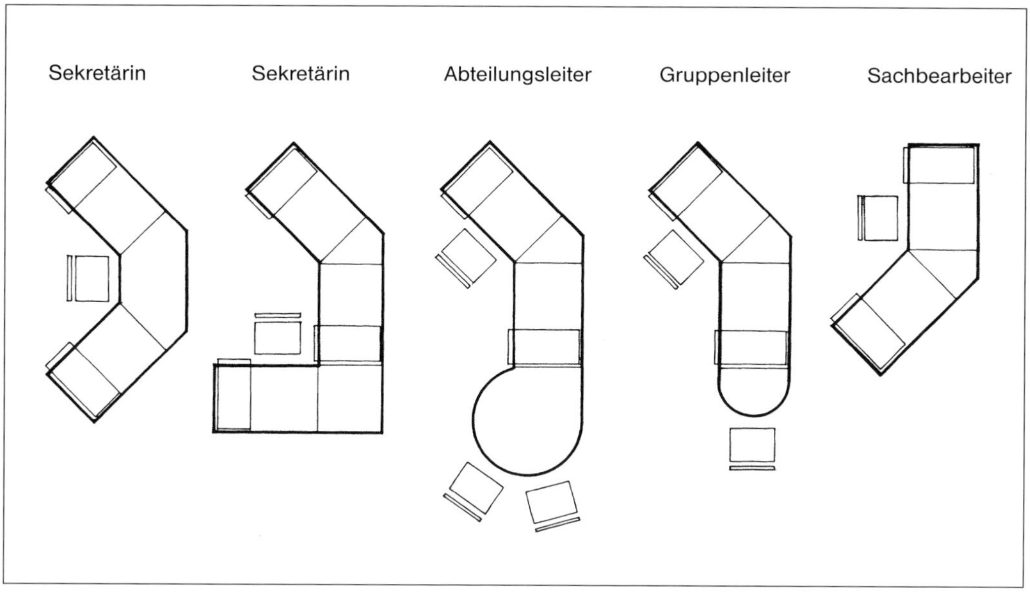

Abb. 31: Arbeitsplatztypen (nach Hungenberg)

Prozeßanalyse

Die Analyse der Prozesse und Tätigkeiten ist Grundlage für die Planung von Büroprojekten. Die Arbeitsplatztypen können dann so angeordnet werden, daß möglichst wenig Konflikte entstehen. Untersuchungen zeigen, daß Beeinträchtigungen der Büroarbeit alltäglich sind. Neben gravierenden Defiziten in den physischen Arbeitsbedingungen fühlten sich 60 % aller Befragten durch Lärm und Geräusche gestört. Direkte Gespräche fielen 41 % unangenehm auf (Abb. 32).

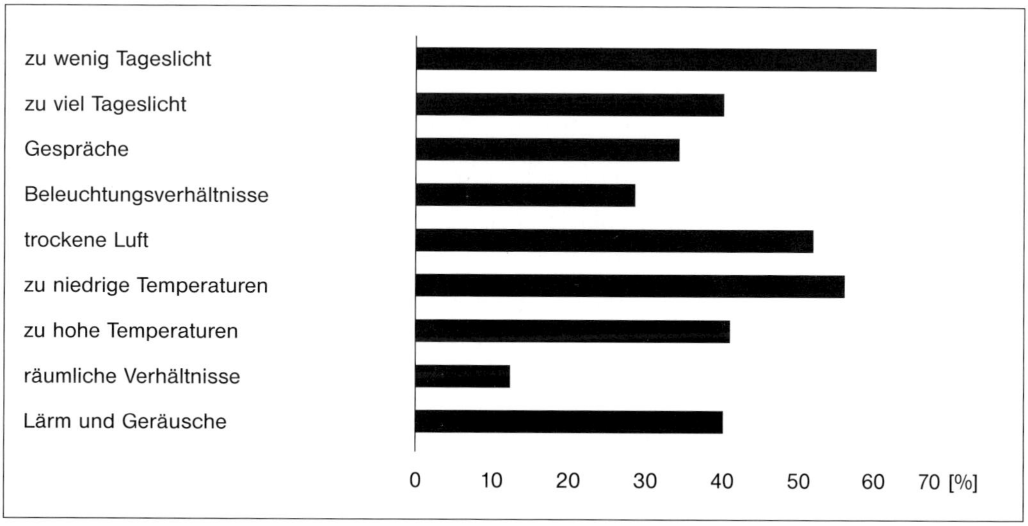

Abb. 32: Ursachen der ständigen Beeinträchtigung der Büroarbeit (nach Gottschalk)

Ganzheitliche Bearbeitung

Zukünftig wird die Bearbeitung von Teilschritten einer ganzheitlichen Bearbeitung weichen. Eine Möglichkeit besteht in der zunehmenden Integration von Arbeitsschritten und den dafür notwendigen Geräten am Arbeitsplatz. Technische Entwicklungen, insbesondere auf dem Gebiet der Computer- und Informations- und Kommunikationstechnologie, sprechen stark für eine Entwicklung von »Mischarbeit«, etwa aus Bildschirmarbeit, Dokumentenstudium, Schreiben und Kommunizieren mit den Mitarbeitern. Die Verwendung von immer komplexeren und umfangreicheren Techniken wie CAD oder Multimedia könnte zum Maß für einen Standardarbeitsplatz werden. Einer der Nachteile liegt in den hohen Anschaffungskosten für die Ausstattung der Arbeitsplätze und im hohen Flächenbedarf.

Monofunktionale Arbeitsplätze

Einen Ausweg bieten monofunktionale Arbeitsplätze, die jeweils für eine spezifische Funktion optimal ausgestattet sind und von einer Gruppe von Mitarbeitern gemeinsam genutzt werden. Wenn überhaupt, sind nur die einfach ausgestatteten Arbeitsplätze einem Mitarbeiter direkt zugeordnet. Die Spezialarbeitsplätze können über ein elektronisches Buchungssystem des Facility-Managements reserviert werden oder durch informelle Absprachen innerhalb der Gruppe. Durch eine solche Lösung können technisch bessere Geräte angeschafft werden, da sie in geringerer Stückzahl benötigt werden und zusätzlich besser ausgelastet sind. Die Umgebungsbedingungen können besser auf die Geräte zugeschnitten werden, was einen effektiveren, kostengünstigeren und störungsfreieren Arbeitsablauf ermöglicht. Die Mitarbeiter eines so organisierten Büros sind mehr in Bewegung als Mitarbeiter, die ihre festen Arbeitsplätze haben. Die Folgen sind eine stärkere informelle Kommunikation und ein besser ausgeprägtes Zusammengehörigkeitsgefühl.

1.4.2 Büroeinrichtung

Elemente der Büroeinrichtung sind Möbel wie Tische, Stühle, Schränke, Sideboards, aber auch Trennwände, Raumgliederungssysteme und Beleuchtungen. Von den Funktionen her können sie für Arbeitsplätze, wie in den Arbeitsplatztypisierungen beschrieben, aber auch für Besprechungsbereiche oder für Sondersituationen wie Empfangstheken eingesetzt werden.

Bewegungsraum

Die Büroeinrichtung muß den Arbeitsmitteln und den Mitarbeitern gleichermaßen funktional entsprechen. Sie bestimmen, zusammen mit dem Bewegungsraum und den Zugängen den tatsächlichen Flächenbedarf pro Arbeitsplatz. Die großen Röhrenmonitore bedingen einen Trend zu Tischen, die tiefer als 80 cm sind. Solch eine Entwicklung hat erhebliche Auswirkungen auf den Flächenbedarf pro Arbeitsplatz. Ein Zellenbüro mit einer lichten Breite von 3,60 m, in dem zwei Arbeitsplätze mit 80 cm tiefen Tischen in Blockstellung Platz fanden, ist mit diesen tieferen Tischen unter Einhaltung der gesetzlichen Vorschriften bezüglich des freien Bewegungsraumes i.d.R. nicht realisierbar. Dieser Trend wird mit der Einführung der Flachbildschirme gestoppt werden, und die Tischtiefen werden sich wieder am gesetzlichen Mindestmaß von 80 cm orientieren.

Verkettungsmöbel

Büroeinrichtungen haben häufig einen eher trendorientierten Charakter. Mit ihnen lassen sich die vorherrschenden Organisationsformen und Gestaltungsmoden leicht ausdrücken. Im Umkehrschluß bleiben sie jedoch meist länger in Gebrauch als ein Trend anhält. So wurden bis in die 90er Jahre die Möbel immer komplexer. Es entstanden Möbelsysteme, die teilweise verkettet waren und mit denen die Unternehmen auf Veränderungen der Arbeitsorganisation nur mit erheblichem Umbauaufwand reagieren konnten. Die Montagezeit pro Arbeitsplatz konnte leicht mehr als einen halben Tag betragen. Solche starren Systeme sind in statischen Büros angebracht. In dynamischen und flexiblen Büros dagegen, wie sie beispielsweise in den TIME-Branchen vorherrschen, werden Möbel benötigt, die schnell aufgestellt, umgebaut und wieder abgebaut werden können. Veränderungen im Layout müssen auch vom Mitarbeiter ohne großen Aufwand durchgeführt werden können.

Flexible Einzelmöbel

Die aktuellen Möbelsysteme mit der Dominanz von leichten und additiven Einzelmöbeln haben diesen Trend bereits aufgegriffen. Für die Wandsysteme zeichnen sich ähnliche Entwicklungen ab. Mit einfach veränderbaren Wandsystemen lassen sich Räume flexibel gestalten, und schnell ist ein kommunikationsorientierter Arbeitsplatz zu einem konzentrationsorientierten Arbeitsplatz umgebaut.

1.4.3 Raum- und Flächenbedarf

Der Raum- und Flächenbedarf wird unter Berücksichtigung der Konzepte für die Organisation der Informations- und Kommunikationstechnologien, der Arbeitsplatztypen und der Büroformen definiert. Am konkreten Standort wird er auf die Grundstückskennzahlen abgestimmt.

DIN 277

Der Raum- und Flächenbedarf kann entweder nach DIN 277 in Bruttogrundfläche angegeben werden oder in Programm- und Versorgungsfläche. Letzteres Verfahren hat sich bei der Bedarfsplanung durchgesetzt. Die Programmflächen gliedern sich in Büroflächen und Sonderflächen.

Programmflächen

Nach Gottschalk betragen Programmflächen ca. 24,4 m^2 pro Arbeitsplatz. Die Bürofläche setzt sich aus Arbeitsplatzflächen und Bürozusatzflächen zusammen. Die Zusatzflächen enthalten Flächenanteile für einen geschlossenen Besprechungsraum (0,4 m^2/Arbeitsplatz), eine Besprechungszone (0,2 m^2/Arbeitsplatz) und einen Meeting-Point, einen Technik-Pool, eine Teeküche und einen Stockwerksdienst mit je

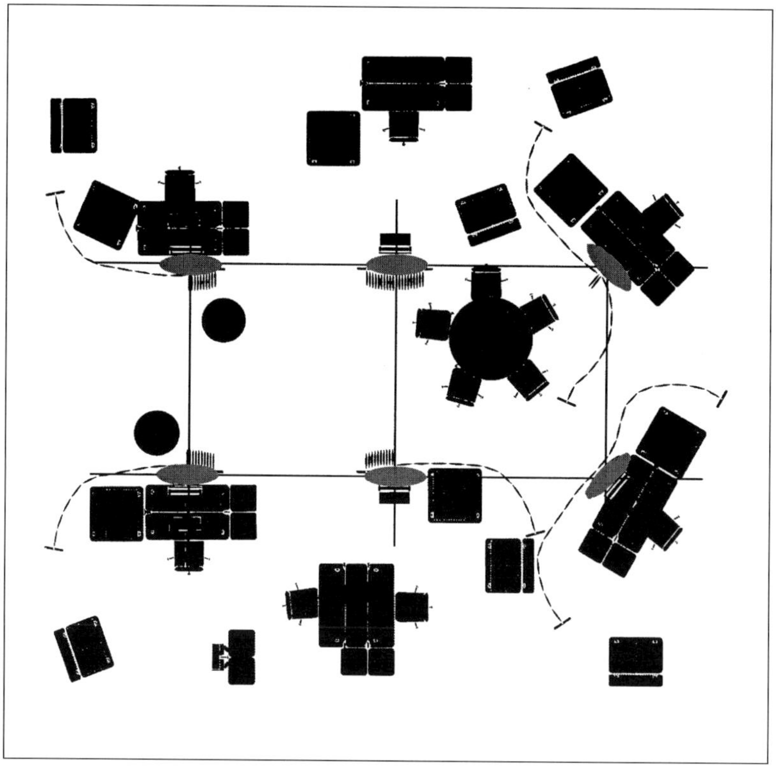

Abb. 33: Konzept zur Umsetzung eines fraktalen Büros (nach DesignWorX/M. Schmidt)

0,1 m^2/Arbeitsplatz sowie sonstige Flächen. Die Sonderflächen enthalten Kommunikations-, Sozial- und Sanitärflächen, die administrative Zentrale, Serviceflächen sowie Flächen für die zentrale Datenverarbeitung und Garagen. Die Versorgungsflächen machen mit 10,6 m^2 43 % der Programmflächen aus. Sie fassen die Gebäudetechnik, Verkehrs- und Konstruktionsflächen zusammen. Insgesamt ergibt sich eine arbeitsplatzbezogene Fläche von 35 m^2. Dieser Wert kann von Projekt zu Projekt und von Unternehmen zu Unternehmen stark schwanken (Abb. 34).

Einsparpotential

Beim Neubau von Bürogebäuden wird versucht, aus Kostengründen die Hauptnutzflächen zu minimieren. Es wird nicht berücksichtigt, daß diese Flächen nur einen Anteil von ca. 60 % an den Gesamtflächen haben. Die Nebenflächen mit einem Anteil von ca. 40 % bleiben oft unbeachtet. Statt die produktiven Büroflächen zu minimieren, sollte zunächst das große und oftmals ungenutzte Einsparpotential in den Nebenflächen ausgeschöpft werden [Sommer].

Flächenart			Richtwert in m²/AP
Programmflächen		**Summe**	**24,4**
Büroflächen	Arbeitsplatzfläche	Möbelstellfläche, Bedienungs- und Bewegungsfläche, Flächenzuschlag	13,0
	Bürozusatzfläche	Besprechung, Registratur	2,3
Sonderflächen	Kommunikationsflächen	Eingangshalle,	0,3
		Konferenz, Schulung, Fachbibliothek	0,5
	Sozial- u. Sanitärflächen	Betriebsrestaurant, Cafeteria, Teeküche	1,1
		Betriebsarzt, Betriebssport	0,2
		Toiletten, Waschraum	0,7
	Administrative Zentrale, Serviceflächen	Warenannahme, Poststelle, Druckerei	0,4
		Zentralarchiv, Mikrofilm	0,6
		Lager	0,6
		Hausdienste	0,4
		Entsorgung	0,2
	Zentrale Datenverarbeitung	Maschinenraum, Operating, Druckerraum, Nachbearbeitung	1,0
	Garagenfläche	Fahrdienst	0,5
		Einstellplatz	2,6
Primärflächen	bedarfsbezogen		
Versorgungsflächen		**Summe**	**10,6**
	Gebäudetechnik	Zentrale, Schacht	3,0
	Verkehrsflächen	Flur, Gang	3,0
		Treppe, Aufzug	1,5
	Konstruktionsflächen	Wand, Stütze	3,1
	Sekundärflächen	bedarfsbezogen	
Brutto-Grundfläche		**Summe**	**35,0**

Abb. 34: Zusammensetzung der Bruttogrundfläche (nach Gottschalk)

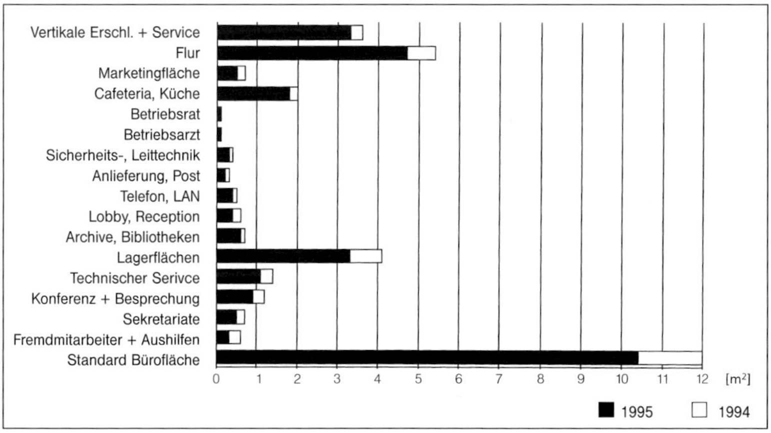

Abb. 35: Entwicklung des Flächenbedarfs pro Mitarbeiter in m² bei der IBM Deutschland GmbH

Entwicklung des Flächenbedarfs

Seit einigen Jahren wird intensiv versucht, den Flächenbedarf zu minimieren. IBM Deutschland ging bis Anfang der 90er Jahre von einem Bruttoflächenbedarf von ca. 30 m^2/Arbeitsplatz aus. Das langfristige Ziel liegt heute bei 20 m^2/Arbeitsplatz. 1994 betrug der Bedarf noch 28,9 m^2 pro Arbeitsplatz. Abbildung 35 zeigt den Bedarf von 1995 von 23,6 m^2/Arbeitsplatz und die Einsparungen im Vergleich zum Vorjahr. Die Veränderungen werden durch Aufgabe von unwirtschaftlichen Gebäuden erzielt, deren Gebäudeparameter wie Raumtiefe, Anzahl und Lage der Kerne sowie Achsraster keine optimale Flächennutzung zulassen. Organisatorische Veränderungen wie die Einführung von Desk-Sharing zusammen mit einem nicht territorialen Büro sollen zu weiteren Einsparungen führen.

Wertschöpfung in Kommunikationszonen

Flächen, die für die Wertschöpfung des Unternehmens wichtig sind, müssen beibehalten werden. In scheinbar unproduktiven Flächen wie Kommunikationszonen drehen sich die Gespräche meist um die aktuell anstehenden Projekte, die Flächen haben also einen produktiven Charakter. Bei der TechnoData GmbH in Renningen ist der helle und bequem möblierte Pausenbereich auf einer Galerie am zentralen Atrium gelegen (Abb. 36). Für eine kurze, informelle Arbeitsbesprechung können sich die Mitarbeiter bei einer Tasse Kaffee auf der Galerie treffen. Die Fläche erfährt als Besprechungszone und als Cafeteria eine doppelte Nutzung.

Abb. 36: Pausenbereich bei der TechnoData, Renningen

Elektronische Archivierungssysteme

Mit den elektronischen Archivierungssystemen wird der Flächenbedarf für Stauraum sowohl am Arbeitsplatz als auch im Stockwerk- oder Kellerarchiv zurückgehen. Die Arbeitsplätze insgesamt werden beweglicher. Auf gleicher Fläche lassen sich vor allem in offenen Raumstrukturen mehr Arbeitsplätze unterbringen.

1.4.4 Büroform

Die Büroform bestimmt, in welchem Verhältnis die Mitarbeiter zueinander und zum Gebäude stehen. Kommunikations- und Konzentrationsmöglichkeiten und Akzeptanz des Arbeitsplatzes durch die Mitarbeiter sind ausschlaggebende Faktoren für einen erfolgreichen Büroalltag. Neben den beiden klassischen Büroformen des Zellen- und Großraumbüros sind im Laufe der letzten 20 Jahre die Gruppen- und Kombibüros als neue Lösungsvorschläge hinzugekommen. Die neuesten Entwicklungen gehen hin zu einem Flexspace-Office, in dem verschiedene Büroformen entsprechend den funktionalen Anforderungen der verschiedenen Unternehmenseinheiten parallel existieren.

Wie unterschiedlich die Mitarbeitervorstellungen zu den einzelnen Büroformen sind, zeigte eine repräsentative Umfrage des Fraunhofer-Instituts für Arbeitswirtschaft und Organisation (IAO), Stuttgart (Abb. 37). Besonders bevorzugt werden mit 37 % das 2-Personen-Büro und mit 36 % das Mehrpersonenbüro (3 bis 6 Mitarbeiter). Das Einzelzimmer hat 18 % Befürworter. Noch weniger Anhänger findet das kleine Gruppenbüro (7 bis 15 Mitarbeiter) mit 7 %, und am unbeliebtesten ist das Großraumbüro mit 2 % [Kelter 1991]. Diese Zahlen müssen zwischenzeitlich relativiert werden. Qualitäten wie Offenheit, Funktionalität und Flexibilität, die von den Büronutzern heute verstärkt erwartet werden, können im Zellenbüro nur stark eingeschränkt erreicht werden [Kern 1995].

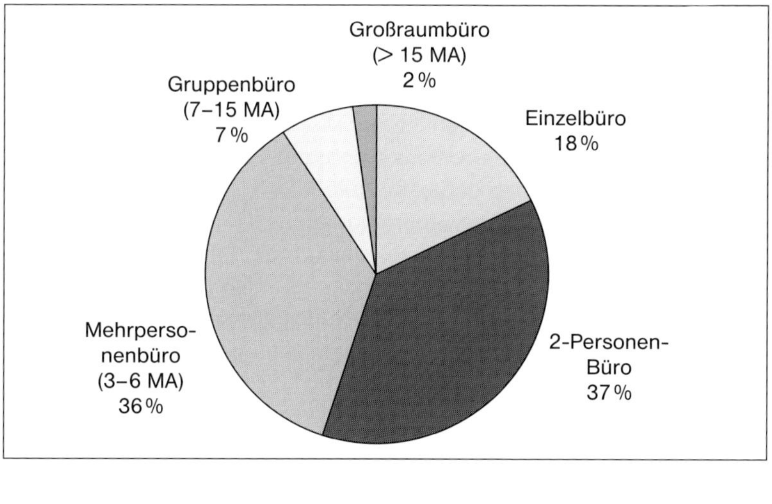

Abb. 37: Wunschbüroformen (nach Kelter)

Bruttofläche

Es reicht nicht aus, die reine Arbeitsplatzfläche zu berücksichtigen, um ein Bild der Flächenwirtschaftlichkeit einzelner Büroformen zu erhalten. Vergleichbar ist nur der Bruttoflächenbedarf pro Arbeitsplatz (Abb. 38). Er errechnet sich aus der Arbeitsfläche für 14 Mitarbeiter und eine Sekretärin, der etwas größeren Fläche für einen Abteilungsleiter sowie den Sondernutzungs-, Verkehrs- und Konstruktionsflächen und den anteiligen Technikflächen für Klimatisierung usw. [Sommer]. Die Bruttofläche je Arbeitsplatz beträgt beim Zellenbüro mit 1,25 m Achsraster 22,4 m^2. Kaum mehr Fläche benötigt das Kombibüro. Das Gruppenbüro hat mit 25,9 m^2 schon einen wesentlich größeren Verbrauch, gefolgt vom Großraum mit 26,4 m^2. Den größten Flächenbedarf hat ein Zellenbüro mit 1,50 m Achsraster und einer Raumtiefe von 5,40 m.

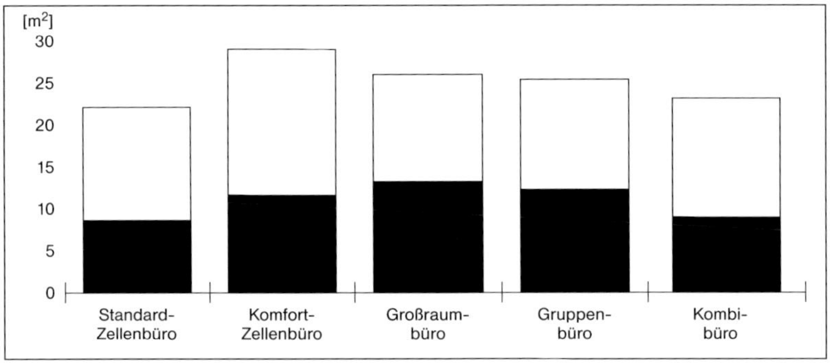

Abb. 38: Bruttoflächenbedarf eines Arbeitsplatzes in Quadratmeter (nach Sommer)

Verkehrsfläche

Die deutliche Abneigung gegen das breite Zellenbüro liegt an dem hohen Verkehrsflächenanteil, der sich besonders im Vergleich zum Großraumbüro auswirkt, das den Großteil der Verkehrsfläche schon in der reinen Arbeitsplatzfläche enthält. Die beiden kompakten Bauformen des schmalen Zellenbüros und des Kombibüros erweisen sich als die platzsparendsten Lösungen. Der flächenmäßig geringe Unterschied der einzelnen Büroformen wird stärker deutlich bei der Betrachtung der Kosten für Bauwerk und Beleuchtung. Hier fallen die erhöhten Kosten für die Gebäudetechnik stärker ins Gewicht als bei den reinen Flächen (Abb. 39). Der Abstand zwischen Kombibüro und schmalem Zellenbüro wird größer, und Gruppen-, Großraum- und breites Zellenbüro unterscheiden sich dagegen nur noch unwesentlich. Berücksichtigt man diese Abbildung und die Verteilung der gesamten Bürokosten, kommt man zu dem Schluß, daß eine Entscheidung für die eine oder andere Büroform kaum über die Kosten allein getroffen werden kann.

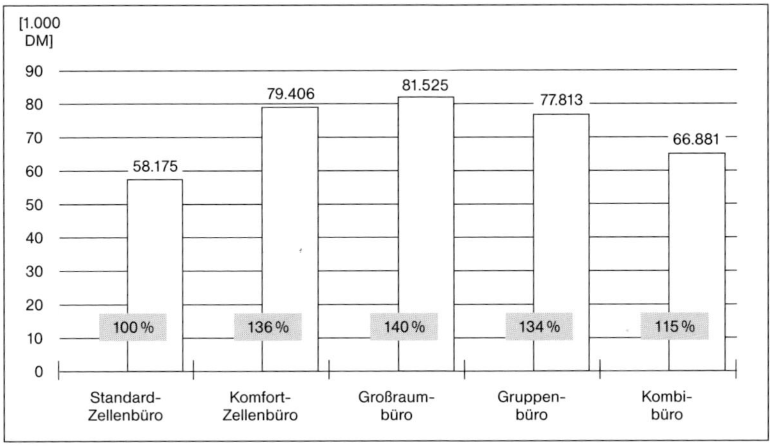

Abb. 39: Baukosten pro Arbeitsplatz 1990 in Abhängigkeit von der Büroform in DM (nach Sommer)

Kommunikation und Konzentration

Die gestiegene Bedeutung der Kommunikation hat das Profil der Anforderungen an die Büroformen verändert. Einerseits ist der Bedarf an projektbezogener direkter Kommunikation ohne Hilfsmittel zurückgegangen, da ein Teil der Kommunikation über Telefon, Fax oder Computer abgewickelt werden kann. Andererseits nimmt die Teamarbeit zu, bei der ein hoher Bedarf an gegenseitiger Abstimmung besteht. Aus diesem Grund werden wirkungsvolle Kommunikationsmöglichkeiten gefordert. Gleichzeitig gibt es einen großen Anteil an Arbeiten, die eine hohe Konzentration erfordern. Die Büroform soll vor dem Hintergrund des Spannungsfeldes zwischen Kommunikation und Konzentration Lösungsmöglichkeiten bereitstellen.

Die einzelnen Büroformen bieten Lösungen für spezielle Tätigkeitsprofile und Arbeitsplatztypen. Man kann nicht pauschal von Vor- und Nachteilen einzelner Büroformen sprechen, sondern muß diese immer auf die jeweiligen Anforderungen beziehen. Am Anfang der Planung sollte der Nutzer daher die eigenen Tätigkeiten analysieren und daraus die Anforderungen an die Arbeitsplätze ableiten.

Zellenbüro

Mittelflur

Das Zellenbüro, die älteste Büroform, stellt geschlossene Räume für ein bis drei Arbeitsplätze zur Verfügung. Die Büros werden durch einen Gang in der Mitte des Gebäudes, dessen Breite meist auf die gesetzlichen Mindestmaße beschränkt ist, erschlossen. Optimierungen finden durch Variationen des Verhältnisses der Achsmaße in Quer- und Längsrichtung statt. Man hat versucht, Rauminhalt, Fassadenfläche und Verkehrsfläche zu optimieren und Variationen der Grundrißorganisation zu entwickeln. Die weitverbreiteten zweibündigen Anlagen wurden vor

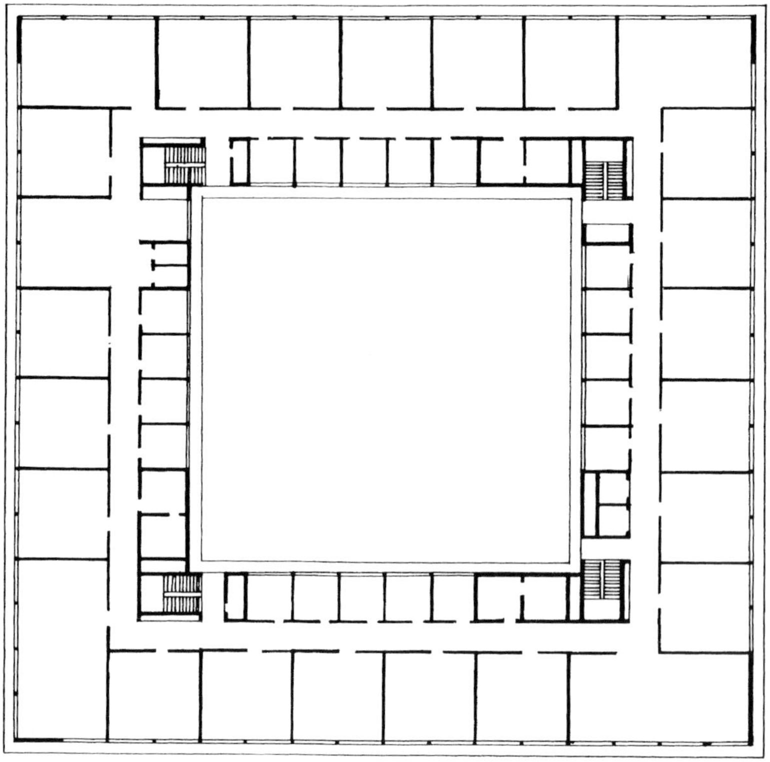

Abb. 40: Grundriß IBM Hauptverwaltung, Stuttgart (nach Kammerer, Belz, Kucher und Partner)

allem in den 80er Jahren dieses Jahrhunderts durch dreibündige ersetzt. Die Gebäudetiefe konnte erhöht werden und ermöglichte eine bessere Raumausnutzung der Grundstücke.

Zellenbüros sind in Deutschland immer noch die am weitesten verbreitete Büroform [Sommer]. Sie sind das typische Investorengebäude, bei dem man auch während der Bauzeit oft noch nicht weiß, wer später in das Gebäude einziehen wird.

Vom Standardzellenbüro mit einem Achsraster von 1,25 m geht man heute zum Komfortzellenbüro mit 1,50 m über, da die zunehmende Zahl von Computern und Kommunikationsmitteln meist eine größere Raumbreite erfordert. In der Kombination mit einer größeren Raumtiefe läßt sich so ein dritter Arbeitsplatz integrieren, der aber durch seine Lage zur Türe eine geringere Qualität hat.

Abb. 41: Ansicht IBM Hauptverwaltung, Stuttgart

1-Personen-Zellenbüros

Zellenbüros bieten sich aufgrund ihrer Charakteristika für klar abgegrenzte Sachbearbeitertätigkeiten an, die wenig permanenten Kontakt zu mehr als einem Mitarbeiter erfordern, aber verlangen, daß die Kollegen eines Büros sich gegenseitig ersetzen können.

Die vorteilhaft wirkenden Aspekte der Zellenbüros können auch als Nachteil empfunden werden. Die Mitarbeiter sind in ihren Büros »eingesperrt«. Die direkte Kommunikation außerhalb der Zellen ist stark eingeschränkt. Sie findet kaum noch spontan statt, sondern meist nur gezielt und hinter verschlossenen Türen. Dies gilt besonders für dreibündige Anlagen, bei denen der Kontakt zur »anderen Seite« fast ganz zum Erliegen kommt. Die Raumform fördert nicht die Entstehung eines Wir-Gefühls bei den Mitarbeitern, da die Räume nicht als zusammenhängend wahrgenommen werden.

Dreibündige Anlagen

Diesem Effekt kann durch die Ausbildung von baulichen Details entgegengewirkt werden. Trennwände können im Bereich unter der Decke verglast werden. Im Zellenbüro erhält man durch die optisch durchlaufende Decke einen einheitlichen Raumeindruck. Nebenbei werden die Belichtungsverhältnisse verbessert.

Verbindungstüren

Mit dem Ziel, die Kommunikation zu verbessern, werden manchmal Verbindungstüren zwischen den Zellen eingeplant. Der Erfolg dieser Lösung hängt entscheidend vom Mitarbeiterverhalten ab. In jedem Fall geht Wandstellfläche verloren bzw. entsteht mehr Verkehrsfläche. Im schlimmsten Fall kann dies dazu führen, daß im Gebäude drei Flure nebeneinanderliegen.

Das Zellenbüro als Einzelarbeitsplatz bietet von allen Büroformen sicherlich die maximale Ruhe und ermöglicht somit auch maximale Konzentration. Beim 2-Personen-Büro kann die akustische Belastung durch den zweiten Mitarbeiter im Raum sehr hoch sein und nur durch die Wahl eines U- oder T-Layouts leicht verändert werden [Kelter].

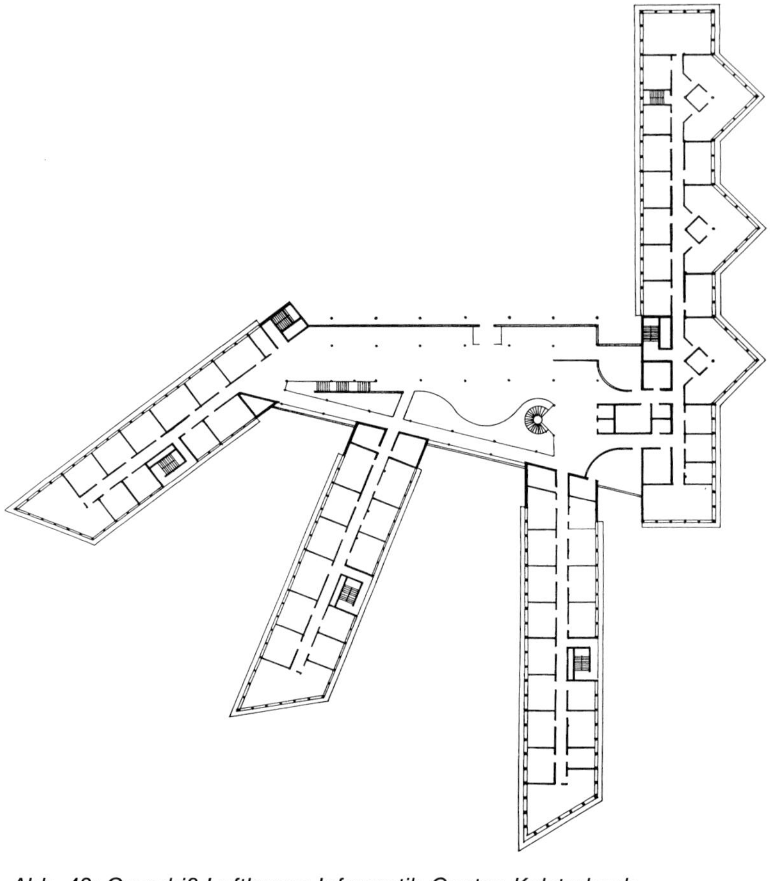

Abb. 42: Grundriß Lufthansa Informatik-Center, Kelsterbach (nach Kammerer, Belz und Kucher)

Problem der Stützenstellung

Aus statischen Gründen ist in der Regel eine Stütze in Bauteilmitte erforderlich. Eine zweibündige Anlage erfordert bei gleichen Raumtiefen auf beiden Flurseiten und gleichen Deckenfeldern meist eine Stütze in Flurmitte. Entweder können die Deckenfelder oder die Raumtiefen ungleich ausgebildet werden (Abb. 43).

Unterschiedliche Deckenfelder

Unterschiedliche Raumtiefen

Die erste Lösung wurde im Informatik-Center der Lufthansa angewendet (Abb. 42). Die zweite Lösung wurde von Egon Eierman 1972 für die Hauptverwaltung in Stuttgart-Vaihingen angewendet. Größere Zellenbüros mit einer Raumtiefe von 7,25 m auf der Außenseite werden durch einen Flur von kleineren Einzelzimmern mit einer Tiefe von ca. 4 m auf der Innenseite getrennt (Abb. 40). Die Raumteilung spiegelt auch die damalige Organisationsstruktur wider. Manager benötigen aus Vertraulichkeitsgründen z. B. für Personalgespräche Einzelzimmer. Gegenüber Mehrpersonenbüros können diese kleiner sein. Eine Flurwand ist zwischen die Stützen gestellt und läßt diese sichtbar. Die Stützen gliedern den Flur und stören nicht bei der Anordnung der Möbel in den Büros. Die Türen auf beiden Seiten des Flurs werden unterschiedlich gestaltet. Graue Stahlzargen stehen braunen Holzzargen gegenüber. Durch die geringere Raumtiefe auf der Seite der kleineren Räume können dort die Oberlichter besonders gut Licht in den innenliegenden Flur bringen. Durch Versetzen der gegenüberliegenden Türen und eine im Alltag konsequent angewendete Open-door-policy wird der Flur zusätzlich erhellt.

Großraumbüro

Büros in großen Räumen existieren fast ebenso lange wie Zellenbüros. Beispielsweise boten Schreibstuben in Kontoren für 20 oder mehr Angestellte Platz. Großraumbüros, wie sie durch die technischen Entwicklungen in diesem Jahrhundert möglich wurden, haben eine Raumtiefe von mindestens 20 bis 30 m. Es ergeben sich Grundflächen von mehr als 800 bis 1.000 m^2 (Abb. 43). Mehrere hundert Mitarbeiter pro Geschoß sind keine Seltenheit.

Abgrenzung zu Gruppen-/ Teambüros

Heutzutage werden Großräume meist nur noch in kleineren Einheiten von wenigen hundert Quadratmetern geplant. Die Grenze zum Gruppen-/Teambüro beginnt zu verschwimmen. Eine Abgrenzung kann mit Hilfe unterschiedlicher Merkmale getroffen werden. Großräume können am ehesten durch eine Mitarbeiterzahl von 20 bis 25, durch den hohen technischen Aufwand für die Raumklimatisierung und einen geringen Fassadenanteil pro Arbeitsplatz, der aus der großen Raumtiefe resultiert, beschrieben werden.

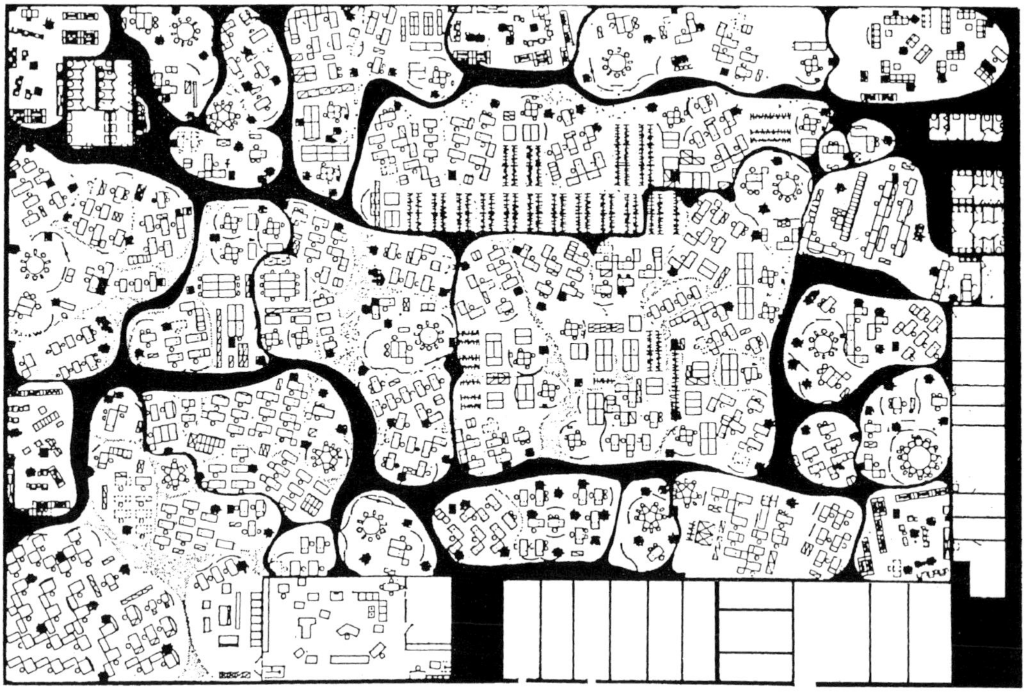

Abb. 43: Grundriß GEG-Versand, Kamen (nach GEG-Planungsteam)

Kommunikationsfluß

Der größte Vorteil des Großraumbüros, so die Verfechter dieser Büroform, liegt in der Unterstützung des Kommunikationsflusses, der Flexibilität und der Offenheit. Dadurch ist das Großraumbüro das genaue Gegenteil des Zellenbüros. Der Großraum eignet sich für Aufgaben, bei denen eine intensive Zusammenarbeit gefordert ist. Allerdings haben Untersuchungen gezeigt, daß die spontane Kommunikation jenseits von 12 m Entfernung auf ein Minimum sinkt [Stone]. Die Störung durch andere Mitarbeiter ist geringer als beim Zweipersonen- oder Gruppenbüro, weil ein sogenannter Masking-Effekt eintritt. Darunter versteht man das ständig vorhandene Grundgeräusch, in dem einzelne Geräusche weit weniger auffallen und das nach einiger Zeit nicht mehr bewußt wahrgenommen wird

Untergliederung

Die Großflächen lassen sich je nach Bedarf einfach mit Stellwänden, Schränken und Raumgliedersystemen unterteilen und jederzeit neuen Anforderungen anpassen. Auf der freien, nur von wenigen Stützen strukturierten Fläche können die Arbeitsplätze fast ohne Rücksicht auf bauliche Einschränkungen angeordnet werden. Für diese Strukturen wurde der Begriff »Bürolandschaft« eingeführt. Wandsysteme separieren einzelne Arbeitsbereiche, dienen als Display oder auch als Träger für Medienkanäle. Mit Pflanzen und gegliederten Decken und Bodenbelägen findet eine weitere Unterteilung statt.

Belüftung und Belichtung

Die große Raumtiefe verursacht erhöhte Nutzungskosten. Die Flächen können nicht mehr natürlich be- und entlüftet werden; es müssen Lüftungsanlagen eingesetzt werden, die meist eine abgehängte Decke nötig machen und zu öffnende Fenster verbieten. Nicht direkt an der Fassade liegende Flächen müssen ständig künstlich beleuchtet werden. Um jeden beliebigen Punkt der Fläche mit Medien versorgen zu können, ist ein Doppelboden meist unvermeidlich. Diese Maßnahmen führen zusammen mit den Mindestwerten für die lichte Raumhöhe aus der Arbeitsstättenverordnung zu Geschoßhöhen von 4,20 m bis 4,50 m. Daraus resultiert eine größere Fassadenfläche, die mit Mehrkosten verbunden ist. Um möglichst viele Arbeitsplätze nah an die Fassade zu bringen, wurden unregelmäßige Grundrisse mit einer maximalen Fassadenabwicklung entworfen, wodurch die Kosten für die Fassade stiegen. Eine Reorganisation der Arbeitsplatzanordnung ist durch die vorhandene Klimatisierung und Medienversorgung auf diesen offenen Flächen mit fast identischen Raumluftbedingungen problemlos möglich.

Akzeptanz

Die Akzeptanz von Großraumbüros wird stark von der jeweiligen geographischen Lage und nationalen Bürokultur geprägt. In Deutschland herrscht eine weitverbreitete Abneigung gegen Großräume. Die mangelnde Privatheit und die künstlichen und nicht individuell regelbaren Raumbedingungen sind Hauptargumente der Betroffenen. Anders sieht es in Ländern des angelsächsischen Sprachraumes oder in tropischen Regionen aus. Dort gehört die Klimaanlage zur Grundausstattung vieler Gebäude und entfällt folglich als wesentliches Gegenargument.

Gruppenbüro/Teambüro

Das Gruppenbüro bzw. Teambüro wurde in den 70er Jahren mit dem Ziel entwickelt, die Vorteile von Zellen- und Großraumbüro zu vereinen und die Ausprägung der Nachteile beider Büroformen auf möglichst niedrigem Niveau zu halten. Es entstehen Räume für 4 bis 25 Arbeitsplätze. Die guten Kommunikationsmöglichkeiten und die hohe Flexibilität von Großräumen soll ohne die teuren technischen Maßnahmen erzielt werden. Auf eine Klimatisierung kann meist wegen der geringeren Raumtiefe verzichtet werden. Wenn überhaupt, ist nur noch eine unterstützende Lüftung notwendig. Zu öffnende Fenster werden möglich. Diese Merkmale führen bei geringeren Investitionskosten zu einer verbesserten Akzeptanz des Arbeitsplatzes.

Masking-Effekt

Das Gruppenbüro wird dem tatsächlichen Kommunikationsbedarf gerecht, denn in den seltensten Fällen umfassen eng zusammenarbeitende Teams mehr als 20 Mitarbeiter. Allerdings stören die Geräusche von Gesprächen oder Büromaschinen, da der »Masking-Effekt« von Großräumen bei der niedrigen Mitarbeiterzahl noch nicht auftritt. Derselbe Effekt kann auch mit technischen Maßnahmen, etwa einer aktiven Beschallung, erreicht werden. In Gruppenbüros, in denen Raumgliedersysteme eingebaut werden, wird bereits erfolgreich damit gearbeitet.

Abb. 44: Gruppenbürobereich Drees + Sommer Ingenieurgesellschaft, Stuttgart

Im Vergleich zu Großraumbüros lassen sich Gruppenbüros nicht so leicht an veränderte Bedingungen anpassen.

Für den Neubau des Werks der Firma Leybold 1988 in Alzenau wurden charakteristische Gruppenbüros gebaut. Die aufgereihten halbkreisförmigen Grundrisse zeigen das Bestreben, allen Mitarbeitern einen hellen, fensternahen Arbeitsplatz zu schaffen.

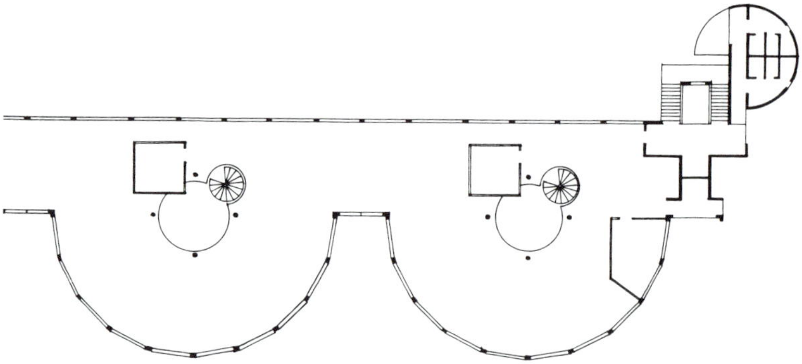

Abb. 45: Grundrißausschnitt Leybold, Alzenau (nach Behnisch)

Kombibüro

Multifunktionszone

Das Kombibüro stellt eine Mischung dar aus Einzelbüros entlang der Fassade und einer Multifunktionszone mit einer Breite von 6 bis 8 m im Gebäudeinneren zwischen den Büros. In der Multifunktionszone liegt die Erschließung, sie kann aber auch für eine Reihe von Sonder- und Allgemeinflächen wie Besprechungszonen, temporäre Arbeitsplätze, Technik, Archiv, Cafeteria usw. genutzt werden (Abb. 46). Es ergibt sich eine Gebäudetiefe von ca. 16 bis 17 m, die sich gut mit einem darunterliegenden Parkgeschoß kombinieren läßt.

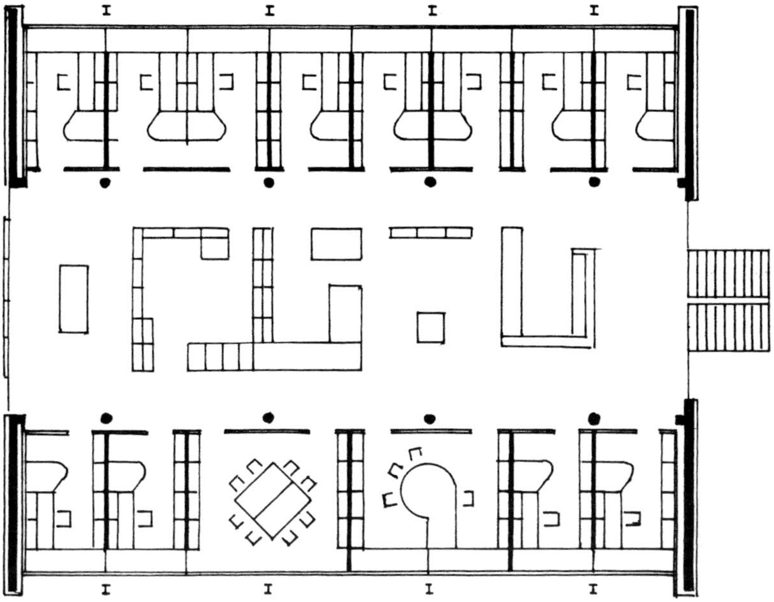

Abb. 46: Typischer Grundriß eines Kombibüros (nach Struhk)

Natürliche Belichtung und Belüftung der Einzelbüros

Die verglaste Wand zwischen den außenliegenden Büros und dem Mittelbereich versorgt diesen mit Tageslicht und schafft einen visuellen Kontakt zu den in den Einzelbüros arbeitenden Mitarbeitern. Die Einzelbüros können individuell natürlich belüftet werden. Die Raumtemperatur ist einzeln steuerbar. Je nach Gebäudetiefe benötigt der Mittelbereich eine unterstützende Lüftung. Die Strom- und Datenleitungen können im Mittelbereich durch einen Hohlraumboden geführt werden. Die außenliegenden Büros können mit einem Brüstungskanal für die Leitungsführung erschlossen werden.

Die Einzelbüros sind von ihrer Fläche her minimiert. Sie haben eine Tiefe von ca. 4 m bei einer Breite von 2,40 bis zu 3 m und bieten Platz für einen Arbeitsplatz. Ein Besprechungsanbau am Arbeitstisch erlaubt kleine Besprechungen am Arbeitsplatz. Der enge Raumzuschnitt macht eine genaue Planung und optimale Ausnutzung der einzelnen Möbelelemente auch an den Wänden erforderlich.

Flexible Mittelzone

Die Veränderungsmöglichkeiten eines Kombibüros müssen differenziert betrachtet werden. Die Aneinanderreihung gleicher Einzelbüros entlang der Fassade läßt nur eine grob hierarchische Abstufung der Arbeitsplätze zu, da vielfältige Flächenanforderungen mit dem strengen Raster der Zellen schwer vereinbar sind. Die Mittelzone ist flexibel ausgelegt. Bis zu einem gewissen Grad können hier Umorganisationen durchgeführt werden. Weitere Veränderungen sind in den Zellen denkbar.

Abb. 47: Typischer Arbeitsplatz in einem Kombibüro

Multifunktionszone ohne Fensterzugang

Beispielsweise können zwei Einzelzellen zu einer Doppelzelle oder einer großzügigen Einzelzelle zusammengefaßt werden, indem die Trennwand entfernt wird. Ebenso kann fallweise die Trennwand zwischen Büro und Multifunktionszone entfallen. In ihr können Arbeitsplätze eingerichtet werden, wenn zumindest eine Be- und Entlüftung vorhanden ist. Die Gleichwertigkeit der Arbeitsplätze ist dann aber nicht mehr gewährleistet. Der Innenraum hat keinen direkten Fensterzugang und ist nicht mehr ungestört. Die Glaswände zur Mittelzone erlauben eine hohe Transparenz. Diese Eigenschaften machen eine offene Unternehmenskultur mit flachen Hierarchien zur Voraussetzung für die erfolgreiche Anwendung des Kombibüros.

Glaswände

Erstmals wurde ein Kombibüro 1976 für die Hauptverwaltung der ESAB in Stockholm geplant. In den folgenden Jahren war das Kombibüro in Skandinavien sehr erfolgreich und gilt dort jetzt als meistverbreitete Büroform. 1990 bezog die edding AG in Ahrensburg Deutschlands erstes Kombibüro.

Arbeitsbedingungen

Wie das Gruppenbüro verbindet das Kombibüro die Vorteile von Großraum- und Zellenbüro, allerdings liegt der Schwerpunkt auf den Arbeitsbedingungen. Alle Arbeitsplätze sind von ihrer Ausstattung und den Raumcharakteristika gleichwertig. Konzentriertes Arbeiten in akustischer Abgeschirmtheit ist in den Einzelbüros ebenso möglich wie kommunikationsintensive Teamarbeit auf der Multifunktionszone. Die Büroform eignet sich für Anforderungsprofile, die durch einen häufigen Wechsel beider Tätigkeiten gekennzeichnet sind. Das Kombibüro kann bei der Renovierung von Groß- und Gruppenräumen eingesetzt werden, wenn der Mittelbereich breit genug ausgelegt wird.

Flexspace-Office

Gebäudetiefe

Bisher dominieren Bürogebäude auf dem Markt, die für eine Büroform ausgelegt sind. Während in einem Kombibüro-Gebäude auch Zellen- und Gruppenbüros realisiert werden können, ist dies umgekehrt wegen der geringen Gebäudetiefe eines typischen Zellenbüro-Zweibünders nicht möglich. Innerhalb eines Unternehmens gibt es je nach Arbeitsaufgabe der verschiedenen Unternehmenseinheiten unterschiedliche Anforderungen an die Büroform. Während z.B. in der Personalabteilung die notwendige Vertraulichkeit häufig Einzelbüros erfordert, benötigen Projektteams, Marketingabteilungen usw. offene Strukturen.

Funktionsorientierung

Mit der zunehmenden Funktionsorientierung des Büros fordern die Unternehmenseinheiten die für sie geeigneten Büroformen. Das Statussymbol »Einzelzimmer« tritt in den Hintergrund. Im Flexspace-Office stehen Zellenbüros gleichberechtigt neben Gruppen- und Kombibüros. Das Intelligent Office benötigt die Offenheit des Baukörpers für verschiedene Büroformen.

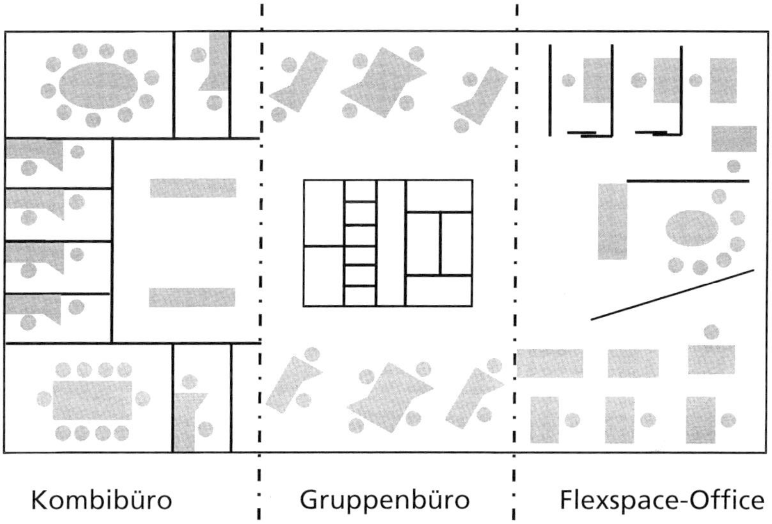

Abb. 48: Schematische Darstellung eines Flexspace-Office

1.4.5 Bürokonzepte

Bürokonzepte
Nicht territoriales Büro und Desk-Sharing
Fraktales Büro
Zukünftige Entwicklungen

Das Bürokonzept beschreibt das strukturelle, räumliche und zeitliche Organisationsprinzip der Büroarbeit. Eine Abbildung der Unternehmensorganisation muß durch das Bürokonzept unterstützt und bestehende Ressourcen müssen besser genutzt werden. Eine Flexibilisierung des Bürolebens durch die neuen Bürokonzepte erlaubt den Mitarbeitern eine bessere Abstimmung zwischen Berufs- und Privatleben.

Ansätze für eine Veränderung weg von dem »Traditional Office«, in dem jeder Mitarbeiter von 9.00 Uhr bis 18.00 Uhr an seinem eigenen Schreibtisch sitzt, sind zu erkennen. In diesem Abschnitt werden bestehende Bürokonzepte vorgestellt und mögliche Entwicklungsrichtungen exemplarisch aufgezeigt.

Heterogenität der Bürobetreiber

Ein Teil der Arbeitsplätze wird die gegenwärtige Form und Organisation beibehalten, der Großteil, vor allem in dynamischen und erfolgreichen Unternehmen, wird sich jedoch verändern. Bürokonzepte werden sich in Zukunft maßgeblich durch ihre Kommunikationsqualitäten unterscheiden. Die Vielschichtigkeit der Ansätze ist kennzeichnend für alle Lösungsvorschläge.

Nicht territoriales Büro und Desk-Sharing

Zuordnung Mitarbeiter – Arbeitsplatz

Bei Sharing-Konzepten werden Büros, Arbeitsplätze oder Büroausstattung zwischen mehreren Nutzern geteilt (»share«). Die direkte Zuordnung eines Arbeitsplatzes zu einem Mitarbeiter wird aufgegeben. Desk-Sharing wurde entwickelt, nachdem auf der Suche nach Einsparmöglichkeiten klar wurde, wie häufig der persönliche Arbeitsplatz durchschnittlich genutzt wird. Es ist selbstverständlich, daß ein Kopierer von mehreren Mitarbeitern genutzt wird und nicht jeder über ein eigenes Gerät am Arbeitsplatz verfügt. Wie in der Produktion schon immer üblich, orientiert sich das Konzept des Desk-Sharings an einer möglichst hohen Auslastung, um die hohe Investition bestmöglich zu nutzen.

Territorium

Zur Realisierung der Kostenvorteile durch Desk-Sharing ist es erforderlich, daß das Territorium der einzelnen Mitarbeiter auf ein vertretbares Mindestmaß reduziert wird.

Nutzungsintensität

DEGW hat die tatsächliche Nutzungsdauer von Büros nach einer industriellen Methode berechnet (Abb. 49). Geht man von einer 100%igen 24stündigen Nutzung während des Jahres aus, fällt die Nutzung durch die 5-Tage-Woche auf 71 %. Urlaub und Feiertage führen zu einer weiteren Reduzierung auf 63 %. Da in der Regel acht Stunden am Tag gearbeitet werden, bleiben noch 21 %. Nach Abzug von Pausen und Krankheitsausfällen verbleiben 16 %, die durch soziale und organisatorische Tätigkeiten auf 5 % gesenkt werden.

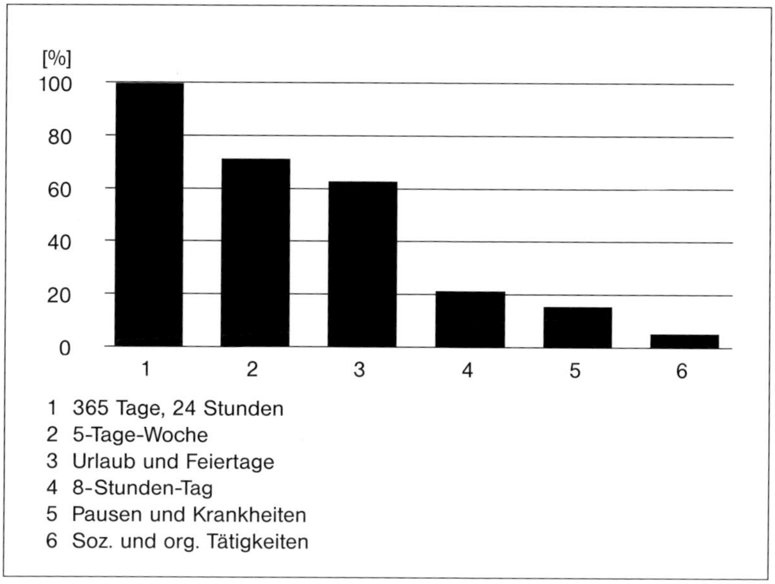

Abb. 49: Nutzungsintensität eines Büroarbeitsplatzes (nach DEGW)

Flächeneinsparung von bis zu 40 %

Eine Reihe von Unternehmen denken über Desk-Sharing nach oder haben schon Erfahrungen mit diesem Konzept gemacht. Erste Versuche verliefen positiv. Bei IBM-Liegenschaften liegt die tägliche Abwesenheit der Mitarbeiter vom Arbeitsplatz bei 20 bis 30 %. DEC sieht eine Flächeneinsparung von bis zu 40 %. Grund für den Erfolg ist in den Augen von DEC die Einbeziehung der Mitarbeiter in den Entscheidungsprozeß.

Die Norddeutsche Versicherung hat beim Neubau ihrer Verwaltung in Hamburg eine einfache Variante des Desk-Sharings angewandt und durch die erzielte Flächenersparnis 20 % Baukosten eingespart. Gruppenarbeitsräume für fünf Personen wurden, ausgehend von einer Abwesenheitsrate von 20 %, nur auf die Größe von vier Personen ausgelegt. Lediglich der zusätzliche Stauraum für den fünften Mitarbeiter läßt ein Desk-Sharing erkennen. Die Folge ist eine entsprechende Flächeneinsparung.

Kombination mit Telearbeit

Was sich auf den ersten Blick als universelle Sparmöglichkeit herausstellt, muß sehr differenziert betrachtet werden. Die verschiedenen Tätigkeiten sind unterschiedlich gut für Desk-Sharing geeignet. Es ist dort sinnvoll, wo Mitarbeiter häufig auswärts arbeiten, z. B. im Vertrieb, im Kundendienst oder wo Telearbeit eingeführt werden kann.

Desk-Sharing fordert ein Umdenken bei den beteiligten Mitarbeitern. Statt wie gewohnt nach Arbeitsschluß Unterlagen auf dem Schreibtisch liegen zu lassen, muß der Schreibtisch aufgeräumt sein, um dem nächsten Nutzer einwandfreie Arbeitsbedingungen zu hinterlassen. Die gemeinsame Nutzung eines Arbeitsplatzes erfordert einen erhöhten Reinigungsaufwand. Der Arbeitsplatz kann nicht in gewohntem Ausmaß mit persönlichen Gegenständen als der eigene Arbeitsplatz ausgestattet werden.

Nicht territoriales Büro

Das nicht territoriale Büro ist die logische Ergänzung des Desk-Sharings. Es gibt nicht mehr den »persönlichen« Arbeitsplatz, sondern nur einen »beliebigen« Arbeitsplatz innerhalb einer definierten Menge. Fällt die Identifizierung des Mitarbeiters mit dem Unternehmen über das eigene Territorium am Arbeitsplatz weg, dann muß die Bindung auf einem anderen Gebiet gesucht werden. Die Identifikation der Mitarbeiter mit den Arbeitsinhalten und der Unternehmenskultur wird damit zum integralen Bestandteil des Büroorganisationskonzeptes.

Informations- und Kommunikationstechnologie

Eine weitere Voraussetzung für den Einsatz von Desk-Sharing ist die Anwendung einer fortgeschrittenen Informations- und Kommunikationstechnologie. Je umfassender Desk-Sharing eingesetzt wird, desto stärker wird die Loslösung der Mitarbeiter vom Arbeitsort innerhalb des Gebäudes. Über die Datennetze und Informationssysteme können Informationen an jedem beliebigen Punkt im Gebäude zur Verfügung gestellt werden.

Abb. 50: Nicht belegter Desk-Sharing-Arbeitsplatz mit Anschlußleitungen bei Siemens Business Service, München

Ein wichtiges Kriterium für den Erfolg von Desk-Sharing ist die Festlegung der Anzahl der Mitarbeiter, die auf einen Pool von Arbeitsplätzen zurückgreifen können. Wird die Zahl zu groß gefaßt, besteht die Gefahr der Anonymisierung, und die direkte Kommunikation leidet darunter.

Unternehmensübergreifendes Desk-Sharing

Die gemeinsame Nutzung derselben Flächen eines Gebäudes durch verschiedene Unternehmen ist ein weiterer Schritt zu einem unternehmensübergreifenden Desk-Sharing. Die Unternehmen teilen sich für die Dauer eines Projektes Flächen in einem Gebäude. Ein Großteil der Flächen kann zu unterschiedlichen Zeiten gemeinsam genutzt werden. Sie bestehen aus standardisierten Arbeitsplätzen, Kommunikationsbereichen (Besprechungsräumen, Meeting-Points usw.) und Serviceflächen (Empfang, Stockwerksdienste, allgemeine Technik usw.). Für Anforderungen, die über den Standard hinausgehen, werden unternehmenspezifische Arbeitsplätze mit den nötigen Nebenräumen (Archive) geschaffen. Schnelle Umrüstbarkeit während und nach dem Projekt, hervorragende Informations- und Kommunikationstechnologie und Gebäudeautomation, die eine individuelle Steuerung und verbrauchsorientierte Abrechnung ermöglicht, sind dafür grundlegende Voraussetzungen. Die Rentable Buildings in den USA zeigen schon heute den Weg in diese Richtung.

Rentable Buildings

In dem Verwaltungsgebäude Stockley Park der British Telecom wird für viele Arbeitsplätze Desk-Sharing eingesetzt.

Abb. 51: Ansicht Bürogebäude Stockley Park, London

Fraktales Büro

Selbstorganisation

Das vom Stuttgarter Fraunhofer-Institut für Arbeitswirtschaft und Organisation (IAO) entwickelte fraktale Büro beschreibt ein neues Büroverständnis [Kern 1994]. Ausgangspunkt für das neue Organisationsprinzip ist die Überzeugung, daß nur Einheiten mit großer Lebendigkeit und Fähigkeit zur Selbstorganisation in hochdynamischen Büroprozessen erfolgreich sein können. Der Begriff des Fraktals ist aus der Chaosforschung entlehnt. Ein Fraktal wird als selbständig agierende Unternehmenseinheit verstanden, deren Ziel und Leistungen eindeutig beschreibbar sind [Warneke].

Der Mitarbeiter wird als Träger der Erfolgspotentiale eines Unternehmens erkannt, die durch ein geeignetes Bürokonzept erschlossen werden müssen. Die Handlungsebenen sind Organisation, Informations- und Kommunikationstechnologie, Mitarbeiterpotentiale und Bürogestaltung. Die Organisation soll auf konsequent geschäftsprozeßorientierter Team- und Gruppenarbeit aufgebaut werden. Kommunikations- und interaktionsintensives Arbeiten soll unabhängig von Ort und Zeit möglich sein. Informations- und Kommunikationstechnik ist in einer globalen Client-Server-Architektur organisiert. Neue Technologien wie Multimediasysteme kommen zum Einsatz.

Customer-Focus

Customer-Focus soll die Prämisse für unternehmerisch handelnde und denkende Mitarbeiter werden. Sie zeichnen sich durch Kreativität und Sozialkompetenz aus. Daraus resultiert ein Bürokonzept, das durch sehr große Flexibilität und Variabilität der Raum- und Arbeitsplatzgestaltung gekennzeichnet ist. Die Arbeitssituationen sollen individualisierbar sein, wozu auch flexible Zonen für formelle und informelle Kommunikation gehören. Sharing-Konzepte, bezogen auf Arbeitszonen, Teleoffice und Mobile Office, sollen Anwendung finden.

Zukünftige Entwicklungen

Die vielfältigen Anforderungen werden eine zunehmende Spezialisierung und Nischenbildung innerhalb der Bürokonzepte zur Folge haben. Nachfolgend sollen zwei Konzepte gezeigt werden, deren Anfänge bereits erkennbar sind.

Conference-Office

Steigende Mobilität und verbesserte Kommunikationstechnik werden direkte Besprechungen nicht vollständig verdrängen. Gerade vor dem Hintergrund steigender Einzelarbeit zu Hause oder unterwegs wird der Kontakt im Büro wichtiger werden. Aus dieser Anforderung entwickelt sich das Konzept des »Conference-Office«.

Kommunikationsfördernde Atmosphäre

Als Anlaufstelle für ein definiertes Projekt stehen Büroflächen zur Verfügung. Sie sind mit Sekretariat, Archivräumen und Arbeitsplätzen ausgestattet. Der Schwerpunkt liegt auf formellen und informellen Kommunikationsmöglichkeiten, da die meiste Arbeit unterwegs oder zu Hause stattfindet. Die Gestaltung dieser Büros sollte sich ganz wesentlich von herkömmlichen Büros unterscheiden. Entscheidend wird die Atmosphäre dieser Räume sein, die durch Beleuchtung, Farben, Möblierung und Raum-Layout mehr an Club, Lounge oder Bistro erinnern werden.

Multimediaausstattung

Sowohl im formellen als auch im informellen Bereich sollte eine Multimediaausstattung vorhanden sein. Durch Videokonferenztechnik können andere Standorte zugeschaltet werden.

Desk-Sharing

Das Gebäude der Digital Equipment Corporation in Espoo, Finnland, zeigt heute schon, wie ein derartiges Konzept in einem einzelnen Unternehmen umgesetzt werden könnte (Abb. 52). Ein Großteil der Einrichtung geht auf Vorschläge der Mitarbeiter zurück. Sie sind häufig auswärts unterwegs und kommen nur für die Besprechungen und Bürotätigkeiten in das Gebäude, die nicht woanders erledigt werden können. Bequeme Sitzgruppen bieten Platz für informelle Besprechungen. Für andere Büroaufgaben stehen spezialisierte, monofunktionale Arbeitsplätze zur Verfügung, die keinem Mitarbeiter direkt zugeordnet sind. Der Standort wird als Profit-Center geführt, die Verantwortlichkeit

Abb. 52: Innenraum DEC, Espoo, (Quelle: DEC, Genf)

für die Bürokosten liegt beim Standort. Aus diesem Grund entschied man sich, Desk-Sharing anzuwenden und den Büroflächen mehr den Charakter eines Wohngebäudes zu geben.

Residential Office

Temporäre Wohnmöglichkeit beim Büro

Die zukünftigen Wirtschaftsstrukturen werden eine zunehmende internationale Zusammenarbeit zur Folge haben. Eine intensive Zusammenarbeit vor Ort bei Kunden oder Produktionsstätten wird auch durch modernste Kommunikationsmittel nicht ersetzbar sein. Mitarbeiter werden aus verschiedenen Städten oder Ländern anreisen und gemeinsam arbeiten. Sie benötigen in der Nähe des Büros eine Wohnmöglichkeit. Statt an einem Ort zu arbeiten und an einem anderen zu übernachten, ist ein temporäres Vermischen von Wohnen und Arbeiten an einem Ort denkbar. Der Aufwand könnte so vereinfacht werden. Ein geeignetes Gebäude könnte verschiedene und wechselnde Nutzungen anbieten.

Hotels mit Büroausstattung

Die Angebote einiger Hotels deuten eine Entwicklung in diese Richtung an. Bereits heute wird mit der Büroausstattung der Zimmer geworben. Vielfach wird dieses Angebot mit geeigneten Konferenzräumen ergänzt.

1.5 Flexibilität

Gebäude gehören zu den langfristigen Investitionen. Bei einem Neubau geht man von einer mindestens 50jährigen Nutzungsdauer aus. Dem steht eine sich immer schneller verändernde Geschäftswelt gegenüber, deren Entwicklung schwer abschätzbar ist. IBM geht von einem fünfjährigen Zeitraum aus, in dem die Art der Gebäudenutzung vorhergesagt werden kann. Es ist sehr unwahrscheinlich, daß ein Gebäude während seiner Nutzungszeit nur einen Nutzer haben wird [Gauchel]. Mit Veränderungen muß auf allen Ebenen gerechnet werden. Zwischen dem per se immobilen Gebäude und der immer flexibler und mobiler werdenden Nutzung entsteht ein Spannungsfeld.

Veränderungen auf der Nutzerseite

Gesucht ist ein Gebäude, in dessen Planung alle absehbaren Entwicklungen einfließen und das auf weitere, nicht vorhersehbare Anforderungen in akzeptabler Weise flexibel reagieren kann. Markku Rantama von Ekono B.E. Ltd. sagte über den Neubau eines Bürogebäudes der Firma in Espoo, Finnland: »Mit der Intelligenz von OTA IV ging es uns in erster Linie darum, Gebäudeflexibilität zu schaffen, die auf veränderte Anforderungen in der Zukunft reagieren kann.« Die Veränderungen können sich aus einer Änderung auf der Nutzerseite oder aufgrund äußerer Einflüsse ergeben.

Einnahmeausfälle

Ein Grundstücksbesitzer ist in aller Regel daran interessiert, daß das Grundstück ständig optimal genutzt wird. Nur so kann es den maximalen Gewinn erwirtschaften. Dies kann durch Nutzung, Vermietung oder Verkauf geschehen [Grühsem]. Zeiten, die keine optimale Nutzung ermöglichen, versucht er zu minimieren. Darunter fallen kurze Ausfälle für Umbauten und Wartung oder längerfristige Ausfälle wegen Abriß und Neubau. Idealfall ist eine kurze Bauphase, in der ein lange nutzbarer Rohbau erstellt wird. Der Ausbau muß veränderten Anforderungen schnell angepaßt werden können.

Ressourcenschonung

Hier herrscht ein Gleichklang zwischen ökonomischen und ökologischen Forderungen. Bei einem Neubau werden 50 % der gesamten Energie verbraucht, die das Gebäude vom Bau bis zum Abbruch benötigt. In dieser Zeit wird das meiste Material verbraucht. Unter Aspekten der Ressourcenschonung sollte eine möglichst langfristige Nutzung angestrebt werden. Jährlich entstehen in der Bundesrepublik über 100 Mio. Tonnen Baureststoffe [Andrä 1994.2]. Das entspricht 60 % des gesamten Abfallaufkommens. Einsparungen auf dem Gebiet sind auch aus ökologischen Gründen notwendig.

Veränderungsarbeiten

Offenheit und Flexibilität werden schon in der Planungsphase gefordert. Die genaue Belegung eines Gebäudes ist wegen der hohen Veränderungsrate der Unternehmen bis kurz vor dem Einzug nur teilweise bekannt. Bei mehrjährigen Planungsphasen von großen Büroprojekten können Veränderungen der Rahmenbedingungen stattfinden, die die Konzeption des Projektes beeinflussen.

Bei der Planung des Century Towers in Tokio wurde eine zu erwartende Änderung des Baurechts berücksichtigt (Abb. 53, 54). Die zulässige Überbauung des Grundstücks sollte während der Bauphase deutlich erhöht werden. Das genaue Maß war nicht bekannt. Eine modulare Entwurfstechnik machte die genaue spätere Anpassung möglich. Das Gebäude besteht aus zwei Türmen, die zu einer unterschiedlichen Höhe ausgebaut werden können. Zusätzlich kann die Nutzfläche mit eingehängten Galeriegeschossen variiert werden. Tragwerk und Service wurden von Anfang an für die volle Höhe ausgelegt. Nachdem das neue Baurecht rechtskräftig wurde, konnte die endgültige Form festgelegt werden. Gleichzeitig war es möglich, auf Nutzungswünsche des Bauherrn einzugehen, die sich während der Planungsphase ergaben.

Entsprechend dem Grad der Veränderung kann man drei Ebenen unterscheiden: Umzug von Arbeitsplätzen, Nutzerwechsel und Nutzungswechsel. Jede Ebene hat ihre eigenen Anforderungen, die im folgenden aufgezeigt werden.

Abb. 53: Ansicht Century Tower, Tokio (Quelle: Ian Lambot Studio, London)

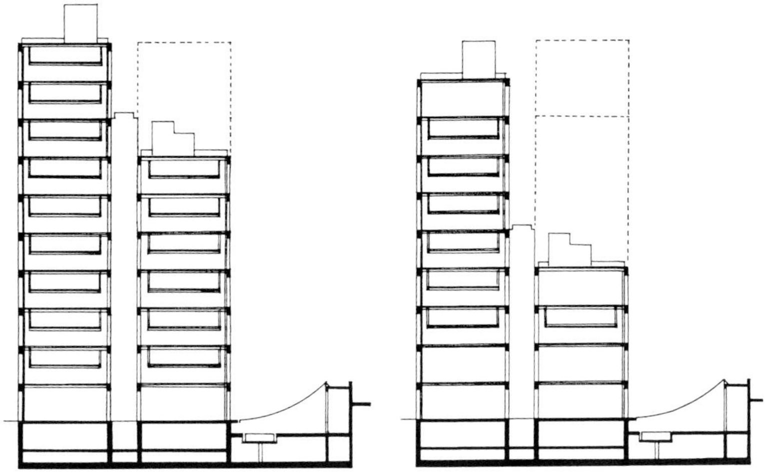

Abb. 54: Verschiedene Ausbaustufen des Century Tower, Tokio (nach Foster und Partners)

1.5.1 Arbeitsplatzebene

Churn-Rate

Die Veränderungen in den Prozessen oder der Zusammensetzung von Teams erfordern immer wieder den Umzug von Mitarbeitern. Die Häufigkeit dieser Umzüge kann in ausgesuchten Bereichen mehr als zweimal pro Jahr für einen einzelnen Arbeitsplatz stattfinden. Für die Umzugshäufigkeit hat sich der Begriff »Churn-Rate« etabliert.

Umzug mit Rollboy

Idealerweise zieht der Mitarbeiter mit seinem persönlichen Rollcontainer zum neuen Arbeitsplatz. Er programmiert sein Telefon neu und loggt sich per Paßwort in das Computernetz ein. Müssen umfangreichere Papiermengen bewegt werden, schiebt man den Schrank auf Rollen ins neue Zimmer. Ein solcher Umzug wurde bei der DEC in Stuttgart-Leinfelden 1994 mit ca. 100 DM pro Mitarbeiter angesetzt.

Mitnahme der Möbel

Die Realität sieht meist anders aus. Aus den Umzugskosten werden schnell 800 DM/Mitarbeiter (1994), wenn Möbel transportiert werden müssen. Der Arbeitsausfall des einzelnen Mitarbeiters ist dabei nicht berücksichtigt. Das kann notwendig werden, wenn unterschiedliche Bürosysteme oder Ausbaustufen verwendet werden, um interne Hierarchien auszudrücken. Das kostet Zeit und Geld. Noch größer werden die Probleme, wenn mit den Hierarchiestufen unterschiedliche Größen und Qualitäten von Büroflächen verbunden sind. Für den Umzug kommen dann nur bestimmte Zimmer in Frage, oder es müssen aufwendige Umbaumaßnahmen erfolgen.

Flache Hierarchien

Je flacher die Hierarchie und damit verbundene Privilegien sind, um so einfacher ist der Umzug durchführbar. Arbeiten alle Mitarbeiter mit den gleichen Möbelmodellen, entstehen kaum Probleme. Müssen Möbel mit umgezogen werden, dann erweisen sich viele Möbelprogramme, die verkettet sind, als unpraktisch. Auf der Orgatec'96 zeigte sich ein klarer Trend zu leichten Einzelmöbeln, die leicht bewegt und jederzeit neu konfiguriert werden können. Schwierigkeiten bereiten auch große Papiermengen, die nur mit erhöhtem Aufwand transportiert werden können. Das Konzept des papierlosen Büros und ein minimierter Stauraumbedarf verringern den Umzugsaufwand und erhöhen die Flexibilität der Mitarbeiter.

Minimierter Stauraumbedarf

1.5.2 Nutzerebene

Bei einem Nutzerwechsel kann eine Änderung der Büroform oder des Bürokonzeptes erfolgen. Außerdem kann die bestehende Fläche erweitert oder verringert werden. Voraussetzung für Alternativen der Büroform ist eine geeignete Bauteiltiefe, die verschiedene Varianten zuläßt. Die Anforderungen, die sich aus einer gründlichen Reorganisation bei einem bestehenden Nutzer ergeben, haben dieselbe Qualität wie die eines Nutzerwechsels.

Flexible Trennwandelemente

Beim Neubau des Lufthansa Informatik-Centers in Frankfurt-Kelsterbach wurde das maximale Maß der Flexibilität realisiert (Abb. 55). Aufbauend auf einem 1,25-m-Fassadenraster und einer Gebäudetiefe von 13 m, wurde 1990 ein Gebäude für fast 1.000 Arbeitsplätze errichtet. Um die Trennwände kostengünstig versetzen zu können, wurde die Zahl der Anschlußmöglichkeiten minimiert. Die abgehängte Decke sowie die Flurtrennwände sind in einem Bandraster ausgeführt, das genau die Trennwandstärke aufnehmen kann. Auf der Fassadenseite zwischen den tragenden Stützen, Achsabstand 7,50 m, im Abstand von 2,50 m wurden zwischen den Fensterelementen stützengleiche Anschlußmöglichkeiten geschaffen. Außer an diesen Stellen können die Trennwände auch in der Mitte der vierfach unterteilten Fensterelemente angeschlossen werden. Mit Ausnahme eines Sonderstücks für den tieferen Fensteranschluß, der Rücksicht auf die Konvektorabdeckung nehmen muß, sind alle Elemente gleich. Entsprechend sind die zugehörigen Jalousien in einem 1,25-m-Raster einzeln ansteuerbar und somit – passend zu neuen Raumformationen – konfigurierbar. Gleiches gilt für die Beleuchtungselemente in der abgehängten Decke sowie Heizung und Lüftung. Die horizontale Leitungs- und Kanalführung liegt im Flurbereich in einem Doppelboden, der Bodenauslässe im Raum bedient. Über den abgehängten Decken wurden an mehrere Stellen Möglichkeiten für die Abtrennung eines Brandabschnittes eingebaut. Es wird gewährleistet, daß in den bis zu 90 m langen Obergeschossen auch nach dem Versetzen der Wände die geforderten Brandabschnitte realisierbar sind.

Abb. 55: Ansicht Lufthansa Informatik-Center, Kelsterbach

Die gesamten Büroflächen des Gebäudes wurden während der ersten drei Betriebsjahre durchschnittlich einmal umgebaut. Die erhöhten Kosten für die Vorhaltung der Brandschotten hat sich durch die Flexibilität bei der Positionierung der Trennwände bereits amortisiert.

Mehrkosten

Das Vorhalten von Flexibilität ist mit Mehrkosten verbunden. Im Fall des Gebäudes in Kelsterbach konnten diese in Kauf genommen werden. Die Lufthansa plante für sich selbst und kannte ihren Bedarf an Flexibilität daher genau.

Multifunktionale Räume als Puffer

Neben dieser kostenintensiven Flexibilität wurde in dem Informatik-Center auch eine einfachere Methode angewandt, um auf veränderte Anforderungen reagieren zu können. Im Bereich der Kerne nahe dem Atrium wurde eine Reihe von Räumen geschaffen, für die keine spezielle Nutzung vorgesehen ist. Die Räume werden je nach Bedarf als Computer- und Druckerräume, Kopierzimmer oder als zusätzliches Besprechungs- oder Projektzimmer genutzt. Vor allem bei größeren Mitarbeiterzahlen können diese Räume als Puffer gut genutzt werden, um kurzfristige Aktivitäten ohne aufwendige Veränderungen aufnehmen zu können.

Im Bürocenter Essen-Bredeney wurden eine Reihe von Schulungsräumen mit je 100 m^2 geplant (Abb. 56). Von Anfang an wurde vorgesehen, die Schulungsräume bei Bedarf als Gruppenbüro zu nutzen. In den unteren vier Geschoßdecken wurden Pi-Decken anstelle von Flachdecken eingebaut, um auf eine Stützenreihe in der Gebäudemitte verzichten zu können. Die einzig notwendige Änderung ist der Austausch des Reglers der Lüftungsanlage. Während der Bauphase zeichnete sich ab, daß der Bedarf an Schulungsräumen sank. Einige der Räume wurden darauf sofort als Gruppenbüros ausgebaut.

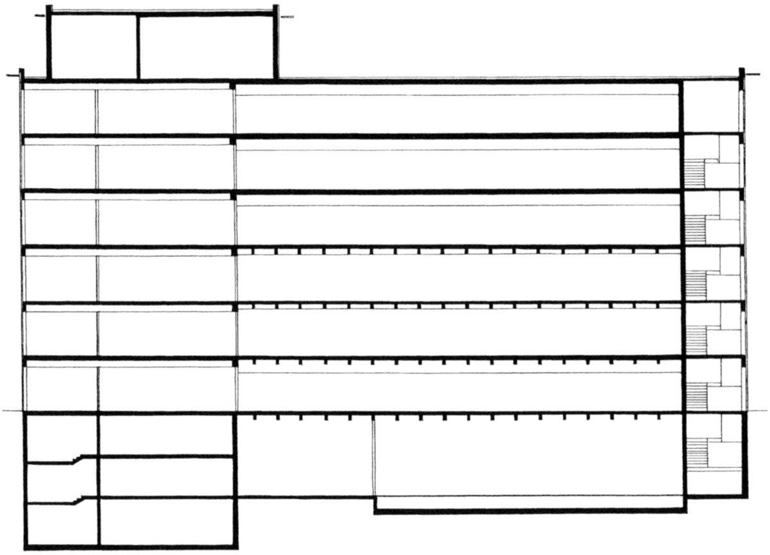

Abb. 56: Schnitt Bürocenter Essen-Bredeney (nach IBM)

Raumbücher

Diese Situation ist typisch für die Planungspraxis. Raumbücher und ähnliche Instrumente dürfen nur als ein Orientierungsrahmen gesehen werden, innerhalb dessen die Unternehmensorganisation sich entfalten kann.

Konzepte für einen Nutzerwechsel

Marketable Building

Regional unterschiedliche Anforderungen

Für das Gelingen eines Projektes ist es notwendig, die richtige Nutzung für das Grundstück und die Lage zu finden. Dies erfordert eine Analyse des regionalen Immobilienmarktes, für den das Projekt bestimmt ist. Manche Städte nehmen aufgrund ihrer geographischen Lage und wirtschaftlichen Struktur eine Sonderstellung ein. Aus diesem Grund kann nicht jedes Bürogebäude an jedem beliebigen Standort erfolgreich sein.

Der Stuttgarter Büroimmobilienmarkt zeichnet sich beispielsweise durch einen hohen Bedarf an verhältnismäßig kleinen Flächen aus. Die überwiegende Anzahl der jährlich vermittelten Mietverträge liegt unter 400 m^2. Im Gegensatz dazu nannte John Worthington von DEGW, London, für den Gewerbepark Stockley Park eine Zielgröße von 1.000 m^2 [Worthington]. Die Erfüllung der lokalen Rahmenbedingungen entscheidet über den Erfolg des Gebäudes.

Spezialimmobilien vermeiden

Unternehmen sind heute schneller bereit, Bürogebäude zu wechseln, wenn diese nicht mehr in das Unternehmenskonzept passen. Eine solche Situation kann aufgrund sich immer schneller ändernder Geschäftsfelder schon kurze Zeit nach einem Neubau eintreten. Das hat Rückwirkungen auf die Planung. Bei Neubauten, auch in Selbstnutzung, werden nicht mehr nur eigene Anforderungen beachtet, sondern auch die allgemeinen Anforderungen des Immobilienmarktes. Es soll möglich sein, das Gebäude gegebenenfalls zu einem späteren Zeitpunkt an unterschiedlichste Nutzer zu vermieten oder zu verkaufen. Ein derart konzipiertes Gebäude bezeichnet man als »Marketable Building«.

Rentable Building

Anzahl der Arbeitsplätze

Eine der am schwierigsten zu kontrollierenden Variablen in Bürogebäuden ist die Anzahl der Arbeitsplätze. Gleichbleibende Personalzahlen in Unternehmen sind die Ausnahme. In kleinem Rahmen kann einer steigenden oder fallenden Mitarbeiterzahl durch Verdichtung oder Verdünnung in den Büroräumen begegnet werden. Dies ist aber nur sehr begrenzt möglich, da entweder Flächen verschwendet oder unangenehme Dichten erreicht werden, die sich negativ auf die Geschäftsprozesse auswirken können. Im Idealfall ist das Gebäude immer möglichst exakt dem sich ständig verändernden Unternehmen angepaßt.

Abb. 57: Ansicht Dienstleistungszentrum Bollwerk Landesgirokasse, Stuttgart

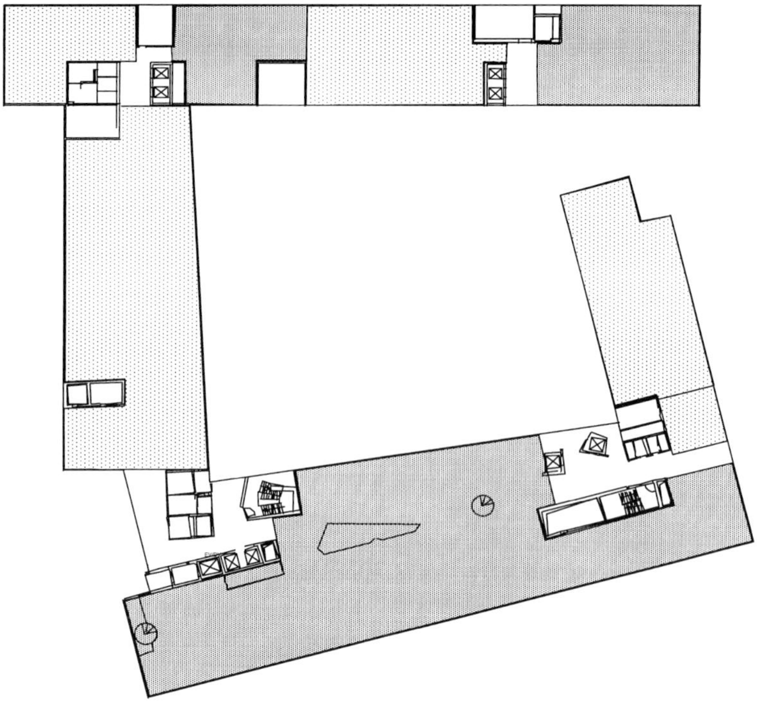

Abb. 58: Grundriß Dienstleistungszentrum Bollwerk Landesgirokasse, Stuttgart

Nachverdichtung

Wenn es nicht notwendig ist, ein Gebäude ausschließlich allein zu nutzen, kann ein Neubau von vornherein mit einer größeren Bürofläche erstellt werden als aktuell notwendig. In den ersten Jahren kann ein Wachstum in den vorhandenen Flächen durch Nachverdichtung aufgefangen werden. Ist die Wachstumsgrenze erreicht, werden die Mietverträge für die übrigen Flächen nicht mehr verlängert und vom Unternehmen selbst genutzt. Nach diesem Prinzip kann auch ein Flächenabbau erfolgen. Voraussetzung muß sein, daß Teile des Gebäudes unabhängig voneinander funktionieren (Abb. 58). Bei einem Speculative Office kommt dieser Anforderung noch größere Bedeutung zu. Ist ein Gebäude aufgrund seiner Planung und Ausstattung dazu geeignet, an verschiedene Parteien vermietet zu werden, spricht man vom »Rentable Building«.

Ein weiteres Beispiel für diese Eigenschaften ist das Gebäude des britischen Fernsehsenders ITN am Rande der Londoner City. Die Kerne sind so angeordnet, daß durch einfaches Einbauen einer Trennwand mehrere Einzelflächen mit eigenen Nebenräumen geschaffen werden können [Buchanan].

Zusammenfassung von Servicefunktionen

Ein wichtiger Planungsgrundsatz bei einem Rentable Building ist es, möglichst viele Funktionen zusammenzulegen, um einen wirtschaftlichen Betrieb zu ermöglichen. Angefangen von einer gemeinsamen Tiefgarage, über Empfang, Pförtner und Kantine bis zum Gebäudeservice reichen die Möglichkeiten.

Erschließungsmöglichkeiten und Kerne

Die Erschließungsmöglichkeiten und die Kerne für Treppenhäuser, Aufzüge und Schächte müssen auf die unterschiedlichen Flächengrößen abgestimmt sein. Eine Veränderung ihrer Lage im Gebäude ist mit erheblichen Kosten verbunden, weil sie meist in das Tragwerk integriert sind. Sie bestimmen die mögliche Anzahl der vermietbaren Flächen. Je zentraler und übersichtlicher sie auf der einen Seite sind und je mehr Flächen sie auf der anderen Seite erschließen können, desto flexibler ist das Gebäude von der Variationsbreite der Flächenmodule. Jede potentielle Büromietfläche benötigt zusätzlich noch Naßräume, die häufig in den Kernen untergebracht sind und auch gemeinsam genutzt werden können.

Größe der Mietfläche

Um ein Gebäude vermieten zu können, ist es vor allem bei kleinen Flächen wichtig, möglichst genau die vom potentiellen Mieter gesuchte Flächengröße anzubieten. Häufig steht der Mieter vor der Wahl, ein zu kleines oder ein viel zu großes Büro mieten zu müssen. Für ihn ist es manchmal kostengünstiger, einen etwas höheren Quadratmeterpreis zu zahlen, als eine entsprechend große Zahl unnötiger Quadratmeter belegen zu müssen.

Abrechnung der Nebenkosten

Die anfallenden Nebenkosten sollen exakt nach Verbrauch und nicht prozentual über die Flächen berechnet werden. Beide Bedingungen sind nur erfüllbar, wenn eine entsprechende Gebäudetechnik mit einer kleinflächigen Verbrauchsmessung schon während der Planung vorgesehen wurde. Aufgrund der hohen Investitionskosten für die Installation besteht die Möglichkeit, falls die Flächen nicht voll genutzt werden, die Nachrüstung noch freier Flächen einzuplanen.

Steuerung der Haustechnik

Die Steuerung der Haustechnik muß leicht auf verschiedene Flächengrößen umschaltbar sein. Der gesamte Umschaltprozeß muß möglichst schnell, sauber und störungsfrei für den restlichen Arbeitsbetrieb durchführbar sein.

Lloyd's verfügt mit seinen Syndikaten und 30.000 »Names« über eine große Zahl möglicher Mieter. Dank der hochentwickelten Haustechnik ist es auf einfachste Weise machbar, bis auf eine Bürogröße von ca. 13 m^2 exakt Strom, Klimatisierung, Beleuchtung und Informations- und Kommunikationstechnologie einzeln zu regeln und abzurechnen. John Mitchell, Lloyd's Facility-Manager, bezeichnet die hohen Kosten für das System als sehr gutes Investment, das häufig in Anspruch genommen wird [Freiman]. Mit diesem Prinzip wird die Unternehmensstruktur von Lloyd's unterstützt.

1.5.3 Nutzungsebene

Nutzungsänderung

Es gibt unterschiedliche Nutzungsarten: Büro, Wohnung und Produktion, Verkaufsflächen, Entertainment usw. Die Nutzung wird geändert, wenn aufgrund geänderter Rahmenbedingungen in einem Gebäude oder Gebäudeteil die alte Nutzung nicht mehr stattfinden kann oder eine andere Nutzung finanziell attraktiver erscheint. Die Nutzungsänderung stellt in vielen Fällen eine wirtschaftlichere Lösung dar als Abriß und Neubau.

Es ist sicher nicht möglich, alle späteren Nutzungsarten bereits in der Bauplanung verbindlich vorherzusagen. Möglichkeiten sollten aber schon bei der Planung eines Neubaus berücksichtigt werden. In der Praxis geschieht dies nur in den seltensten Fällen. Wie bei den Rentable Buildings haben Service und Erschließung Schlüsselfunktionen. Meist entscheiden sie, ob eine Veränderung vorgenommen werden kann oder nicht.

Nutzungsmix

Große Immobilienprojekte, vor allem im Innenstadtbereich, zeichnen sich durch mehrere Nutzungen aus. Der Nutzungsmix ist häufig entscheidend für den Erfolg des Projekts. In den Untergeschossen wird eine Tiefgarage angeboten, während im ersten Untergeschoß, Erdgeschoß und ersten Obergeschoß eine Fläche für die öffentliche Nutzung, z.B. Einkaufsflächen, zur Verfügung stehen. Darüber kann es Büroflächen und Wohnungen geben. Eine nachträgliche Veränderbarkeit der Nutzung ist wünschenswert, um auf Marktanforderungen reagieren zu können.

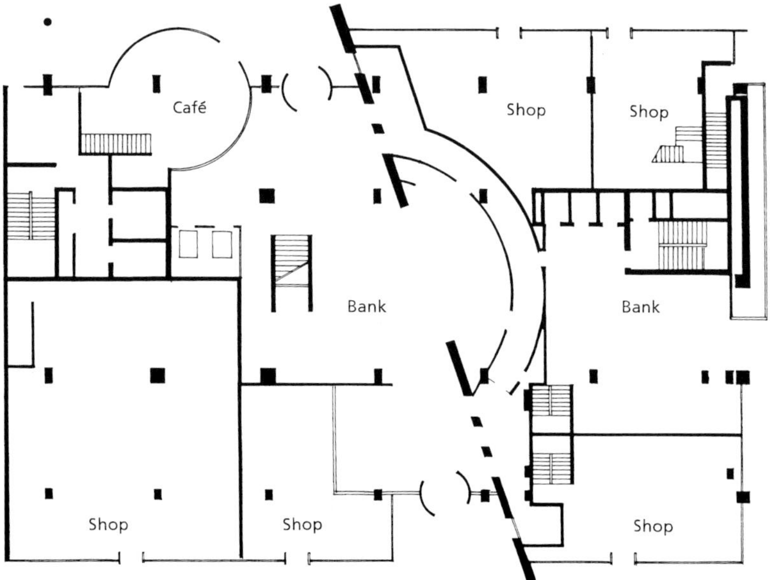

Abb. 59: Grundriß Kronprinzbau Landesgirokasse, Stuttgart (nach Landesgirokasse)

Abb. 60: Ansicht Kronprinzbau Landesgirokasse, Stuttgart

Synergieeffekte

Die Landesgirokasse Stuttgart beispielsweise hat sich bei ihrem Gebäude Kronprinzbau aus großen Teilen des Erdgeschosses zurückgezogen und statt dessen attraktiven Einzelhandel und hochwertige Gastronomie als Mieter gewonnen. Mit diesem Nutzungswechsel werden nicht nur der Ertragswert durch die Vermietung gesteigert, sondern es ergeben sich auch Synergieeffekte durch die Erhöhung der Kundenfrequenz im Gebäude. Mit dem Nutzungsmix bekommt das Gebäude ein neues Image.

Trend 1: Umnutzung von Produktions- und Lagergebäuden zu Wohnnutzung und Büros

Bei den Nutzungswechseln lassen sich Trends erkennen. Der erste Trend ist die Änderung von Produktions- oder Lagerflächen in Büroräume. Alte Produktionsstandorte, die früher in der Randlage eines Stadtkerns waren, wurden durch die Vergrößerung von Stadtzentren als Bürostandorte attraktiv. Eines der bekanntesten Beispiele dafür ist die Speicherstadt in Hamburg. In jeder größeren Stadt Deutschlands kann man alte Produktionsflächen in der typischen Blockbebauung des 19. Jahrhunderts finden. Sie darf häufig – auch aufgrund des veränderten Bebauungsplanes – nicht mehr weiter für die Produktion genutzt werden, weil sonst die Wohnnutzung im Blockinneren gestört würde. Die Räume haben meist Geschoßhöhen von über 3 m und sind sehr groß, in den Außenwänden sind große Fenster vorgesehen, und im Inneren haben sie Stützen. Sie bieten sich ideal als Büroflächen für kleinere Unternehmen an, die auf offene Strukturen Wert legen.

Probleme können in der Versorgung mit Informations- und Kommunikationstechnologie oder Gebäudetechnik liegen. Ein Installationsboden ist ebensowenig vorhanden wie eine abgehängte Decke. Die Installation kann in Brüstungskanälen oder frei unter der Decke geführt werden. Die Fassade kann nicht immer verändert werden, weil für viele ältere Gebäude baurechtliche Auflagen bestehen.

Diese Flächen haben für Unternehmen aus der Medienbranche oder darstellende Berufe einen hohen funktionalen und ideellen Nutzwert. Hinzu kommt der oft sehr attraktive Standort. Ein Stuttgarter Architekturbüro nutzt eine derartige Fläche am Rande des Stadtzentrums. Die günstige Raumtiefe von 13,60 m läßt eine natürliche Belüftung zu. Große Fensterflächen ermöglichen es, die Fläche natürlich zu belichten. Die Skelettbauweise läßt sehr viel Freiheit für die Gestaltung der Raumzuschnitte. Einbauten wie eine Werkstatt oder ein Projektraum für Wettbewerbe wurden realisiert. Zusätzlich ermöglicht der offene Grundriß eine Integration und intensive Kommunikation aller Mitarbeiter (Abb. 61).

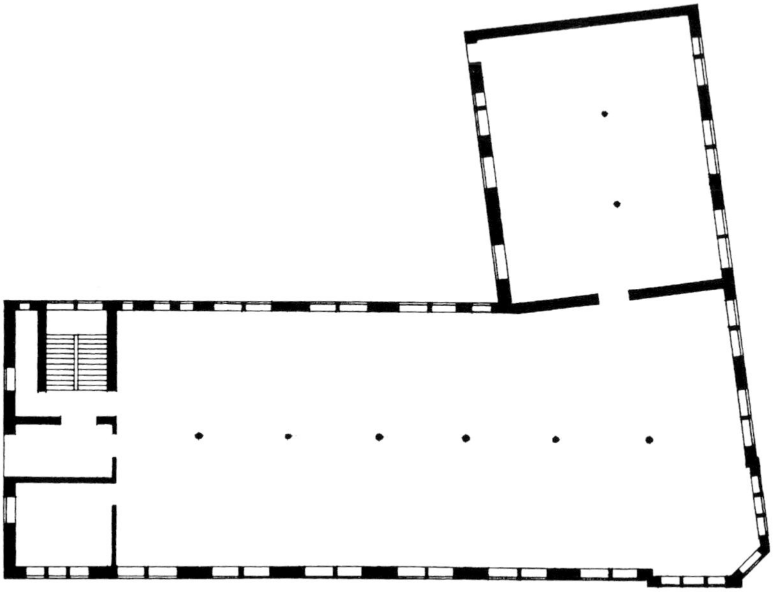

Abb. 61: Grundriß eines umgenutzten Produktionsgebäudes (nach Freie Planungsgruppe 7)

Das inmos Gebäude in Newport dient als Computer-Chip-Fabrik und besitzt neben den Produktions- und Laborräumen auch Büroflächen. Wegen der kurzen Produktionszyklen wurde ein Gebäude gesucht, das sich den veränderten Anforderungen schnell und einfach anpassen läßt. In dem Gerüst aus Tragwerk und Haustechnik kann jeder der sieben vorher definierten Nutzungen (Großraum- und Zellenbüro, Standard- und Spezialbüro, Reinraum, Kantine und begrünter Hof) an jedem beliebigen Ort im Gebäude installiert werden. Das Gebäude ist entlang seiner zentralen Achse problemlos erweiterbar (Abb. 62). Durch

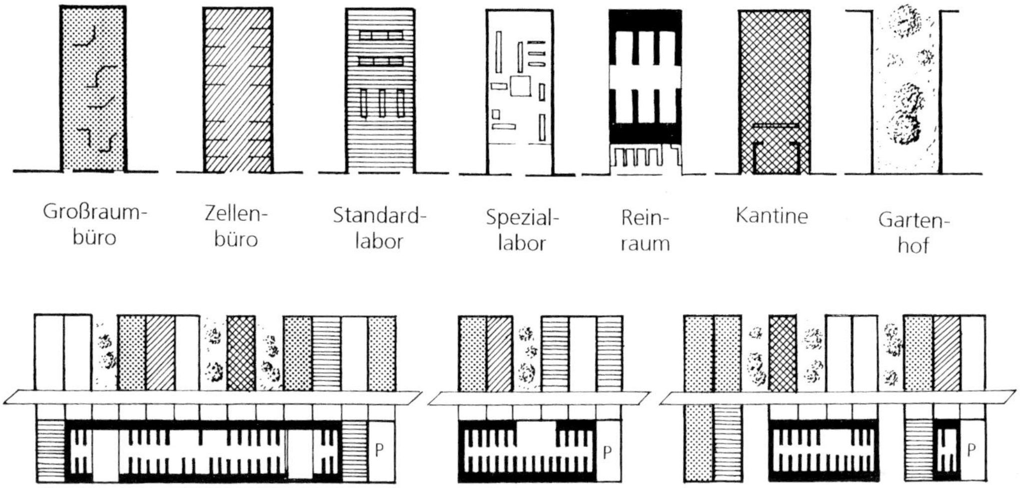

Abb. 62: Grundrißmodule und Layoutmöglichkeiten inmos, Newport (nach Richard Rogers Partnership)

ein außenliegendes Tragwerk entstand ein stützenfreier Raum. Die Haustechnik wird frei über dem Dach angeordnet und kann jeden Punkt im Gebäude bedienen.

Trend 2: Umnutzung Wohn- in Büroraum

Der zweite Trend liegt in der Veränderung von Wohn- in Büroraum. In der Regel werden auch hier Innenstadt- oder innenstadtnahe Gebäude verändert. Die Grundrißaufteilung ist wegen der Wohnungsnutzung relativ kleinteilig. Wände haben oft auch tragende Funktionen. Der Fensteranteil, die zur Verfügung stehende Bruttofläche und feste Raumeinteilung lassen eine flexible Nutzung schlechter zu. Flächen werden in diesen Gebäuden aufgrund des Imagewertes von Lage und Gebäude von sehr kleinen Unternehmen bevorzugt. Diese Umnutzung findet häufig als »Entfremdung von Wohnraum« statt.

Trend 3: Umnutzung Büro- in Wohnraum

Der dritte Trend ist die Umkehrung des zweiten: Bürogebäude werden in Wohnungen übergeführt. Leerstände in den Büroräumen und attraktive Wohnungsmieten führen zu dieser Entwicklung. In New York wird der Finanzdistrikt um die Wall Street mit Wohnungen auch nach Börsen- und Büroschluß wiederbelebt. Es sollen in ehemaligen Bürogebäuden jährlich ca. 1.000 Wohnungen eingerichtet werden. Wohnen und Arbeiten rücken wieder näher zusammen [Friedemann].

Trend 4: Umnutzung Lagerhallen in Lofts

Der vierte Trend soll nur der Vollständigkeit halber erwähnt werden, da er nicht direkt mit der Büronutzung verbunden ist. Von London und New York verbreitet sich eine Wohnform, die unter dem Begriff »Loft« mittlerweile in aller Welt bekannt ist. Alte Lagerhallen in unattraktiv gewordenen Stadtteilen werden renoviert und als Wohnflächen genutzt. Der Reiz dieser Wohnform liegt in der überdurchschnittlichen Raumhöhe in Kombination mit den großen Fensterflächen, die durch die Skelettkonstruktion ermöglicht werden.

Die Beispiele zeigen, daß Gebäude bei einer Nutzungsänderung nicht abgerissen werden müssen. Die regionalen Besonderheiten des Immobilienmarktes auch innerhalb einer Stadt erlauben es, daß diese Trends parallel nebeneinander existieren.

Die Leerstände in den Bürogebäuden in deutschen Städten haben auch dramatische Ausmaße angenommen. Nicht jeder Investor kann sich diese Leerstände auf längere Zeit leisten. Es ist absehbar, daß die Differenz zwischen Büro- und Wohnungsmieten an vielen Standorten immer kleiner wird. Die ökonomische Attraktivität für den Nutzungswechsel steigt. In Deutschland steht einer solchen Veränderung häufig der Bebauungsplan entgegen.

Gesetzliche Auflagen

Mit innovativen Lösungen werden neue Nutzungen erfolgreich realisiert. Je nach Mietpreisniveau, Flächenbedarf, Wirtschaftslage, Gesetzgebung und Ziel des Gebäudebesitzers kann es sinnvoller sein, ein Gebäude anders zu nutzen. Ausschlaggebend sind der regionale Immobilienmarkt und die Gesetzgebung. Nutzungsänderungen sind in Deutschland genehmigungspflichtig. Gewerbemieten werden in der Bundesrepublik nicht wie Wohnungsmieten über das Mietrecht reglementiert. Hier ist die Kreativität sowohl der Planer als auch der lokalen Behörden gefragt.

Verbesserung der Rendite

Würde bei einem Neubau die Möglichkeit einer anderen Nutzung eingeplant, könnte die Nutzungsdauer oft verlängert werden. Eine bessere Rendite des investierten Kapitals bzw. eine Absicherung gegen Veränderung des Immobilienmarktes wäre erreicht.

Nutzungswechsel Büro – Hotel

Nutzungsänderungen sind auch kurzfristig und temporär denkbar. Es gibt z. B. Überlegungen für Hotels, die Zimmer nachts als Hotelzimmer zum Schlafen zu vermieten und tagsüber als Büroflächen. Bei angemessener Ausstattung für nur kurzfristigen Gebrauch und schneller Vorbereitung der Räume ist dies eine Möglichkeit, den Mietertrag zu steigern. Erste Entwicklungen in diese Richtung zeichnen sich in der Hotelbranche bereits ab. Große Hotelketten werben mit Sekretariaten, Kommunikationsmöglichkeiten oder Computernutzung auf dem Hotelzimmer [N. N. 1997.1, 1997.2].

Entscheidend bleibt aber das Gebäude selbst. Von Lage, Anzahl und Organisation der Zugänge und Kerne hängen die Möglichkeiten zur Veränderung ab. Entsprechend der Entwicklung des Immobilienmarktes könnte die Belegung des Gebäudes kontinuierlich optimiert werden.

1.6 Humanfaktoren

Physische Anforderungen an Büroräume sollen die körperliche Gesundheit der Nutzer gewährleisten und funktional optimale Arbeitsbedingungen schaffen. Der Mensch als individuelles, denkendes und empfindendes Wesen benötigt für sein Wohlergehen zusätzlich die Erfüllung psychischer Rahmenbedingungen, die die soziale und die gestalterische Funktion betreffen.

1.6.1 Physische Faktoren

Unternehmen stellen für ihre Mitarbeiter Räume bereit, in denen sie bestimmte Tätigkeiten ausüben können. Es liegt im Interesse der Unternehmen, einwandfreie Arbeitsbedingungen zu schaffen. Mängel können sich beispielsweise durch sinkende Motivation oder erhöhte Krankenstände negativ auf die Unternehmen auswirken und zu einer wirtschaftlichen Belastung führen. Nach Mill müssen aus diesem Grund thermisches Wohlbefinden, Luft-, Akustik- und visuelle Qualität und Personensicherheit gewährleistet sein [Mill].

Behaglichkeit

In der Vergangenheit wurden zahlreiche Untersuchungen angestellt, die das menschliche Empfinden quantifizieren sollten. Einer der wesentlichen Parameter ist die thermische Behaglichkeit nach Leusden und Freymark. Der Begriff meint den Zustand, den der Mensch weder als zu warm noch als zu kalt empfindet. Er ist abhängig von der Raumtemperatur und der Luftfeuchtigkeit. Behaglichkeit erfordert bei hohen Temperaturen tendenziell eine niedrigere Luftfeuchtigkeit, während bei niedrigen Temperaturen eine höhere Luftfeuchtigkeit noch als angenehm empfunden wird (Abb. 63). Ein ähnlicher Zusammenhang besteht zwischen Luftgeschwindigkeit und Temperatur (Abb. 64). Bei niedrigen Temperaturen werden nur geringe Luftgeschwindigkeiten als angenehm empfunden. Steigt die Temperatur, sind auch stärkere Luftbewegungen akzeptabel.

Individuelle Regelung der Raumluftbedingungen

Bei der Regelung der Raumluftbedingungen ging man ursprünglich davon aus, daß es möglich ist, allgemeingültige Standards für Temperatur, Luftfeuchtigkeit usw. aufzustellen, deren Einhaltung zu optimalen Arbeitsbedingungen führen würde. Das individuelle Empfinden der einzelnen Menschen wurde außer acht gelassen. Standardwerte sind immer nur für einen Teil der Mitarbeiter repräsentativ. Es ist nicht ausreichend, bei 80 oder 90 % aller Mitarbeiter Zufriedenheit zu erzielen. Eine 100%ige Zufriedenheit ist nur erreichbar durch den Einsatz individueller Steuerung kleinerer Flächeneinheiten.

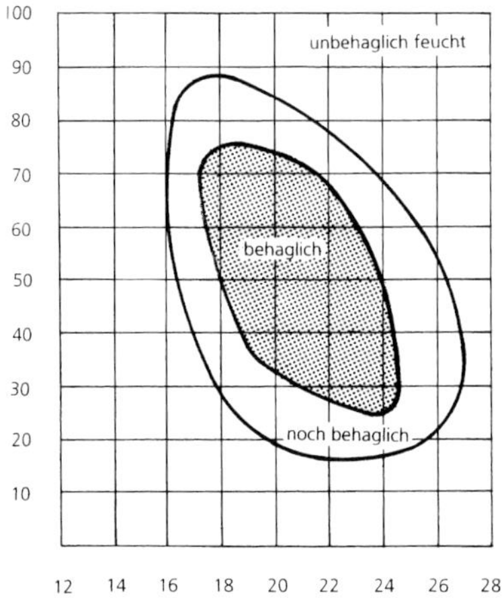

Abb. 63: Behaglichkeit in Abhängigkeit von Raumtemperatur und relativer Luftfeuchte (nach Neufert)

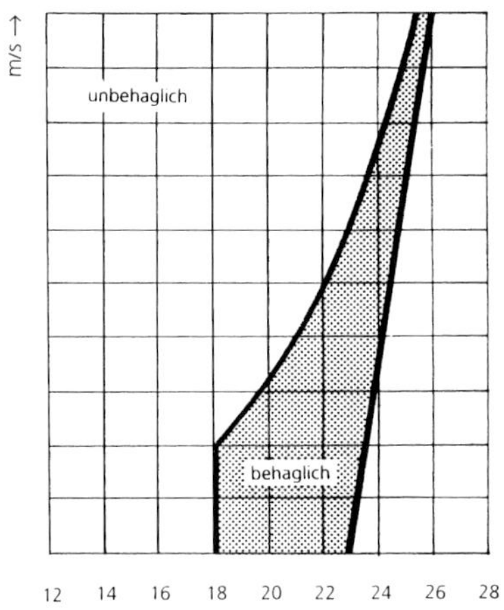

Abb. 64: Behaglichkeit in Abhängigkeit von Raumtemperatur und Raumluftgeschwindigkeit (nach Neufert)

Minimierung des Gesamtenergiebedarfs

Das übergeordnete Ziel bei der Bereitstellung von Wärme, Luft und Licht sollte es sein, den Gesamtenergiebedarf zu minimieren. Der grundlegende Ansatz besteht darin, das Gebäude seinen Umgebungsbedingungen optimal anzupassen. Energiequellen am Standort sollen möglichst umfassend genutzt werden. Wenn diese Forderung ernsthaft umgesetzt wird, resultieren daraus weitreichende Konsequenzen. Es reicht nicht aus, singuläre Komponenten nachzurüsten. Entwurf, Konstruktion, Fassade, Technik und Materialwahl müssen integriert werden. Im Zusammenwirken aller Bestandteile eines Gebäudes kann eine erfolgreiche Lösung gefunden werden. Der Architekt sollte die Entwicklung und Umsetzung derartiger Konzepte anregen. Er ist der Planungsbeteiligte, der die einzelnen Planungsdisziplinen integrieren kann. Der Fassade mit der verbundenen Haustechnik kommt als selektiver, durchlässiger Schicht zwischen Innen- und Außenraum eine besondere Bedeutung zu.

Koordinierende Rolle des Architekten

Die Erfüllung der Anforderungen ist entscheidend für ein Büroprojekt. Obwohl bereits einige Bauten mit innovativen Lösungsansätzen realisiert wurden, steht die Mehrzahl der erstellten Bürogebäude in der alten Tradition. Im folgenden sollen, gegliedert nach den einzelnen Anforderungen, einzelne Aspekte anhand beispielhafter Projekte gezeigt werden.

Temperatur

Innere Wärmequellen

Die Anforderungen an Heizung und Kühlung von Gebäuden sind in besonderem Maße vom Standort abhängig. Interne Wärmequellen von Büros sind dagegen fast überall auf der Welt gleich. Menschen und technische Geräte erzeugen Abwärme, die ganzjährig zur Erwärmung des Innenraumes führt. Als interne Wärmelasten werden für einen Arbeitsplatzrechner 100 W, für einen Laserdrucker im Stand-by-Betrieb 80 W, im Betrieb 280 W und für eine Arbeitsplatzleuchte 60 W angesetzt.

Wärmeeintrag von außen

Der Wärmeeintrag durch die Sonneneinstrahlung und der Wärmefluß durch unterschiedliche Innen- und Außentemperaturen ist abhängig von den Jahreszeiten. Wärmegewinne können im Winter gut genutzt werden, um die niedrigen Außentemperaturen zu kompensieren, im Sommer vergrößern sie aber die ohnehin schon vorhandene Kühllast. Gesucht ist ein System, das je nach Jahreszeit unterschiedlich funktioniert. Eine Bewertung der klimatischen Verhältnisse in Mitteleuropa zeigt, daß das größte Problem von Bürogebäuden aufgrund der großen inneren Wärmeproduktion die Kühlung im Sommer ist, die in der Regel ein mehrfaches des Energiebedarfs erfordert als die Heizung im Winter. Einen entscheidenden Beitrag zur Reduktion der Kühllasten können Verschattungsmöglichkeiten an oder in der Fassade leisten.

Verschattungsmöglichkeiten

Technik-Pools

Eine weitere Möglichkeit besteht darin, Computerserver, Kopierer, Faxgeräte oder Getränkemaschinen usw., die nicht direkt am Arbeitsplatz aufgestellt werden müssen, in Technik-Pools, sogenannten Hot Spots, zusammenzufassen. Dort können sie gezielt klimatisch versorgt werden. Geringere Flächenlasten auf den verbleibenden Büroflächen führen zu Energieeinsparungen. Technik-Pools können auch dazu genutzt werden, die Auslastung der Geräte zu verbessern, und so für weitere Einsparungen sorgen. Voraussetzung für ein solches Konzept ist die Unterstützung durch eine entsprechende Büroorganisation.

Wasser als Medium zum Heizen oder Kühlen

Wasser kann in einem haustechnischen System als Heiz- und Kühlmedium eingesetzt werden. Zur Führung von Wasser werden wegen seiner größeren Energiedichte im Gegensatz zu Luft wesentlich geringere Leitungsquerschnitte benötigt. Bei Wasser als Medium besteht keine Gefahr von Zugerscheinungen wie bei luftbasierten Systemen. Die Radiatoren oder Konvektoren für wasserbetriebene Heizungen können entweder im Boden oder an der Brüstung vorgesehen werden. Statische Heizflächen erwärmen den Raum durch Strahlungswärme auf eine für den Menschen angenehme Weise. Deckenstrahlungsheizungen haben sich im Büro nicht durchgesetzt, weil mit ihnen häufig Kopfschmerzen und andere Beschwerden verbunden sein können.

Deckenstrahlungsheizung

Wasserbasierte Fassadenheizung

Die Firma Gartner, Gundelfingen, bietet eine wasserbasierte Fassadenheizung an. Für Pfosten der Fassade werden geschlossene Rechteckstahlprofile verwendet, die von Warmwasser durchströmt werden. Dadurch können ohne zusätzlich sichtbare Bauteile große Fassadenflächen und dahinterliegende Volumen direkt dort erwärmt werden, wo niedrige Temperaturen auftreten. Die Fassade wurde beispielsweise für das Atrium des Informatik-Centers der Lufthansa in Kelsterbach verwendet.

Luftbefeuchtung

Bei dem Betrieb von Radiatoren und Konvektoren nimmt während der Heizperiode die Luftfeuchtigkeit ab. Dies kann zu Gesundheitsproblemen führen. Eine zusätzliche Luftbefeuchtung ist sinnvoll, jedoch wird meist statt dessen auf einen ausreichenden Feuchtigkeitsgehalt der Zuluft vertraut. Eine Umfrage hat gezeigt, daß 60 % aller Mitarbeiter am Arbeitsplatz über trockene Luft klagen. Bei Luftheizungen kann mit geringem Aufwand eine Luftbefeuchtungseinheit vorgeschaltet werden.

Kühldecken

Wasser kann als Energieträger auch zum Betrieb von statischen Kühlflächen genutzt werden. Eine Kühldecke besteht aus kaltwasserdurchströmten Radiatoren, die durch die Abgabe von Strahlungskälte die unter ihnen liegenden Flächen kühlen. Es gibt Lösungen, bei denen Kupfer- oder Kunststoffrohre an oder in der Decke angebracht werden. Dadurch, daß das kalte Wasser an der Decke in den Raum kommt, wirkt es an der wärmsten Stelle des Raumes. Die gekühlte Luft fällt durch ihren geringeren Auftrieb durch das ganze Raumvolumen. Die Kühldecke stellt keine Klimatisierung dar, da sie weder Feuchtigkeit noch Frischluft in den Raum bringt. Hierzu ist eine natürliche Lüftung oder eine künstliche Belüftung notwendig.

Belüftung

Steuerung

Eine Umfrage zu den Gründen von Beeinträchtigungen am Arbeitsplatz zeigt die besondere Schwierigkeit des Betriebs von Heizungen in Bürogebäuden. 41 % aller Befragten klagten über zu hohe Temperaturen, 56 % empfanden die Raumtemperatur als zu niedrig. Die Zahlen unterstreichen das subjektive Empfinden der Mitarbeiter. Das scheinbar unlösbare Problem kann nur bewältigt werden, wenn dem Mitarbeiter eine Steuerungsmöglichkeit gegeben wird, die ihn unabhängig macht. In Fällen, wo dies nicht möglich ist, muß Bereitschaft vorhanden sein, sich den engen Grenzen anzupassen [Gottschalk 1994].

Luft

Bei der Verwendung von Luft als Heizmedium muß die Luftwechselrate gegenüber einem Heizsystem mit anderen Energieträgern erheblich gesteigert werden, um vorgewärmte Luft in den Raum zu bringen. Das Konzept für den Luftwechsel muß immer in Abstimmung mit dem Heiz- und Kühlkonzept erarbeitet werden. Von einer freien Lüftung ohne jeglichen Technikeinsatz bis hin zu einer hochentwickelten Klimaanlage sind unterschiedlichste Möglichkeiten vorhanden.

Klimaanlage

Funktionen

Eine Klimaanlage basiert auf einer Art Baukastensystem, in dem die benötigten Funktionen zusammengesetzt werden. Sie kann gekühlt oder erwärmt werden. Im Winter kann eine Befeuchtungsanlage das Absinken der Luftfeuchtigkeit verhindern. Bei Verunreinigung der Luft durch Staub, Gerüche oder Schmutzpartikel, kann ein Bauteil für die Reinigung sorgen. Eine Wärmerückgewinnungsanlage in den Abluftleitungen senkt Energiekosten.

Zuluft wird an einer Stelle in den Raum geleitet und die Abluft an einer anderen Stelle entnommen. Verschiedene Strömungsvarianten stehen zur Verfügung und müssen der Raumform angepaßt werden. Stimmt die Richtung des Luftstroms mit der natürlichen Luftbewegung überein, das heißt, wird die warme Luft am Boden zugeführt und steigt auf, dann ist der Energiebedarf für das Einblasen und die Geräuschbelastung geringer. Dabei tritt ein Konflikt zwischen Sommer- und Winterbetrieb auf. Zu schnelle Durchströmgeschwindigkeiten können Zugerscheinungen bei den Nutzern hervorrufen, deshalb ist ein entsprechender Einbau der Auslässe notwendig.

Luftführung

Wartung und Betrieb der Klimaanlage

Klimaanlagen haben eine Lebensdauer von ca. 15 Jahren. Sie müssen mehrmals während der Nutzungsdauer eines Gebäudes ausgetauscht werden. Störungen des Betriebsablaufs während des Aus- und Einbaus bei Instandsetzungsarbeiten müssen minimiert werden, denn sie haben erheblichen Einfluß auf die Wirtschaftlichkeit des Gebäudes. Die durch Nutzungsausfall an wenigen Tagen entstehenden Kosten können die eigentlichen Einbaukosten übertreffen. Schon in der Entwurfsphase sollte eine Strategie für die Nachrüstung entwickelt werden. Anforderungen und Technik ändern sich während der Nutzungszeit und sind bei der Planung noch nicht vorhersehbar. Eine ausreichende Dimensionierung der Schächte für die Leitungsführung mit Blick auf einen späteren Zeitpunkt erleichtert künftige Umnutzungen.

Strömungsfreie Instandhaltung

Offenheit für zukünftige Veränderungen

Eine sehr konsequente Antwort auf diese Problematik gibt das Lloyd's-Gebäude. Die gesamte vertikale und horizontale Luftversorgung des Innenraumes geschieht von außen. Dadurch wird ein vollkommen freier Grundriß geschaffen (Abb. 65). Die Luftkanäle liegen vor der Fassade und können dadurch einfach ausgewechselt werden. Eine spätere Querschnittzunahme der Kanäle ist kein Problem. Nachteilig wirken sich die vielen Fassadendurchbrüche sowie die notwendige Dämmung der Kanäle aus. Mehrkosten und Probleme müssen gegen die Vorteile abgewogen werden.

Außenliegende Luftkanäle

Der Betrieb von Klimaanlagen birgt Probleme, wenn die Differenz von Innen- und Außentemperatur zu groß ist. Sie stellen dann eine Belastung für den Körper dar und bergen ein hohes Erkältungsrisiko. Während man früher versuchte, die Raumtemperatur konstant bei etwa 22 °C zu halten, ist man heute dazu übergegangen, die Innentemperatur gleitend an die Außentemperatur anzupassen. Die Temperaturdifferenz soll dabei nicht mehr als 4 Kelvin betragen. Der Wechsel von Innenraum zu Außenraum wird angenehmer und gesünder. Gleichzeitig werden die Energiekosten gesenkt.

Temperaturregelung

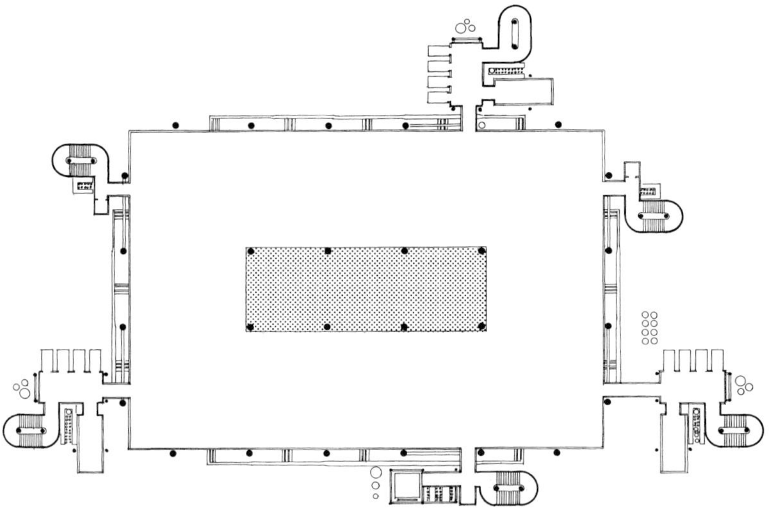

Abb. 65: Grundriß Lloyd's, London (nach Richard Rogers Partnership)

Klimaanlage in Großräumen

Mitarbeiter empfinden klimatisierte Räume meist als unnatürlich. Sie bemängeln insbesondere die mangelnde individuelle Steuerungsmöglichkeit und den fehlenden Kontakt zur Umgebung, wie ihn ein zu öffnender Fensterflügel bieten kann. Eine Klimatisierung wird nur dann gewählt, wenn Nutzung oder Raumform keine andere Möglichkeit zulassen, wie beispielsweise bei Kundenhallen, Versammlungs- und Konferenzsälen oder klassischen Großraumbüros. In kleineren Räumen wird sie nur dann eingesetzt, wenn eine natürliche Lüftung beispielsweise wegen einer Lärmbelastung durch stark befahrene Straßen nicht möglich ist.

Klimaanlagen können mittlerweile jeder Raumform und fast allen Anforderungen angepaßt werden. Selbst die sehr tiefen Grundrisse der 60er Jahre konnten mit Klimaanlagen konditioniert werden. Die Flexibilität muß allerdings mit einem erhöhten baulichen Aufwand erkauft werden.

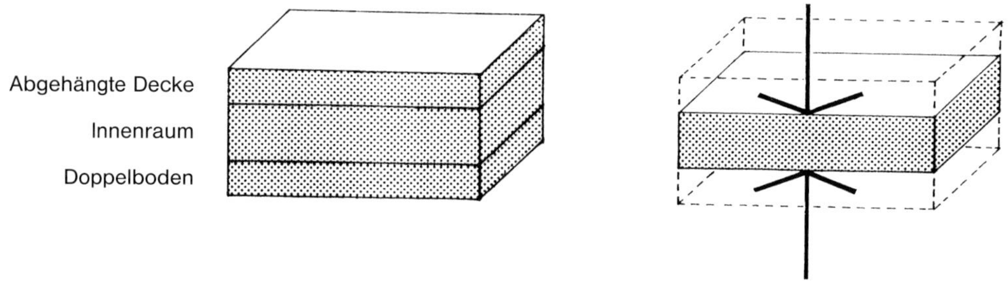

Abb. 66: Verringerung der Geschoßhöhe durch Verzicht auf eine Klimaanlage

Die zehnfach schlechtere Wärmekapazität von Luft im Vergleich zu Wasser und Einschränkungen bei Strömungsgeschwindigkeiten führen bei Luftkanälen zu wesentlich größeren Leitungsquerschnitten, die in größeren Geschoßhöhen und erhöhtem umbautem Raum resultieren (Abb. 66). Bei einem Bürogeschoß mit 1.000 m^2 betragen die Mehrkosten für eine 50 cm höhere Fassade ca. 130.000 DM (2.000 DM/m^2 Fassade, 25 m Gebäudetiefe).

Geschoßhöhe

Akzeptanz der Klimaanlage

Eine Klimaanlage ist sowohl in den Investitions- als auch in den Betriebskosten eine kostenintensive Lösung. Weitere Kosten entstehen oft durch die verringerte Produktivität, die sich daraus ergibt, daß die

Kosten

Abb. 67: Ansicht Menara Mesiniaga, Kuala Lumpur

Mitarbeiter Klimaanlagen ablehnen. Die Beurteilung einer Klimatisierung hängt entscheidend von den klimatischen Umgebungsbedingungen ab. In Mitteleuropa ist die meiste Zeit des Jahres keine Klimatisierung notwendig.

Akzeptanz

Werden in Deutschland klimatisierte Büros in der Regel als Nachteil empfunden, gibt es in angloamerikanischen oder tropischen und subtropischen Ländern kaum Vorbehalte gegenüber Klimaanlagen. Die Anforderungen sind sowohl klimatisch als auch kulturell geprägt und müssen bei der Planung von Bürogebäuden berücksichtigt werden. Der Einsatz künstlicher Klimatisierung sollte bei der Planung nicht dazu führen, die Umgebungsbedingungen völlig außer acht zu lassen. Die Planung des Gebäudes sollte *mit* der Umgebung und nicht *gegen* sie geschehen.

Berücksichtigung der Umgebungsbedingungen

Bei einem Bürogebäude in Kuala Lumpur, Malaysia, konnte die Klimaanlage durch eine optimierte Gestaltung des Baukörpers kleiner dimensioniert werden (Abb. 67).

Beispielsweise ist beim Bürozentrum Essen-Bredeney jeweils eine Klimagruppe einem Bürotrakt zugeordnet. Durch seine Nordsüdausrichtung werden die im Osten gelegenen Räume von der Morgensonne erwärmt. Im Sommer stellt sich schnell das Bedürfnis nach Kühlung ein, das von der Haustechnik sofort befriedigt wird. Die Zulufttemperatur wird gesenkt. Dies geschieht gleichzeitig auch auf der noch kalten Westseite und führt dort zu unangenehm tiefen Temperaturen. Eine getrennte Regelung ist nicht möglich (Abb. 97). Sinnvoll wäre eine Organisation der Klimatechnik mit Rücksicht auf die unterschiedlichen Umwelteinflüsse. Eine andere Aufteilung könnte die Arbeitsbedingungen deutliche verbessern.

Organisation

Sick-Building-Syndrome

Gesundheitsprobleme

Klimatisierten Gebäuden werden mit dem Sick-Building-Syndrome in Zusammenhang gebracht. Es handelt sich dabei um ein gesundheitliches Problem der Büronutzer, dessen Symptome zwar bekannt sind, nicht aber dessen Ursachen. Die World Health Organization hat bereits 1983 eine begriffliche Festlegung der Symptome getroffen. Danach wird mit dem Sick-Building-Syndrome die unspezifische Wirkung der Arbeitsumgebung in einem Gebäude auf die Gesundheit der Mitarbeiter beschrieben. Zu den Problemen zählen Kopfschmerzen, Reizungen der Schleimhäute, Müdigkeitsgefühle und Hals-Nasen-Ohren-Beschwerden.

Nach Angaben der WHO tritt bei ca. 30 % aller neuen oder renovierten Gebäude eine ungewöhnliche Zahl von Beschwerden auf. Als Auslöser dafür werden Raumtemperatur, Luftfeuchtigkeit, Luftgeschwindigkeit und Luftverunreinigungen durch schadstoffhaltige Materialien vermutet.

Zur Vermeidung sollte die Klimatisierung einwandfrei funktionieren, die Anlage ordnungsgemäß gewartet werden und sollten die ausgewählten Baumaterialien umweltverträglich sein.

Freie Lüftung

Prinzip

Das Prinzip der freien Lüftung nutzt die Räume als Leitungen für den Transport unbehandelter Außenluft. Statt elektrisch betriebener Ventilatoren werden Thermik und Druckunterschiede genutzt, um die Luft zu bewegen. Das Prinzip wird primär angewandt, um die Frischluftversorgung sicherzustellen und in kleinem Umfang zur Erwärmung und Abkühlung der Räume. Die Hauptmotivation besteht darin, den Primärenergieverbrauch zu senken und eine höhere Akzeptanz bei den Mitarbeitern zu erzielen.

Gebäudetiefe

Im Gegensatz zur Klimaanlage, bei der eine vollkommene Flexibilität der Raumform vorhanden ist, bestehen bei der natürlichen Lüftung starke Einschränkungen. In der Regel ist eine geringe Gebäudetiefe mit einem Fassadenzugang für jeden Raum Voraussetzung. Häufig werden mehrgeschossige Atrien verwendet, um den entstehenden Thermikeffekt zur Entlüftung zu nutzen.

Nutzung der Speichermasse

Bei der Anwendung der freien Lüftung sind keine Luftleitungen und keine abgehängten Decken notwendig. Zusätzlich kann die Speichermasse der Konstruktion für den Wärmehaushalt des Gebäudes genutzt werden, da sie direkt in Berührung mit der Raumluft kommt. Eine freiliegende Betondecke kann beispielsweise während des Tages Wärme aufnehmen und eine ungewünschte Erwärmung des Raumes verhindern. Während der Nacht kann kühle Luft an der Decke entlanggeführt werden und die gesammelte Wärme bis zum nächsten Morgen abführen.

Wirtschaftliche Zusammenhänge

Einsparungen durch die Verringerung des umbauten Raumes, den Wegfall von Bauteilen wie der abgehängten Decke und durch die Senkung der Betriebskosten stehen Mehrausgaben für etwas weniger flächenwirtschaftliche Grundrißtypen, erhöhte Ausgaben für die Fassade und deren Meß- und Regelsysteme und für eine aufwendigere Planung gegenüber. Freie Lüftungssysteme können mit einer mechanischen Lüftung unterstützt werden, um das Gesamtsystem zu optimieren.

Schmale Grundrisse

Um den Energieverbrauch von Gebäuden zu senken, wurden in einer Reihe von Gebäuden die neuesten zur Verfügung stehenden Technologien für die freie Lüftung angewendet. Beim Neubau des Bürogebäudes für die Power-Gen in Coventry wurden die Anforderungen an das Gebäude durch die freie Lüftung umgesetzt. Zwei 12 m tiefe offene Büroflächen liegen an einem 3geschossigen Atrium (Abb. 68, 69). Die Bauform unterscheidet sich stark von den 18 bis 20 m tiefen dreibün-

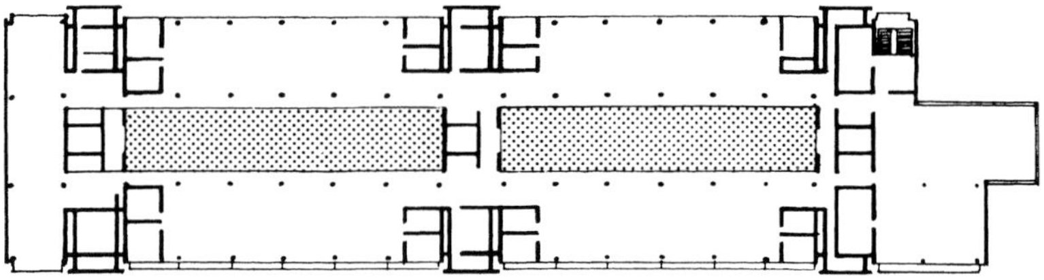

Abb. 68: Grundriß Power-Gen, Coventry (nach Bennetts)

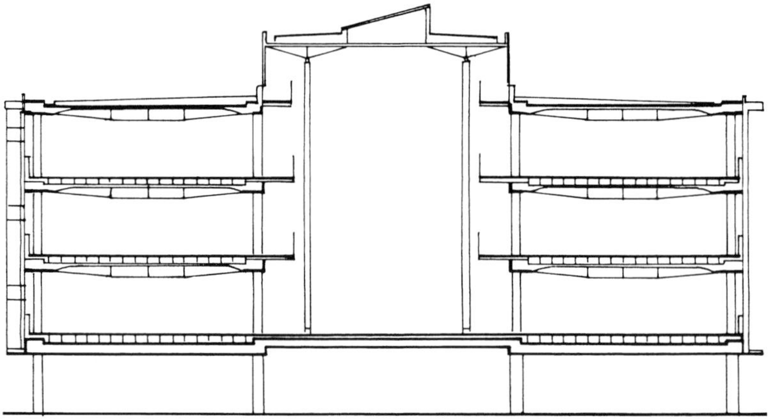

Abb. 69: Schnitt Power-Gen, Coventry (nach Bennetts)

digen Grundrissen der 80er Jahre in England. Der Wegfall der Klimaanlage spart ebenso Energie wie die natürliche Belichtung. Zusammen mit der höheren Akzeptanz der Arbeitsplätze rechtfertigt das die etwas ungünstigere Flächenwirtschaftlichkeit im Vergleich zum 80er-Jahre-Bautyp.

Temperierung der Zuluft durch einen Erdkollektor

Die Zuluft für ein neues Bürogebäude in Pliezhausen bei Stuttgart wird durch einen 100 m langen Bodenkanal geführt, bevor sie ins Gebäude gelangt (Abb. 70). Der Erdkollektor kühlt im Sommer die Luft vor. Im Winter wird die Luft im Kanal und durch die Energie der Abluft vorgewärmt. Mit geringem Mehraufwand für eine mechanisch unterstützte Lüftung können Luftmassen gezielt bewegt und Temperaturdifferenzen der Umgebung genutzt werden. Im Sommer wie im Winter können dadurch die Energiespitzen abgesenkt werden. Die eigentlichen Heizungs- und Kühlsysteme können entsprechend geringer ausgelegt werden.

Ansaugen der Zuluft aus Baumkronen

Für den Mikroelektronik-Park in Duisburg wurde vorgeschlagen, die benötigte Zuluft im Sommer aus dem Kronenbereich der neu angelegten Baumreihen anzusaugen. Dort liegt die Temperatur aufgrund der natürlichen Kühlung durch die Verdunstungskälte der Bäume einige Grad niedriger als am Boden.

Abb. 70: Ansicht Bürogebäude Pliezhausen

Bei einem Wettbewerbsentwurf für das Finanzamt in Nottingham wurde vorgeschlagen, einen Wasserkanal zwischen den Gebäuden anzulegen, der zur Vorkühlung der Luft genutzt werden kann.

Einbau von Atrien

Von Seidlein und Sobek schlugen auf der 3. Europäischen Architekturkonferenz 1993 in Florenz ein Prinzip zur natürlichen Belüftung von Hochhäusern vor. Um einen kreisförmigen Grundriß sind jeweils drei Büroflächen und drei Atrien angeordnet (Abb. 71). Die Büros werden durch Fenster von drei Seiten quer belüftet. Im Winter dienen die Atrien als Pufferzone, im Sommer wird durch sie die Energie abgeführt. Nachtabkühlung durch Ventilation und Luftbewegungen von im Schatten liegenden Atrien sorgen für Heizenergieeinsparungen. Zusammen mit dem geringeren Stromverbrauch für die Beleuchtung der Büroflächen aufgrund des sehr hohen Tageslichtanteils werden die Einsparungen auf ca. 50 Megajoule/m^2/Jahr und 30 Megajoule/m^2/Jahr geschätzt [v. Seidlein].

Bis vor kurzem war es nicht möglich Hochhäuser frei zu belüften, da der Winddruck auf der Fassade für zu öffnende Fenster zu groß war und Sonnenschutz nur innenliegend angebracht werden konnte. Die Erwärmung des Innenraumes war so groß, daß sie nur durch eine Klimaanlage kompensiert werden konnte.

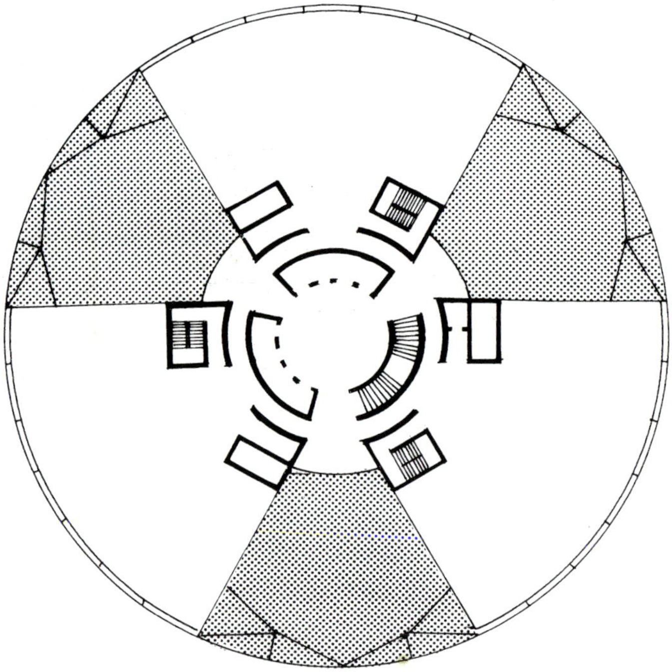

Abb. 71: Grundriß eines natürlich belüfteten Hochhauses (nach v. Seidlein)

Doppelfassade

In einer Reihe von gerade fertiggestellten Hochhäusern wurde die freie Lüftung bei Hochhäusern durch eine Doppelfassade möglich gemacht. In einem Abstand von 200 bis 800 mm vor dem Fenster des Raumes wird eine weitere Glasscheibe montiert, die einen Pufferraum schafft. In diesen geschützten Korridor kann ein konventioneller Sonnenschutz aus Lamellen gehängt werden, der nicht zur Erwärmung des Innenraumes führt. Die Nutzer können die Fenster in den Zwischenraum der Doppelfassade öffnen und ihren Raum ohne Beeinträchtigung durch Windböen belüften.

Im Winter senkt der Klimapuffer die Heizkosten und wärmt die Zuluft vor. Im über mehrere Geschosse reichenden Fassadenzwischenraum entsteht eine Thermik, die zur Entlüftung der Doppelfassade herangezogen wird. Freie Lüftung durch eine Doppelfassade ist in den bisherigen Beispielen allerdings nicht immer möglich. Meist ist mindestens eine unterstützende mechanische Lüftung vorgesehen, die aktiviert werden kann, wenn die klimatischen Verhältnisse eine freie Lüftung nicht zulassen.

Doppelfassaden zeichnen sich auch durch einen guten Schallschutz aus und sind wegen der energetischen Vorteile auch bei niedrigen Gebäuden sinnvoll. Die bisher geplanten und gebauten Gebäude mit Doppelfassade unterscheiden sich alle durch die Art und Weise der Luftführung in der Fassade und damit gekoppelte technische Steue-

Abb. 72: Ansicht Hauptverwaltung RWE, Essen (Quelle: Josef Gartner & Co., Gundelfingen)

rung. Die bekanntesten Beispiele in Deutschland sind die RWE-Hauptverwaltung in Essen, das Stadttorhaus in Düsseldorf und die Commerzbank in Frankfurt.

RWE Hochhaus: zwei Fassadenachsen als eine Lüftungseinheit

Der zylindrische Baukörper des RWE-Hochhauses ist vollständig verglast (Abb. 72). Vor eine konventionelle Glasfassade ist eine zweite Glashaut vorgelagert. Zuluft- und Abluftöffnungen befinden sich auf Deckenhöhe. Jeweils zwei geschoßhohe Fassadenachsen sind zu einer Lüftungseinheit zusammengeschlossen, die diagonal durchströmt wird. Einlaß- und Auslaßöffnung liegen dadurch niemals übereinander und können nicht zu einem Kurzschluß führen (Abb. 73). Zahlreiche Windkanaluntersuchungen wurden vorgenommen, um das Verhalten der Fassade bei unterschiedlichen Windverhältnissen zu überprüfen. Die Ergebnisse wurden unter anderem zur Dimensionierung der Zuluftöffnungen verwendet. Computersimulationen lassen eine Nutzung natürlicher Lüftung an 70 % aller Tage im Jahr erwarten.

Abb. 73: Fassadenausschnitt RWE, Essen (Quelle: Josef Gartner & Co., Gundelfingen)

Das System der Doppelfassade kann durch aktive Stellglieder für die Regelung der Zuluft und die Gestaltung des Baukörpers weiter optimiert werden. Bei einem Entwurf für ein 500 m hohes Gebäude in Sydney wurde die äußere Fassade des als Doppelhelix ausgebildeten Gebäudes als Doppelfassade ausgebildet. Statt wie bisher üblich die Zuluft aus dem Fassadenzwischenraum zu nehmen, werden die Räume direkt von außen belüftet. Volumenstromregler in den Zuluftöffnungen auf Geschoßdeckenhöhe dämpfen Windböen ab und lassen sie je nach individueller Einstellung nur noch schwach in den Innenraum vordringen. Wie bei modernen Flugzeugen erfassen Sensoren ständig den Außendruck und melden ihn an die zentrale Steuereinheit. Sie paßt die Lage der Volumenstromregler über Stellmotoren an die aktuelle Situation an. Auf diese Weise bleibt der Kontakt zum Außenraum trotz der Höhe erhalten (Abb. 74, 75).

Abb. 74: Fassadenausschnitt Hochhausentwurf für Sydney (Entwurf Michael Gentz)

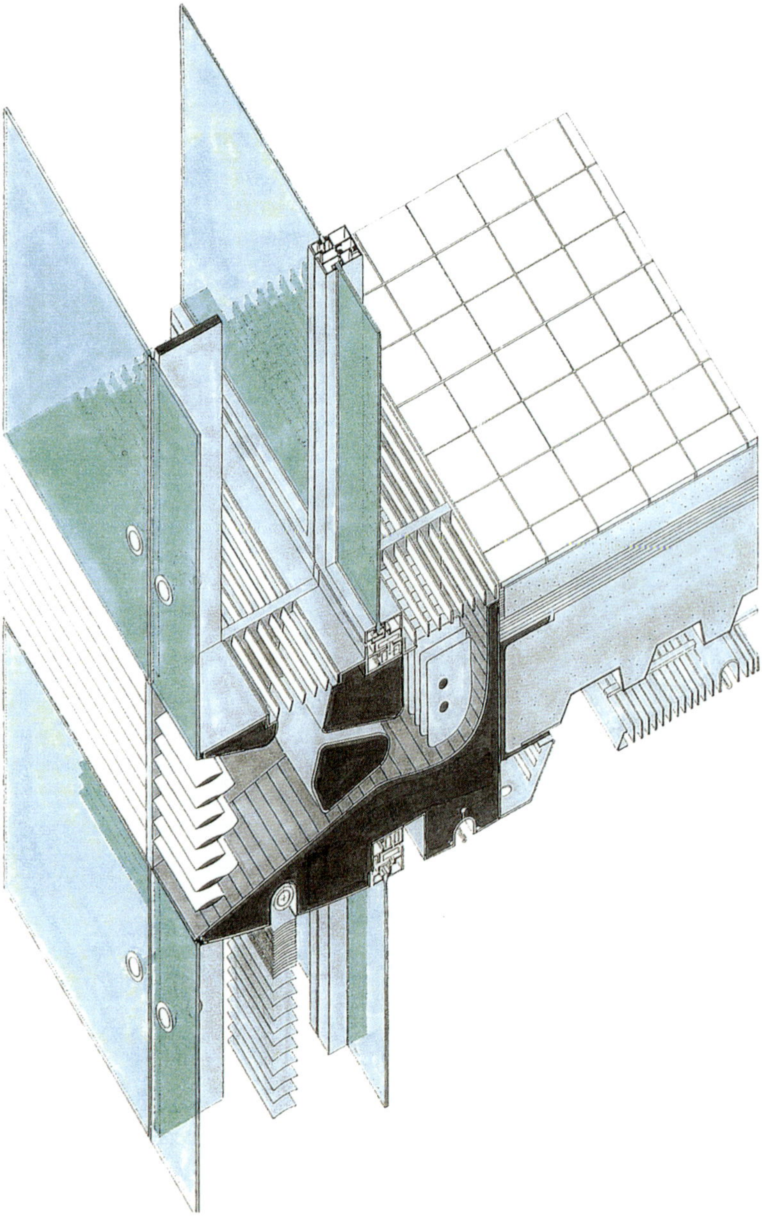

Abb. 75: Fassadendetail Hochhausentwurf für Sydney (Entwurf Michael Gentz)

Licht

Der Mensch nimmt ca. 80 % aller Sinneseindrücke über das Auge wahr. Es besteht ein nachgewiesener Zusammenhang zwischen schlechten Lichtverhältnissen und der Fehleranfälligkeit bei visuellen Tätigkeiten. Eine Untersuchung hat gezeigt, daß 56 % aller Mitarbeiter sich durch schlechte Beleuchtungsverhältnisse beeinträchtigt fühlen (Abb. 32).

13 % klagen über zuviel Tageslicht am Arbeitsplatz, 40 % über zuwenig Tageslicht.

Wahrnehmung von Licht

Die meisten Lichtquellen werden nicht direkt wahrgenommen, sondern nur durch die Reflexion an einer Oberfläche. Der Lichtstrom einer Leuchte trifft auf ein Material und erzeugt dort die Beleuchtungsstärke. Je nach Reflexionsgrad des Materials nimmt das Auge das reflektierte Licht als Leuchtdichte wahr. Während natürliches Licht vom menschlichen Auge als weiß empfunden wird, kann Kunstlicht unterschiedliche Lichtfarben besitzen, die das Empfinden beeinflussen.

Blendung

Störungen der Sehleistung treten bei mangelnder Helligkeit, Reflex- und Direktblendung auf (Abb. 76).

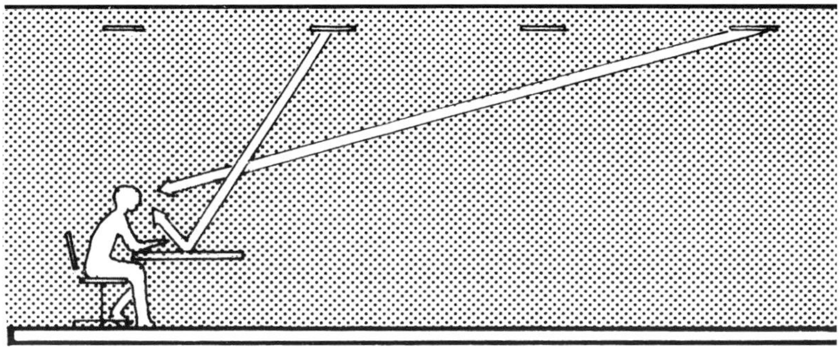

Abb. 76: Reflex- und Direktblendung

Ausleuchtung von Computerarbeitsplätzen

Die Verbreitung von Computern hat die Anforderungen an die Lichtverhältnisse in Büros erhöht. An jedem Arbeitsplatz muß ein Monitor blendfrei aufstellbar sein. Spiegelungen von Fenstern und Leuchten im Monitor müssen vermieden werden. Die Helligkeitsunterschiede im Blickfeld dürfen nicht größer als 1 : 10 sein. Standards für Geräte, Arbeitsplatz und Raumbedingungen, basierend auf den EU-Richtlinien 90/270/EWG, sind in Deutschland in der Bildschirmarbeitsverordnung festgelegt.

Die Notwendigkeit von Sonnenschutz besteht nicht nur an den nach Osten, Süden oder Westen orientierten Fassaden. Je nach geographischer Lage des Bürogebäudes geht die Sonne im Sommer im Nordosten auf und im Nordwesten unter. Sonnenschutz ist auch an der Nordfassade notwendig. Verspiegelte oder weiße Fassaden an benachbarten und gegenüberliegenden Gebäuden können auch an Stellen zur Blendung führen, auf die normalerweise niemals direktes Tageslicht fallen könnte.

Zeitgemäße Beleuchtungskonzepte für Arbeitsplätze sind vielschichtig und besitzen nicht nur eine ein- und eine ausgeschaltete Stufe. Ein ideales Konzept versucht den maximalen Nutzen aus dem natürlichen Tageslicht zu ziehen. Tageslicht bietet dem Nutzer eine unvergleichliche Dynamik und läßt ihn die tages- und jahreszeitlichen Schwankungen wahrnehmen. Die Qualität eines Arbeitsplatzes läßt sich durch natürliche Belichtung wesentlich erhöhen. Voraussetzungen sind eine geringe Gebäudetiefe und ein entsprechender Verglasungsanteil der Fassade. Reicht das Tageslicht nicht alleine aus, kann Kunstlicht ergänzend zugeschaltet werden, um die Leuchtdichte auf das notwendige Niveau anzuheben. Bei vollständigem Mangel von Tageslicht muß Kunstlicht alternativ eingesetzt werden. Energiesparende Leuchtmittel minimieren den Stromverbrauch

Kombination von Tageslicht und Kunstlicht

Kombination aus Grundbeleuchtung und Arbeitsplatzleuchte

Statt im gesamten Raum die notwendigen Beleuchtungsstärken bereitzustellen, ist es möglich, nur einen Grundbedarf über die Raumbeleuchtung zu decken. Am Schreibtisch kann eine zusätzliche Arbeitsplatzleuchte den restlichen Bedarf decken. Die beleuchtete Fläche wird kleiner, und die volle Beleuchtungsstärke wird nur bei Bedarf eingestellt. Diese Maßnahme kann zu Energieeinsparungen führen. Gleichzeitig wird man dem unterschiedlichen Helligkeitsempfinden verschiedener Menschen gerecht und kann gezielt auf die nachlassende Sehleistung der Mitarbeiter in zunehmendem Alter eingehen. Die Raumgestaltung hat Einfluß auf das Beleuchtungskonzept. Helle Oberflächen ergeben bei gleicher Beleuchtungsstärke durch eine bessere Reflexion eine höhere Leuchtdichte.

Fällt natürliches Tageslicht auf einen Gegenstand, erwärmt er sich und gibt die Energie in Form von Wärme an seine Umgebung ab. In einem Büroraum ist damit eine Erhöhung der Innenraumtemperatur verbunden, die kompensiert werden muß. Tageslichtnutzung bedeutet eine selektive Nutzung von notwendigem und Ausblendung von überflüssigem Licht.

Systeme zur Tageslichtnutzung
- **Sonnenschutz**
- **Tageslichtnutzung**
- **Transparente Wärmedämmung**

In den letzten Jahren gab es große Fortschritte auf dem Gebiet der solaren Baukomponenten, die die unterschiedlichsten Funktionen erfüllen. Die Komponenten lassen sich in drei Gruppen einteilen. Sonnenschutz kann durch Lamellen, Gewebe oder Bedruckung von Glas erzielt werden. Tageslichtnutzung zur Belichtung kann durch Spiegel, Prismen usw. erreicht werden, und Kollektoren und photovoltaische Elemente wandeln die einfallende Energie in Wärme oder Strom um. Transparente Wärmedämmung kombiniert mehrere Funktionen. Der Nutzen dieser Komponenten kann nie anhand der Einzelmaßnahme beurteilt werden, sondern nur im Zusammenhang mit der Gebäudeform, der Nutzung und dem technischen Ausbau.

Lamellen

Bei den Lamellensystemen werden bewegliche und feststehende Lamellen unterschieden. Die Wahl des Systems hängt von den internen Wärmelasten und den externen Klimabedingungen am Standort ab. In der Regel ist es in lichtarmen nördlichen Regionen nicht sinnvoll, durch feststehende Bauteile einen großen Teil des Lichts zurückzuwerfen. Es bieten sich bewegliche Lamellen an. In Deutschland ist der Himmel an durchschnittlich 150 Tagen im Jahr wolkenbedeckt. In dieser Zeit wird

Abb. 77: Ansicht Fassade Verfügungsgebäude Universität Hohenheim

der größte Teil des natürlichen Lichts für die Raumbeleuchtung benötigt. Bei einem Gebäude für die Universität Hohenheim wurden zur Optimierung der Tageslichtausbeute großformatige, bewegliche Aluminiumlamellen eingesetzt (Abb. 77).

Je näher ein Grundstück am Äquator liegt, um so sinnvoller ist der Einsatz feststehender Sonnenschutzeinrichtungen, z.B. in Form von unbeweglichen Lamellen oder Dachüberständen.

Jalousien

Jalousien sind beweglich und lassen sich den Umgebungsbedingungen anpassen, benötigen dafür zusätzlich eine Steuerungseinheit. Um Überhitzung im Gebäudeinneren zu vermeiden, werden Jalousien idealerweise außen an der Fassade angebracht. Sie sind der Witterung ausgesetzt und müssen bei hohen Windgeschwindigkeiten hochgefahren werden. Bei hochgezogenen Jalousien entfällt der Sonnenschutz für den Innenraum. Abhilfe schafft ein zusätzlicher innenliegender Sonnen- oder Blendschutz, beispielsweise in Form eines Lamellenvorhanges oder von Markisoletten. Metallbedampfte Gewebe oder Stoffe mit eingewebten Metallfolien erfüllen denselben Zweck.

Lamellen haben den Nachteil, daß sie im geschlossenen Zustand, das heißt bei starker Sonneneinstrahlung, kaum Licht in den Raum lassen. Es entsteht keine Blendung und keine Erwärmung des Raumes durch die Sonne, jedoch muß künstliches Licht zugeschaltet werden. Die eingesetzten Leuchtmittel erzeugen wiederum Wärme im Inneren des Büros, die abgeführt werden muß.

Abb. 78: Fassadenansicht Konstruktionsbüro Gartner, Gundelfingen (Quelle: Josef Gartner & Co., Gundelfingen)

Gelochte Aluminiumlamellen

Gelochte Aluminiumlamellen vermeiden das Problem. Ein feines Punktraster läßt Tageslicht in den Raum einfallen und vermeidet eine vollständige Verdunkelung. Zusätzlich können die Nutzer durch die Lamellen hindurchsehen und so ihre Umgebung wahrnehmen.

Bewegliche Glaslamellen

Einen neuen Sonnenschutz entwickelte die Fassadenbaufirma Gartner für den Bau ihres Konstruktionsbüros in Gundelfingen. An den Flucht- und Wartungsbalkonen der Nord- und Südseite des Gebäudes wurden bewegliche, rahmenlose Glaslamellen montiert (Abb. 78). Sie sind auf einer Seite mit einer teiltransparenten Metallschicht bedampft. Im geschlossenen Zustand werfen die Lamellen das einfallende Licht zurück und lassen trotzdem die Durchsicht zu. Fällt kein direktes Sonnenlicht auf die Fassade, können die Lamellen in horizontale Stellung gebracht werden und bieten dann maximalen Ausblick.

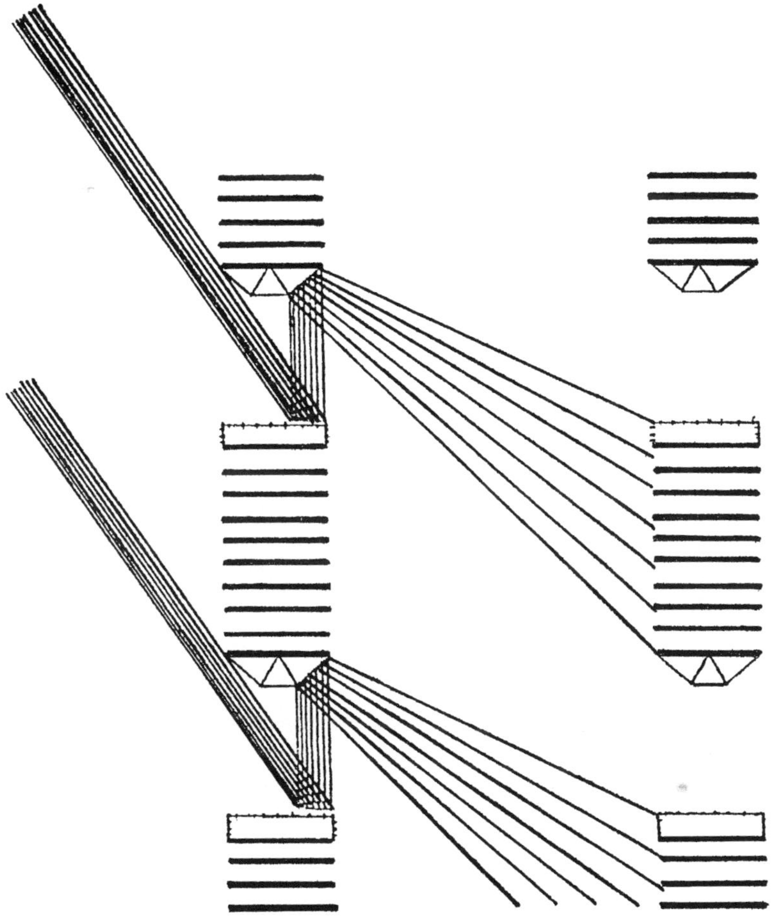

Abb. 79: Lichtumlenkungskonzept für einen Hochhausentwurf (Entwurf Michael Gentz)

Spiegelnde Lamellen

Die spiegelnde Metallbeschichtung hilft auch, den Raum zu erhellen. Über sie wird Licht an die Unterseite der Decke geworfen, was den Raum aufhellt. Die 300 mm breiten Glaslamellen sind sehr stabil und widerstehen auch hohen Windgeschwindigkeiten (Ackermann 1992).

Lichtspiegel

Verstärktes Interesse besteht in der Umlenkung von Sonnenlicht tief ins Gebäude. In großem Maßstab wurde diese Technik beim Gebäude der Hongkong & Shanghai Bank in Hongkong eingesetzt. Eine bewegliche und computergesteuerte Sonnenschaufel am Äußeren des Gebäudes beleuchtet zusammen mit feststehenden Spiegeln an der Decke des Atriums die innenliegende siebengeschossige Schalterhalle mit Tageslicht (Abb. 12).

Beim Entwurf für ein Hochhaus in Sydney wurden auf den Dächern der Terrassen viele kleinteilige Umlenklamellen angebracht, die das Licht an die Unterseite des darüberliegenden Geschoßpaketes werfen. Von dort wird das Licht ins Innere des Atriums und auf die gegenüberliegende Fassade gelenkt (Abb. 79).

Prismen

Die Fassade der Bank Austria in Wien ist eines der ersten Beispiele für die großflächige Anwendung von Prismen. Zwei Reihen von 600 mm langen Prismenplatten sind übereinander knapp unterhalb der Decke montiert. Die werfen direktes Licht, das zur Erwärmung des Innenraumes führen könnte, zurück und lenken energiearmes, diffuses Licht an

Abb. 80: Ansicht Bank Austria Wien (Quelle: Siemens, Traunreut)

Abb. 81: Detail Prismenplatten Bank Austria Wien (Quelle: Siemens, Traunreut)

die Unterseite der Decke. Die Decke ist hochreflektierend und verteilt das Licht diffus im Raum. Prismen übernehmen die Funktion des Sonnenschutzes und erhellen gleichzeitig den Innenraum. Prismen funktionieren nur bei einem bestimmten Winkel zur Sonne, und ihre Ausrichtung hat einen nur sehr engen Toleranzbereich. Sie müssen elektrisch nachgeführt werden, wodurch ein Teil der eingesparten Energie wieder verlorengeht. Um keine anfällige Meß- und Regeltechnik einbauen zu müssen, wurde der Sonnenstand für die Bank Austria für mehrere Jahre vorausberechnet und gespeichert. Der Steuercomputer ruft die aktuelle Sonnenposition aus seinem Speicher ab und kann den entsprechenden Winkel einstellen (Abb. 80, 81).

Kollektoren

Die meiste Sonnenenergie steht dann zur Verfügung, wenn sie nicht verbraucht werden kann. Zwischenspeicher sind notwendig. Kurzzeitspeicher speichern die Energie des Tages für die Nacht, Langzeitspeicher werden im Sommer für den Winter geladen. Die Temperatur des zur Verfügung stehenden Wassers ist vom Kollektortyp abhängig. Die Effizienz des Einsatzes ist davon abhängig, ob es für das Wasser mit dieser Temperatur einen Verwendungszweck im Gebäude gibt.

Zukünftige Entwicklung der Fassadentechnologie

Momentan werden vermehrt tiefe Fassadenkonzepte ausgeführt. Verschattungselemente oder Wartungsbalkone vergrößern ebenso die konstruktive Tiefe der Fassade wie doppelschalige Konzepte. Nachteile sind der große Flächenverbrauch und der große technische Aufwand der Lösungen. Mittel- und langfristig ist ein Trend zu schmaleren Fassaden zu erwarten. Immer mehr Fassadenfunktionen werden in immer dünnere Fassade integriert werden. Voraussetzung für diese Entwicklung sind Innovationen im Bereich der Glastechnologie.

Neue Eigenschaften von Glas

Durch Beschichtungen oder Kombination mit anderen Materialien kann Glas fast jede gewünschte Eigenschaft erhalten. Dazu gehören eine fast unbeschränkte Alterungsfähigkeit, eine hohe Schadstoffunempfindlichkeit und eine einfache Instandhaltung.

Die menschliche Haut könnte als Symbol für eine ideale Fassade dienen. Sie besitzt eine Vielzahl von hochkomplexen Funktionen, von denen heutige Fassaden noch weit entfernt sind. Die Haut hat die Fähigkeit zu bedarfsabhängiger Wärmedämmung oder -abgabe, zu Luft- und Feuchtigkeitsaustausch, zur Trennung von innen und außen, zur Informationsleitung, zum Sonnenschutz und zur Selbsterneuerung [Wiggington].

Polyvalente Wand

Ein derartiges Prinzip kann als selektiver Kollektor von Umwelteinflüssen verstanden werden. So soll beispielsweise die ständige Wärmestrahlung von 100 W/m^2 auf die Fassade nicht reflektiert, sondern gezielt genutzt werden. Das erste Konzept für eine derartige Fassade stammt von Mike Davies, Richard Rogers Partnership. Er schlug 1981 eine »polyvalente Wand« vor, die aus mehreren Schichten laminiertem Glas besteht und zahlreiche Funktionen übernimmt (Abb. 82) [Davies 1991].

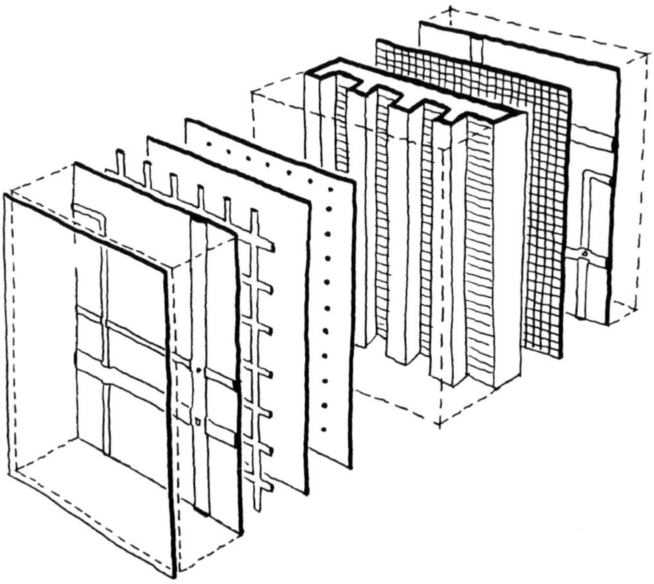

Abb. 82: Polyvalente Wand (nach Mike Davies)

Personensicherheit

Anforderungen an die Personensicherheit versuchen die persönliche Unversehrtheit aller Nutzer des Gebäudes zu garantieren. Ein Sicherheitssystem besteht aus einem Warnsystem und ausführenden Systemen. Es kann um so effektiver arbeiten, je mehr Gebäudesysteme integriert sind und Daten untereinander austauschen können. An der Reaktion eines integrierten Systems auf einen ausgelösten Feuermelder soll ein funktionierendes Gesamtsystem beispielhaft erklärt und die mögliche Bedeutung der genannten Einzelsysteme veranschaulicht werden [Khiabani].

Alarmauslösung

Ein Brand-, Rauch- und Gasmelder löst ein Signal aus. Der direkte Hauptmelder zur Feuerwehr wird aktiviert. Die Löschsysteme werden angesteuert, Sirenen und Leuchttransparente aktiviert. Der Notstromgenerator wird entkoppelt und angeschaltet. Es werden Klimaanlage, Heizungs- und Kältezufuhr abgeschaltet. Die Rauchabzugsklappen werden geöffnet, und die Sonderbeleuchtung wird eingeschaltet.

Visualisierung der Information in der Gebäudeleittechnikzentrale

Für das Wachpersonal und die Rettungsmannschaften wird in der Gebäudeleittechnikzentrale ein Protokoll ausgegeben: Liegt ein Einbruch vor, handelt es sich um Sabotage? Der aktivierte Brandmelder wird definiert: Rauch, Wärme oder Flamme. Der betroffene Brandabschnitt wird dargestellt. Aktivierte Sprinkler werden identifiziert und systemgebundene Sprinkler werden bei Bedarf zugeschaltet. Diese Maßnahme soll Überlöschungsschäden vermeiden, da bei Brandfällen häufig die Schäden durch Wasser die reinen Feuerschäden übersteigen. Die Lage der Aufzüge wird dargestellt, und die Brandstoffe im Alarmbereich werden aufgelistet. Die erhobenen Daten werden auf Bildschirm und Drucker ausgegeben. Alle verfügbaren Videoeinstellungen der betroffenen Bereiche werden auf die Monitore geschaltet.

Personenschutz

Im Gefahrenbereich werden Türen entriegelt, in noch nicht gefährdeten Bereichen wird nur noch selektiver Zutritt gewährt, das heißt nur für Personen mit einem Sondercode als Wach- oder Erste-Hilfe-Personal. Für die Heizungs-, Klima- und Lüftungsanlage wird die Zahl der im aktivierten Bereich befindlichen Personen gemeldet, um deren Luftbedarf und Wärmeabgabe zu ermitteln.

Evakuierungsmöglichkeit

Zur Vermeidung einer Überlastung der Fluchtwege werden in einer nach Prioritäten gestaffelten Reihenfolge Tonbandansagen über die Tischtelefone ausgegeben, die über Rettungsmöglichkeiten informieren und Fluchthinweise geben. Je nach Lage und Größe des Gefahrenbereichs und Anzahl der gefährdeten Personen können unterschiedliche Evakuierungsmöglichkeiten gewählt werden.

Zugang für die Feuerwehr

Die Aufzüge werden je nach Bauvorschrift in eine Sonderposition außerhalb des aktivierten Abschnitts gefahren und stehen der Feuerwehr zur Verfügung. Die Jalousien werden hochgefahren, um den Zutritt durch die Fenster zu ermöglichen.

Das Beispiel ist nicht vollständig, und der Ablauf sieht von Gebäude zu Gebäude anders aus. Es verdeutlicht aber die technischen Vorteile, die eine zentral zusammengefaßte Steuerung bietet, und zeigt, welche Möglichkeiten geschultes Wachpersonal hat, die Folgen eines Unglücks so gering wie möglich zu halten. Weitere Anwendungsmöglichkeiten sind fast unbegrenzt. Ein solches Steuerungs- und Regelsystem wird nach der technischen Definition als intelligent bezeichnet.

Investitionskosten

Den Sicherheitsvorteilen stehen erhebliche Investitionskosten gegenüber. Eine einzige Verbindung zweier Datenpunkte kostet ca. 600 bis 1.000 DM (1991). Schon bei einfachen Steuerungen ohne Systemintegration entstehen hohe Kosten. Um ein System kostengünstig zu erstellen, folgt man dem Prinzip: so viel Integration wie nötig, so viel Dezentralismus wie möglich.

Betriebskosten

Ein integriertes System kann die höheren Investitionskosten durch geringere Betriebskosten teilweise einsparen. Vorteile liegen im effizienteren Management des Gebäudes. Der Energieverbrauch kann gesenkt werden, und der Überwachungs- und Handhabungsaufwand wird durch eine einheitliche, an einem Ort zusammengefaßte Benutzeroberfläche verringert und spart Personalkosten.

1.6.2 Psychologische Anforderungen

Gebäude haben nicht nur technische, sondern auch soziale und gestalterische Funktionen. Für den Nutzer, sei er nun permanent oder als Besucher nur für einen kurzen Zeitraum im Gebäude, ist die Wirkung, die Gebäude und Räume auf ihn ausüben, ein sehr wichtiger Faktor. Die Interaktion zwischen den Nutzern des Gebäudes kommt als ein »weicher« und vorab nur schwer einschätzbarer Faktor hinzu. Es setzt sich zunehmend die Einsicht durch, daß die Individualität der Menschen innerhalb klar definierter Bereiche akzeptiert werden muß. Die Unternehmen müssen darauf eingehen, weil die Mitarbeiter nur unter ihren individuell optimalen Arbeitsbedingungen die Leistung erbringen können, die für ein produktives Arbeitsklima notwendig ist.

Unternehmenskultur

Individualität muß sich nicht in der materiellen Ausstattung des Arbeitsplatzes erschöpfen. Die Identifikation mit der Arbeitsaufgabe, die Einteilung der Arbeitszeit und die Wahl des Arbeitsortes werden zunehmend wichtiger. Die Unternehmenskultur kann einen wichtigen Beitrag zur Umsetzung dieser Anforderungen leisten. Das Intelligent Office setzt

Ambiente

die Erfüllung der gestalterischen Funktionen im Sinne eines kreativitäts- und produktivitätsanregenden Ambientes der Innenräume und eines angemessenen Erscheinungsbildes des Gebäudes voraus. Für diese Aspekte wird im Rahmen dieser Arbeit auf Architekturbücher verwiesen, die sich mit der richtigen Gestaltung von Räumen und Gebäuden auseinandersetzen.

Territorium und Status

Das eigene Territorium, der Raum, über dessen Gestaltung der Mitarbeiter selbst bestimmt, ist ein Teil der menschlichen Identität. Die Bedeutung des Territoriums für den einzelnen ist von einer Reihe von Faktoren abhängig. Der Umfang des Bereiches, den der Mitarbeiter selbst gestalten kann, und die Gestaltungselemente sollten festgelegt sein.

Arbeitsplatzausstattung

Die Arbeitsplatzausstattung besteht in der Regel aus einem Möbelprogramm, das für einen Standort eines Unternehmens aus organisatorischen Gründen und zur Erleichterung der Bewirtschaftung einheitlich sein soll. Der Mitarbeiter sollte ergänzend aus einem beschränkten Angebot seine Arbeitsplatzkomponenten auswählen können, soweit diese nicht durch die Tätigkeit vorgegeben sind. Dieses Angebot soll auf die individuelle Gewohnheiten und Arbeitstechniken der Mitarbeiter eingehen. Wahlmöglichkeiten zwischen Schränken, Sideboards, Stehpulten, Schubladenelementen oder Registraturen sind denkbar.

Individualisierung des Arbeitsplatzes

Viele Mitarbeiter sind es gewohnt, sich ihren Arbeitsplatz weitgehend selbst einzurichten und durch persönliche Gegenstände zu individualisieren. Zum Beispiel können eigene Pflanzen aufgestellt oder an Pinwänden Bilder aufgehängt werden. Diese Maßnahmen schaffen eine starke Identifikation mit dem Arbeitsplatz, die vielfach bis zu einem Burgdenken (My office is my castle) reicht. Mitarbeiter definieren ihr Arbeitsplatzreich, das von niemandem bedroht werden darf.

Selbstverwirklichung in der Arbeit

Dieses Denken scheint in Deutschland besonders stark ausgeprägt zu sein. Das eigene Territorium wird um so wichtiger, je weniger die Mitarbeiter durch die Arbeit ihre Selbstverwirklichung realisieren können.

Materielle und immaterielle Ausdrucksformen

Statusdenken ist ein Grundbedürfnis des Menschen. Er möchte wissen, wo seine eigene Position im Vergleich zu der seiner Mitmenschen verankert ist. Es gibt verschiedene Möglichkeiten, den eigenen Status auszudrücken. Sie reichen von materiellen, sichtbaren Zeichen bis hin zu immateriellen Werten wie Funktionsbezeichnungen und Arbeitsinhalten. Während das Territorium sich auf die eigene Fläche bezieht, findet der Status des Mitarbeiters häufig seinen Ausdruck in der Wahl der Möbel, in den Oberflächenqualitäten der Möbel, in der Zahl der Fenster im Raum und ähnlichen Merkmalen – bis hin zum reservierten Parkplatz nahe beim Eingang. Dieser materielle Ausdruck von Status ist in der Regel nicht funktional begründet. Die Definition der Arbeitsplatztypen ist häufig von der Position des Mitarbeiters abhängig. In der Konsequenz kann dies dazu führen, daß die Mitarbeiter sich primär mit der Verbesserung ihres Status und nicht mit der Steigerung ihrer Produktivität beschäftigen.

Versteckte Kosten der Individualisierung

Die versteckten Kosten dieses Individualismus und Statusdenkens werden mittlerweile immer deutlicher sichtbar. Umstrukturierungen sind schwierig, da keine Standardarbeitsplätze, sondern unterschiedliche Individualarbeitsplätze überwiegen. Umzüge sind meist mit teuren Möbelbewegungen verbunden. Zusätzlich verlieren die Mitarbeiter die Bereitschaft, betrieblich notwendige Reorganisationen mitzutragen, da sie »ihren« Arbeitsplatz nicht gegen einen anderen eintauschen wollen.

Kombibüro und Desk-Sharing

Diese Anspruchshaltungen kollidieren mit den Anforderungen aus neuen Büroformen und Bürokonzepten. Das Kombibüro verlagert einen Teil der Tätigkeiten in die niemandem speziell zugeordnete Binnenzone und entzieht sie dem persönlichen Arbeitsplatz. Mit Organisationskonzepten wie Desk-Sharing und dem damit meist verbundenen nicht territorialen Büro wird der Individualität an den Büroarbeitsplätzen ein ähnlicher Spielraum eingeräumt wie an Schichtarbeitsplätzen in den Fabriken. Eine Identifikation kann nur noch über die Arbeitsgruppe, die Arbeitsinhalte und das Unternehmen geschehen. Ein von den Arbeitsinhalten her motivierter Mitarbeiter fragt nicht danach, wie er am schnellsten seinen Schreibtisch mit Kunststoffoberfläche gegen einen mit Echtholzfurnier umtauschen kann. Es ist eine Frage der Unternehmenskultur, wie weit das Statusdenken Einfluß auf die Gestaltung von Arbeitsplätzen und Gebäuden nimmt. Diese Kultur muß von allen Ebenen bis hin zur Unternehmensleitung gelebt werden.

Individualisierung contra Standardisierung

Bei einem neuen Büroprojekt entsteht die Frage, wie weit bei der Ausstattung der Arbeitsplätze eine Individualisierung gestattet ist und wieviel Wert dabei auf eine Vereinheitlichung gelegt wird. Wirtschaftliche Gründe werden in vielen Fällen wahrscheinlich zu einer Standardisierung führen, die den Mitarbeitern ein höheres Maß an Anpassungsfähigkeit abverlangt. Gleichzeitig werden die Unterschiede zwischen den Menschen nicht vollständig vernachlässigt werden können. Diese Unterschiede sind organisatorisch oder funktional begründet und betreffen verstellbare Möbel ebenso wie die Anpassung des Arbeitsplatzes an unterschiedliche Arbeitstechniken.

Identität

Der Mensch definiert sich unter anderem durch die Zugehörigkeit zu einer bestimmten kulturellen Gruppe, sei es ein Volk, ein Stamm, eine religiöse Gemeinschaft, eine Zunft oder aber eine Großfamilie. Durch eindeutige Konventionen war die Position jedes einzelnen in der Gemeinschaft festgelegt. Die Kleidung wurde häufig genau vorgeschrieben und diente dazu, die Zugehörigkeit darzustellen. Man gehörte der Gruppe an, in die man hineingeboren wurde. Die Identität war größtenteils fremdbestimmt. Mit Aufklärung, Demokratisierung und Wissenserweiterung trat ein Wandel ein. »Selbstverwirklichung« wurde eines der gesellschaftlichen Schlagworte der letzten Jahrzehnte. Jeder muß sich nun in einer zunehmend komplexen, anonymen und schwierigen Welt seinen Platz suchen, er muß seine Identität selbst bestimmen [Regenthal].

Die Gesellschaft in den Industrieländern des ausgehenden 20. Jahrhunderts ist geprägt von vielen heterogenen Trends und Ausdrucksformen. Die Gruppe als das identitätsbildende Merkmal hat gegenüber dem Individuum an Bedeutung verloren.

Der durchschnittliche Bürobeschäftigte verbringt an Arbeitstagen über 50% seiner wachen Zeit im Büro (Abb. 83). Diese Zahl unterstreicht die hohe zeitliche Dominanz der Arbeit. Die Bedeutung der Arbeit liegt nicht nur in ihren Inhalten und der Sicherung der materiellen Lebensgrundlage des einzelnen, sondern auch in der sozialen Interaktion am Arbeitsplatz.

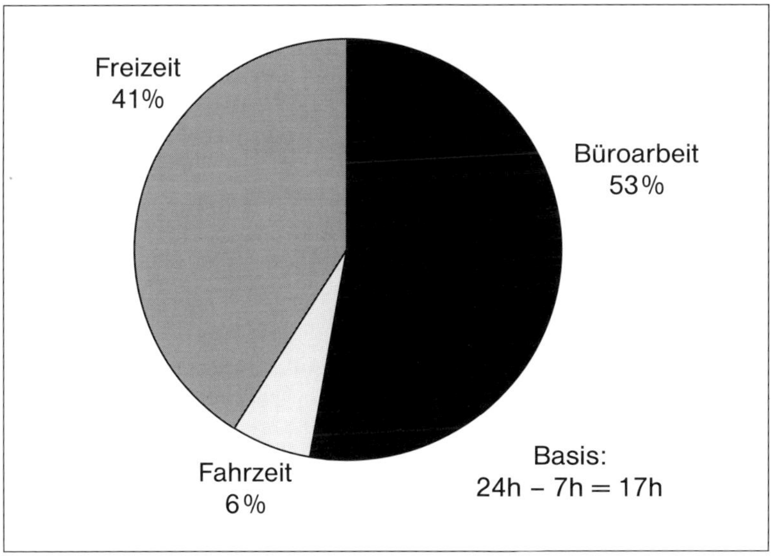

Abb. 83: Verteilung der Tätigkeiten eines Tages bei sieben Stunden Schlaf

Für die Unternehmen ist es eine Herausforderung, trotz der immer größer werdenden Veränderungsgeschwindigkeit unter den Mitarbeitern ein Wir-Gefühl, eine Unternehmenskultur entstehen zu lassen. Dazu sind identitätsbildende Maßnahmen erforderlich, die die Bindung der Mitarbeiter an das Unternehmen fördern, so daß vor allem hochqualifizierte Mitarbeiter, die vom Wettbewerb stark umworben werden, länger im Unternehmen bleiben. Im folgenden soll auf die visuelle Kommunikation mit Hilfe von Architektur eingegangen werden.

Visuelle Kommunikation der Unternehmenskultur

Das Unternehmen muß seine Position im Markt laufend überprüfen und bestimmen, genauso wie der einzelne Mitarbeiter. Dafür ist der Kontakt zum Kunden wichtig. Jede Möglichkeit zur Kommunikation muß genutzt werden. Um leicht erkannt zu werden und den Kontakt aufbauen zu können, versucht ein Unternehmen nach außen einheitlich aufzutreten. Die Bedeutung der Maßnahmen steigt, je größer der Kundenkreis ist. Ziel des einheitlichen Erscheinungsbildes ist es, bei einer Kommunikation nicht nur die reine Information zu übermitteln, sondern Assoziationen zum Unternehmen, zum Produkt oder zur Qualität auszulösen.

Unternehmen – Corporate Identity

Corporate Identity wirkt nach außen und nach innen

Die »Corporate Identity« soll den Ausdruck der Zusammengehörigkeit stärken. Sie kann auf verschiedenen Ebenen, angefangen vom Briefpapier und Firmenzeichen und dem Auftreten in der Öffentlichkeit durch Werbung, Produkte oder Veranstaltungen, über einzelne Gebäude hin bis zum Arbeitsplatz des Mitarbeiters wirken. Dabei stehen alle Ebenen in gegenseitiger Wechselwirkung. Man unterscheidet zwei Wirkungsrichtungen der Corporate Identity. Nach innen gerichtet, wirkt sie auf die Mitarbeiter, nach außen auf Öffentlichkeit und Kunden. Corporate Identity kann sich in einer starken äußeren Ähnlichkeit oder in dem gleichen Charakter von Objekten auf derselben Ebene ausdrücken.

Wiedererkennungswert

Unternehmen mit vielen Standorten können einen ästhetischen Zusammenhang zwischen einzelnen Niederlassungen schaffen. Durch identisches Aussehen soll ein Wiedererkennungseffekt erzielt werden, der die einzelnen Unternehmensteile verbindet.

Gebäude als Imageträger:
- **Olivetti**
- **AEG**
- **IBM**

Als eines der ersten Unternehmen stellte Anfang des Jahrhunderts Olivetti den Zusammenhang zwischen gutem Design der Produkte und guter Architektur her. Beispiel dafür sind die »Lettera« Schreibmaschine, das Werk in Ivera und die zahlreichen Läden, die von den bekanntesten Architekten der jeweiligen Zeit entworfen wurden. Von Carlo Scarpa stammt beispielsweise der Showroom in Venedig.

AEG handelte zur gleichen Zeit ähnlich. Der Architekt Peter Behrens war als künstlerischer Leiter sowohl für die Planung und Gestaltung von Gebäuden verantwortlich als auch für die Gestaltung von Produkten. In seinen Aufgabenbereich fiel auch der Entwurf von Werbemaßnahmen. Die berühmte Turbinenfabrik in Berlin wurde schon damals als Imageträger auf Werbeplakaten abgedruckt, die für AEG-Leuchten warben.

In den 50er Jahren begann Eliot Noyes als ständiger Consultant für IBM zu arbeiten. Er sensibilisierte das Unternehmen für architektonische Probleme. In der Folge entstanden Bauten in Zusammenarbeit mit den namhaftesten Architekten, Marcel Breuer, Eero Saarinen, Mies van der Rohe, Burgee/Johnson, Michell/Giurgola oder Valle. IBM wählte immer lokale Architekten aus. Die Stuttgarter Architekten Kammerer + Belz, Kucher und Partner bauten beispielsweise mehrere Gebäude für IBM in Deutschland [Peters 1988.2].

Gebäude für die Mitarbeiter

Den entgegengesetzten Ansatz verfolgt die TechnoData in Renningen bei Stuttgart. Das mittelständische Softwareunternehmen wollte beim Neubau des Firmensitzes ein Haus für die Mitarbeiter bauen. Nicht die Wirkung auf die Öffentlichkeit stand im Vordergrund, sondern die Schaffung eines produktiven Arbeitsumfeldes. Es wurde in diesem High-Tech-Unternehmen bewußt auf ein technisches Aussehen verzichtet, um einen Ausgleich zur täglichen Arbeit zu schaffen. Man entschied sich für ein Holzgebäude mit geneigtem Dach und großen Dachüberständen.

Abb. 84: Innenansicht Eingangsbereich TechnoData, Renningen

Abb. 85: Fassadenelemente eines Horten-Kaufhauses

Einheitliches Erscheinungsbild contra städtebauliches Umfeld

Auf der Ebene von Inneneinrichtungen hat sich dieses Prinzip schon vorher bewährt. Die Inneneinrichtung entwickelt sich innerhalb des Gebäudes und hat keinen direkten Bezug zum städtebaulichen Umfeld. Auf der Ebene eines Gebäudes ergeben sich häufig Konflikte zwischen dem Unternehmensstandard und dem städtebaulichen Umfeld. Beispielhaft seien die Versuche der Kaufhausketten Horten und Kaufhof oder der Firma Nixdorf erwähnt (Abb. 85). Man erkennt zwar sofort, zu welchem Unternehmen die Gebäude gehören, jedoch vermißt man den Bezug zum Ort. Bei einem Eigentümerwechsel, wie er beispielsweise bei Nixdorf erfolgte, muß sich der neue Eigentümer mit Immobilien auseinandersetzen, die durch ihre einseitige Ausrichtung auf ein Unternehmen fast den Charakter von Spezialimmobilien haben.

In einer Stellungnahme zu diesem Thema schrieb die Kaufhof AG 1988: »Dieses Denken wich dann doch schnell der Erkenntnis, daß ›Corporate Identity‹ die Bauform nicht bestimmten dürfe, vielmehr in unseren europäischen Städten städtebaulichen Gesichtspunkten folgen müsse. Die Bauaufgabe Warenhaus wurde wieder als Bauaufgabe in einer bestimmten Stadt an einem bestimmten Ort mit unterschiedlichen Bindungen und geschichtlicher Einbindung begriffen.«

Architektonische Sprache

Heutzutage berücksichtigen Unternehmen, die einen Zusammenhang ihrer Standorte ausdrücken wollen, die kulturellen und klimatischen Unterschiede. Der Zusammenhang wird in einer architektonischen Sprache gesucht, die unterschiedlich sein kann, aber an allen Standorten die gleiche Aussage trifft. Die Siemens AG ist sich der unterschiedlichen Bedürfnisse anderer Menschen und anderer Klimazonen und der städtebaulichen Rahmenbedingungen bewußt. Sie möchte erreichen, daß »man auch auf dem Siemens-Gelände in Kalkutta, ohne das Firmenschild zu lesen, erkennen kann, daß es sich um Siemens-

Gebäude handelt« [Danner]. Ziel der Siemens AG ist es, den Charakter der Produkte auf die Architektur zu übertragen. Die Gebäude sollen die gleiche Klarheit, Rationalität und technische Anmutung ausdrücken. Am Gebäude soll ablesbar sein, daß es sich bei Siemens um einen Elektrokonzern handelt. Die Wirkung des Gebäudes ist nach außen auf die Öffentlichkeit gerichtet und wird als Marketingfaktor verstanden.

Beispiel: Vitra

Kleinere Unternehmen verfügen häufig nur über einen oder wenige Standorte. Auch damit kann Identität über das Werksgelände hinaus geschaffen werden. Die Firma Vitra, ein Möbelhersteller in Weil am Rhein, hat das gesamte Firmengelände von verschiedenen international renommierten Architekten planen lassen. Der entstandene »Architekturpark« ist international bekannt. Er steht mittlerweile in jedem aktuellen Reiseführer über Baden und steigert den Bekanntheitsgrad des Unternehmens. Das Unternehmen wird inzwischen nicht nur als größter Arbeitgeber der Stadt betrachtet, sondern es wird auch anerkannt, daß Vitra das Bild von Weil am Rhein positiv beeinflußt [Fehlbaum].

Die Wahl des richtigen Entwurfskonzeptes hängt von der Absicht und den Möglichkeiten des Unternehmens ab. International tätige Konzerne mit vielen Gebäuden in prominenten Lagen in Innenstädten haben andere Anforderungen als kleine Unternehmen mit einem kleineren Kundenkreis und Standorten in Randlagen.

Arbeitsort – symbolhaftes Gebäude

Beispiel: ITN

Einzelgebäude können gut zur Identifikation und Wiedererkennung nach außen und innen dienen. Klassisch ist im britischen Sprachraum die Verbindung von Big Ben und BBC. Eine ähnliche Assoziation baut der britische Fernsehsender ITN mit seinem Gebäude in London auf. Er beginnt jede seiner Nachrichtensendungen mit einem Blick in das Atrium seines neuen Gebäudes in London. Der Blick in das Atrium und auf die markante Unterseite der auskragenden Galerien ist zum Erkennungsmerkmal des Senders geworden – wie der Big Ben für BBC.

Abb. 86: Außenansicht ITN, London

Abb. 87:
Grundriß ITN, London (nach Foster and Partners)

Das Hauptquartier der Hongkong and Shanghai Banking Corporation auf Hongkong Island, eines der spektakulärsten Bürogebäude der 80er Jahre, wurde ebenfalls zu einem Symbol. Sein Bau sollte das Vertrauen in die Zukunft der Kronkolonie darstellen, die 1997 an China zurückgegeben wurde. Die Hongkong Shanghai Banking Corporation, eine der beiden Banken in Hongkong mit der Lizenz für den Druck von Banknoten, versieht jeden Geldschein aus ihrem Haus mit einer Abbildung des Gebäudes (Abb. 88).

Abb. 88:
Banknote der Hongkong Shanghai Banking Corporation

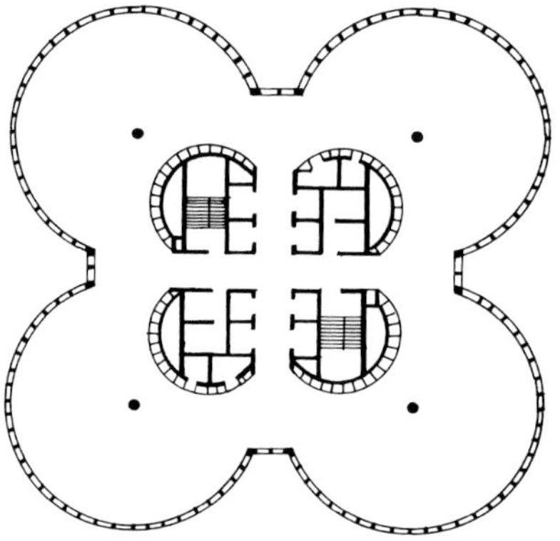

Abb. 89: Grundriß BMW-Hauptverwaltung, München (nach Schwanzer)

Die Bayerischen Motorenwerke in München setzen ihre Hauptverwaltung ebenfalls als Erkennungszeichen für das Unternehmen ein. Die auffällige Form des Gebäudes erinnert an die vier Zylinder eines Motors. Der Vorstand entschied sich unter anderem für den Vorschlag Schwanzers, weil die Form des Entwurfs einen hohen Wiedererkennungswert besitzt und er schnell genug ausführbar war, um noch vor den Olympischen Spielen 1972 abgeschlossen zu sein. Das Grundstück grenzt direkt an das Olympiagelände. Die Berichterstattung über die Spiele und das Veranstaltungsgelände wurde zu einer Werbemaßnahme für BMW. Das Unternehmen stellte sein neues Gebäude und damit sich selbst der Weltöffentlichkeit vor.

Der in den Vereinigten Staaten lebende Architekt Helmut Jahn sagt über den markanten Verwaltungsbau: »Ein Gebäude muß so sein, daß ein zehnjähriges Kind es aus der Erinnerung zeichnen kann.« Sein Frankfurter Messeturm wurde, weil er von mehreren Unternehmen genutzt wird, nicht zum Symbol eines Unternehmens, sondern zum Symbol für die ganze Stadt. Zwischenzeitlich steht dieses Symbol im Wettbewerb mit neuen Gebäuden wie dem Neubau der Commerzbank in Frankfurt.

Neue Sparsamkeit

Der Trend zum Corporate-Identity-Gebäude geht in der Zeit des Shareholder-value massiv zurück. Die Rendite einer Investition in Immobilien ist für ein leistungsfähiges Unternehmen meist niedriger als eine Investition in Produktionskapazitäten. Kapital kann nicht mehr in stillen Reserven geparkt, sondern muß produktiv eingesetzt werden. Gebäude bleiben für kürzere Zeit als früher im Besitz eines Unternehmens und werden wieder verkauft. Das Verfahren »Sales an lease back« steht beispielhaft für diese Entwicklung.

Gebäude mit dem Charakter einer Spezialimmobilie, die auf einen Nutzer zugeschnitten sind, finden auf dem freien Markt keine Akzeptanz oder müssen zuerst mit erheblichen Mitteln »neutralisiert« werden, bevor ein neuer Nutzer einzieht.

Dagegen bieten Gebäude wie der Messeturm Frankfurt mit einer auf den Ort bezogenen Symbolkraft und guter Qualität eine hohe Attraktivität auf Unternehmen verschiedener Größe. Sie können den Status eines Markenartikels erhalten und auch für Unternehmen mit einer eigenen Baukultur interessant sein.

Motivation und Akzeptanz

Die Akzeptanz durch die Nutzer – Mitarbeiter, Projektplaner und Kunden – ist ein maßgeblicher Faktor für den Erfolg des Intelligent Office. Die mit ihm verbundenen Lösungskonzepte müssen von den Beteiligten getragen werden. Die Ausprägung der Akzeptanz ist kein konstanter Faktor. Als ein typischer weicher Faktor ist sie abhängig von den einzelnen Menschen und den Unternehmen. Die Unternehmenskultur übt als eine übergeordnete Klammer eine starke Prägung auf die Mitarbeiter und deren Verhältnis zum Büro aus.

Gebäude und Unternehmen

Für die Sicherung der Akzeptanz eines Büros müssen viele Einflußfaktoren aufeinander abgestimmt sein. Schwächen in einem Bereich können durch Stärken in einem anderen ausgeglichen werden. Hochmotivierte Mitarbeiter sehen ihre Arbeitsinhalte im Vordergrund und fragen nach den Möglichkeiten, ihre Produktivität zu verbessern. Diese Funktionsorientierung gilt zum einen für die physischen Umgebungsfaktoren, aber auch für die Arbeitsorganisation und das Arbeitsklima. Gebäude und Unternehmen stehen bei der Akzeptanz eines Büros auf dem Prüfstand.

Bei einem Bürogebäude in Essen-Bredeney zeigt sich der Einfluß der Unternehmenskultur auf die Akzeptanz des Gebäudes. Die Flächen werden je zur Hälfte von einem amerikanischen EDV-Unternehmen und einem deutschen Maschinenbauer genutzt. Bei der Planung war die Aufteilung noch nicht absehbar. Der Maschinenbauer betreibt das Gebäude und ist auch für das US-Unternehmen Ansprechpartner für die damit verbundenen Anliegen. Eineinhalb Jahr nach Bezug betrug das Verhältnis von Beschwerden des einen und des anderen Nutzers 1 : 10. Beide Gebäudeteile sind identisch geplant und ausgeführt. Bauliche Mängel traten nicht unterschiedlich auf. Der gravierende Unterschied ist auf unternehmensinterne Faktoren zurückzuführen.

Harte und weiche Faktoren beeinflussen die Akzeptanz

Diese Erkenntnis erweitert die Anforderungen an ein Intelligent Office. Die Beurteilung seiner Qualität hängt nicht allein von den technischen und baulichen Eigenschaften, den harten Faktoren, ab. Es steht mit in der Verantwortung des Nutzers, Voraussetzungen für die Akzeptanz im Bereich der weichen Faktoren des Intelligent Office zu schaffen. Positive Maßnahmen in diese Richtung beinhalten auch die visuelle Qualität des Gebäudes und der Außenanlagen.

Die Integration von Pflanzen in das Gestaltungskonzept soll nur stellvertretend genannt werden. Bei dem IBM-Hakozaki-Gebäude in Tokio wurde die Außenanlage als japanischer Garten gestaltet.

Gärten sind in den Neubau der Commerzbank-Zentrale in Frankfurt auf verschiedenen Ebenen integriert. Sie erstrecken sich jeweils über mehrere Geschosse, und über sie kann der innere Bereich des Gebäudes natürlich belüftet und belichtet werden. Ein Teil der Bürozusatzflächen für Kommunikationsbereiche liegt in diesen Gärten.

Abb. 90: Gartenanlage des IBM Hakozaki Building, Tokio

Vorbildfunktion der Entscheider

Bei Umorganisationen, die mit baulichen Veränderungen verbunden sind, kann es notwendig sein, diesen Prozeß für die Mitarbeiter zu moderieren, um ihn nachvollziehbar zu machen. Wer von seinen Mitarbeitern verlangt, in einem nicht territorialen Büro zu arbeiten, ist verpflichtet, eine Vorbildfunktion zu übernehmen. Für den eigenen Arbeitsplatz dürfen nicht die alten Statussymbole wie eine übergroße Fläche, teuere Ausstattung usw. in Anspruch genommen werden. In erfolgreichen Unternehmen der Halbleiterbranche sitzen die Geschäftsführer häufig genau wie ihre Mitarbeiter in einem Großraumbüro.

Funktionsorientierung ersetzt Statusorientierung

Diese Möglichkeit kann zu einer erheblichen Senkung der Kosten genutzt werden. In einer offenen und toleranten Unternehmenskultur, die stark funktions- und nicht statusorientiert ist, kann ein einfaches und kostengünstiges Gebäude leichter auf Akzeptanz bei den Mitarbeitern stoßen: Wenn das Betriebsklima stimmt, werden viele Dinge oft nicht als störend empfunden. Herrscht jedoch große Unzufriedenheit bei den Mitarbeitern, kann in jedem Gebäude ein Anlaß für eine Beschwerde gefunden werden, unabhängig davon, wie gut oder teuer es ist.

Abb. 91: Ansicht Commerzbank-Zentrale, Frankfurt

Produktives Betriebsklima

Für den Nutzer des Gebäudes ist es entscheidend, seine Arbeitsaufgaben in dem Gebäude kostengünstig erledigen zu können. Es genügt nicht, nur Fläche bereitzustellen. Das Gebäude muß von seinen technischen, funktionalen und sozialen Komponenten die Anforderungen des Nutzers abdecken. Wenn es dem Unternehmen gelingt, ein produktives Betriebsklima zu erzeugen, kann – evtl. auch mit relativ einfachen baulichen Lösungen – ein optimales Ergebnis erzielt werden.

Abb. 92: Swimmingpool auf dem Dachgeschoß von Menara Mesiniaga, Kuala Lumpur

2 Gebäude

Bauplatz, Planung, Bau und Betrieb stellen Anforderungen an das Intelligent Office. Grundsätzliche Entscheidungen, die dort getroffen werden, sind schwer oder gar nicht umkehrbar. Das Gebäude ist während seiner verschiedenen Projektphasen eigenen Regeln unterworfen, die erkannt und berücksichtigt werden müssen, um die Bau- und Betriebskosten zu optimieren.

2.1 Standort

Es gibt zwei unterschiedliche Möglichkeiten, mit einem Bauplatz umzugehen. Die Lösung einer Bauaufgabe kann unabhängig vom Ort gesucht werden und sich ausschließlich an internen funktionalen Gesichtspunkten orientieren. Eine andere Möglichkeit besteht darin, bei der Planung das Grundstück und seine Umgebung zu berücksichtigen und das Gebäude optimal daran anzupassen, um bei minimalem Aufwand für Bau und Betrieb des Gebäudes den maximalen Nutzen aus dem Grundstück und seinen Potentialen zu ziehen.

2.1.1 Städtebau und Landschaft

Es gibt vier unterschiedliche Typen von Standorten: zentrale Citylage, Stadtrandlage, ländlicher Raum oder Gewerbepark [Gottschalk 1994]. Alle Typen weisen verschiedene Charakteristika auf und stellen unterschiedliche Anforderungen an das Gebäude.

Zentrale Citylage

Grundstücke in Innenstädten stehen in einem starken baulichen Zusammenhang mit den benachbarten Gebäuden. Traufhöhen, Baufluchten, vorherrschende Materialien und die gemeinsame stadtgeschichtliche Entwicklung verbinden sie. Ein neues Gebäude in diesem Zusammenhang formt den öffentlichen Raum und wirkt über die Grundstücksgrenzen hinaus. Der Entwurf kann auf die umgebenden Straßen, Gebäude oder Plätze reagieren, der speziellen Lage gerecht werden und den Nutzen für das Gebäude durch den Standort optimieren.

Ländlicher Raum

Ländliche Standorte haben andere Umgebungen. Der Entwurf sollte jedoch, wie auch für städtische Grundstücke, eine Integration anstreben. Die Planung soll die Potentiale des Grundstücks und der Umgebung nutzen und für den Gebäudenutzer verfügbar machen. Das Lufthansa Informatik-Center in Kelsterbach ist an einem kleinen See gelegen, der nicht mehr zum Grundstück gehört. Er stellt einen attraktiven Bezugspunkt dar. Der Entwurf bringt einen Großteil der Arbeitsplätze in drei Flügeln unter, die sich Richtung See erstrecken. Von jedem Arbeitsraum besteht eine Blickbeziehung zum See und den umliegenden Bäumen (Abb. 76). Die architektonisch ausformulierte Baumassenanordnung reagiert auf die Topographie der Landschaft. Die Abschrägung der drei Gebäudeteile, das Abtreppen des Gebäudevolumens und die Gliederung der Fassade reagieren auf die natürliche Hangsituation und reduzieren die Wirkung der Baumasse.

Abb. 93: Lageplan des Lufthansa Informatik-Centers, Kelsterbach (nach Kammerer + Belz, Kucher und Partner)

Anpassung des Gebäudes an die Umgebung

Das 1988 errichtete Werk der Firma Leybold in Alzenau entstand in einem ländlichen Gebiet. Hinter der Grundstücksgrenze beginnt ein großer Kiefernwald. Um dieses Potential für das Gebäude zu nutzen, orientieren sich alle Gruppenräume in Halbkreisen in diese Richtung und erlauben selbst aus großer Raumtiefe den Blick auf den Wald. Man kann sogar von den Produktionshallen unter dem Büro hindurch in den Wald blicken und von den Umgebungsbedingungen profitieren [Theilig].

2.1.2 Erschließung und Struktur

Entwicklung der Form, von außen und von innen bestimmt

Die Form des Gebäudes kann von außen durch die Erschließung und von innen durch die Raumstruktur beeinflußt werden. Die Einflüsse sind im Idealfall aufeinander abgestimmt und ergänzen sich. Das Format und die Lage eines Grundstücks können das Erschließungsprinzip und die Gebäudetiefe beeinflussen. Straßen, Fußgängerzonen, Parks, Anschlußpunkte des öffentlichen Nahverkehrs oder Blickbeziehungen legen bestimmte Erschließungstypen nahe.

Das Raumprogramm beeinflußt das Gebäude von innen. Es nennt Art, Größe und Menge der benötigten Räume. Die größte Bedeutung kommt den Büroräumen bzw. deren Büroform zu. Sie sind durch eine typische Struktur gekennzeichnet, die sich durch sinnvolle Raumtiefen, Rastergrößen und gesetzliche Vorschriften, beispielsweise zu Fluchtwegen, ergibt.

Eine Büroform geringer Eigenstruktur wie das Großraumbüro bietet geometrische Flexibilität. Das Gebäude von Willis Faber and Dumas in Ipswich nutzt die mit der Büroform verbundenen Möglichkeiten. Das geometrisch schwierig zu erfassende Grundstück wurde vollständig überbaut. Die Fassade folgt dem aus dem mittelalterlichen Stadtgrundriß herrührenden geschwungenen Grenzverlauf (Abb. 94).

Entwicklung der Form von innen heraus

Das entgegengesetzte Prinzip verfolgt das Lloyd's-Gebäude. Die ungünstige Grundstücksgeometrie übte keinen Einfluß auf die Form der Bürofläche. Der rechteckige Grundriß wurde von innen entwickelt und aus Nutzungsgründen und technischen Überlegungen gewählt. Das Gebäude reagiert auf den Grundstückszuschnitt mit der Lage und Größe der außen angelagerten Servicetürme, die die verbleibende Restfläche zwischen Rechteck und Grundstücksgrenze nutzen (Abb. 65).

Orientierung erleichtert die Nutzung

Die Anordnung der internen Erschließung soll dem Nutzer zur Orientierung dienen. Dies wird um so wichtiger, je größer das Gebäude wird. Kunden und einmalige Besucher müssen sich schnell im Gebäude orientieren können. Ein klarer Aufbau erleichtert die Nutzung und vermindert das notwendige Betriebspersonal für das Gebäude.

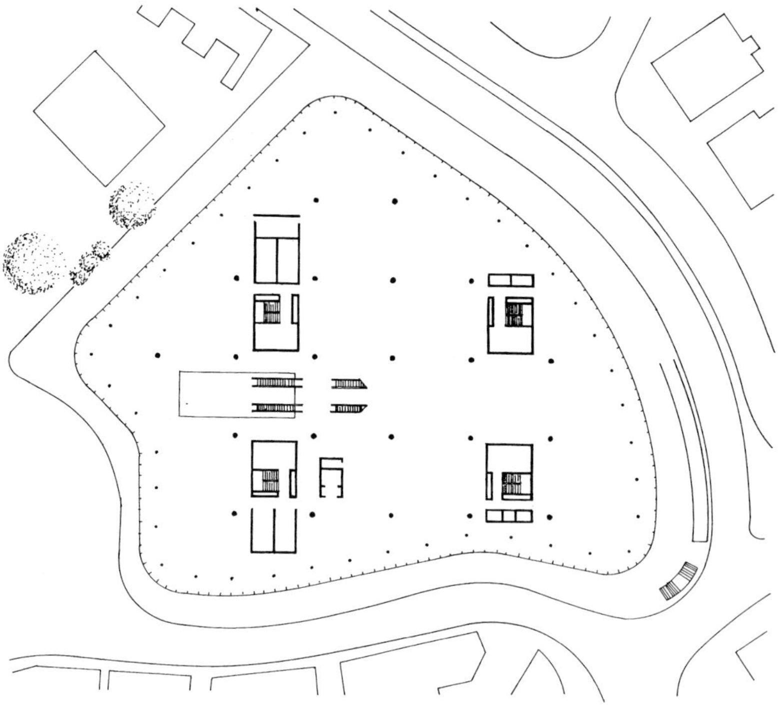

Abb. 94: Grundriß Willis Faber and Dumas, Ipswich (nach Foster and Partners)

Ständige Nutzer, wie Angestellte, Aushilfen und Raumpfleger, können ein Gebäude über einen längeren Zeitraum kennenlernen. Auch für sie ist es angenehm zu wissen, wo sie sich im Gebäude aufhalten. Dieser Effekt kann erzielt werden, indem einzelne Bereiche oder Stockwerke unterschiedlich gestaltet werden oder Ausblicke den visuellen Kontakt zur Umgebung ermöglichen und dadurch die eigene Position im Gebäude erkennbar machen.

2.1.3 Lärm

Bei vielen innerstädtischen Grundstücken stellen angrenzende Straßen erhöhte Anforderungen an den Schallschutz. Gebäude in Gewerbeparks können durch Bundesstraßen oder Autobahnen belastet sein. Seltener sind Störungen durch Produktionsbetriebe.

Während der Planung des Bürozentrums Essen-Bredeney zeigten Messungen und Simulationen des Entwurfes bei geöffneten Fenstern eine Überschreitung der gesetzlichen Lärmgrenzwerte. Eine ausschließlich natürliche Belüftung der zur Straße hin orientierten Zellenbüros war nicht möglich. Um den Luftaustausch auch bei geschlossenem Fenster zu ermöglichen, wurde eine mechanische Belüftung mit Klimatisierung eingeplant.

Gesetzlich wäre die mechanische Belüftung nur in der Hälfte der Büros gefordert gewesen. Der Bauherr entschied sich, alle Büros mit der gleichen Technik auszustatten, das heißt auch diejenigen, die ausschließlich natürlich belüftet werden konnten. Es sollten nicht nur einem Teil der Mitarbeiter die Vorteile zukommen, die mit einer individuellen Klimatisierung verbunden sind. Alle Büros haben zusätzlich zu öffnende Fenster. Die Mitarbeiter können wählen, ob sie lieber an einem offenen Fenster mit einer höheren Lärmbelastung arbeiten möchten oder in einem künstlich belüfteten Büro.

Kombination von natürlicher und künstlicher Lüftung

2.1.4 Klima

Makroklima und Mikroklima

Jeder Gebäudestandort ist durch eigene klimatische Verhältnisse gekennzeichnet. Man unterscheidet das Markoklima der Region, in dem sich der Standort befindet, und das Mikroklima des Grundstücks. Sonne, Wind und Regen wirken auf das Gebäude und schaffen äußere Bedingungen. Oft widersprechen diese den gewünschten Innenraumbedingungen. Mit technischen oder natürlichen Hilfsmitteln sollen die Widersprüche geglättet werden.

Energiekosten = 1/5 der Raumkosten

Die Energiekosten machen etwa ein Fünftel der jährlichen Raumkosten aus. Die Höhe der Beleuchtungs-, Heizungs- und Kühlkosten hängt unter anderem von Gebäude, Nutzer und Ausstattung ab. Reagieren die Systeme des Gebäudes sinnvoll auf die Klimaverhältnisse und passen sie sich Sonneneinfall, Windbelastung, Jahrestemperaturverläufen und Niederschlägen an, dann bestehen Einsparmöglichkeiten beim Bau und Betrieb des Gebäudes.

Findet vor der Planung eine genaue Analyse des Standorts und seiner klimatischen Verhältnisse statt, dann gibt es zahlreiche Möglichkeiten der individuellen Nutzung des Mikroklimas. Beispielsweise können Wasserflächen oder größere Baumgruppen zur Konditionierung der Zuluft genutzt werden. Wie auf die Außenbedingungen reagiert werden kann, ist von Standort zu Standort unterschiedlich.

Orientierung der Glasflächen

Einfache Beispiele sind die Orientierung von Glasflächen, Dachüberstände vor Fenstern, um die Aufheizung der Innenräume zu vermeiden, oder wärmegedämmte Verglasungen in kalten Gegenden. Ein geschicktes Eingehen auf die Windverhältnisse und die Berücksichtigung der natürlichen Luftbewegung kann gerade im Hochhausbereich das Lüftungskonzept unterstützen. Die geschickte Nutzung der Klimabedingungen kann zur Optimierung des Tragwerks beitragen.

Verminderung der Windlasten

Die Form der First Interstate Bank Plaza in Houston wurde gewählt, um die nachteilige Wirkung der Gebäudehöhe des Turmes auf den Konstruktionsaufwand zu verringern. Die beiden abgerundeten Ecken des Grundrisses verringern die Angriffsfläche für den Wind. Die Windlast auf das 71stöckige Hochhaus verringert sich um 25 % und führt zu einer 10prozentigen Einsparung an Konstruktionsstahl (Abb. 95).

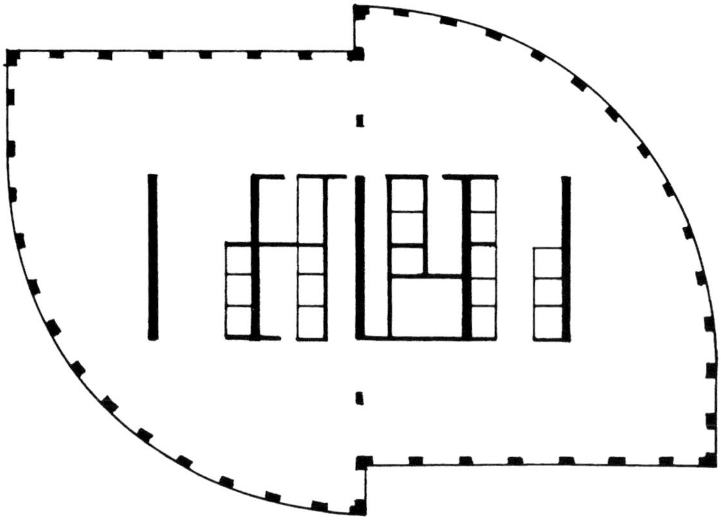

Abb. 95: Grundriß First Interstate Bank Plaza, Houston

Mitteleuropa zeichnet sich durch große Temperaturschwankungen im Jahresverlauf aus. Die variierenden klimatischen Bedingungen haben Eingang in die Gesetzgebung gefunden. In den Schneelastzonen der DIN 1055 sind differenzierte Lastannahmen für die Tragwerksplanung festgelegt, die auf der Menge des durchschnittlichen Schneefalls basiert (Abb. 96).

Solare Architektur

Natürliche Mittel zur Herstellung angenehmer Innenraumbedingungen setzen eine genaue Planung und detaillierte Berücksichtigung der klimatischen Rahmenbedingungen voraus. Der Begriff der solaren Architektur faßt alle Ansätze zusammen, die versuchen, die natürlichen Umgebungsbedingungen für das Gebäude zu nutzen. Es ist wahrscheinlich, daß sie in Zukunft an Bedeutung gewinnen wird.

Von der Unternehmensseite wird der Drang zu niedrigen Büro- und damit niedrigen Betriebskosten beibehalten werden. Zusätzlich kann die Verknappung der Energiereserven eine mittelfristige Verteuerung des Energiepreisniveaus verursachen. Immer mehr Unternehmen sehen den Umweltschutz als Teil ihrer Unternehmenskultur und drängen aus ethischen Gesichtspunkten auf eine Verringerung des Energieverbrauchs, sei es beim Bau oder beim Betrieb. In Zukunft wird eine Architektur, die Räume ohne Berücksichtigung des Klimas plant und

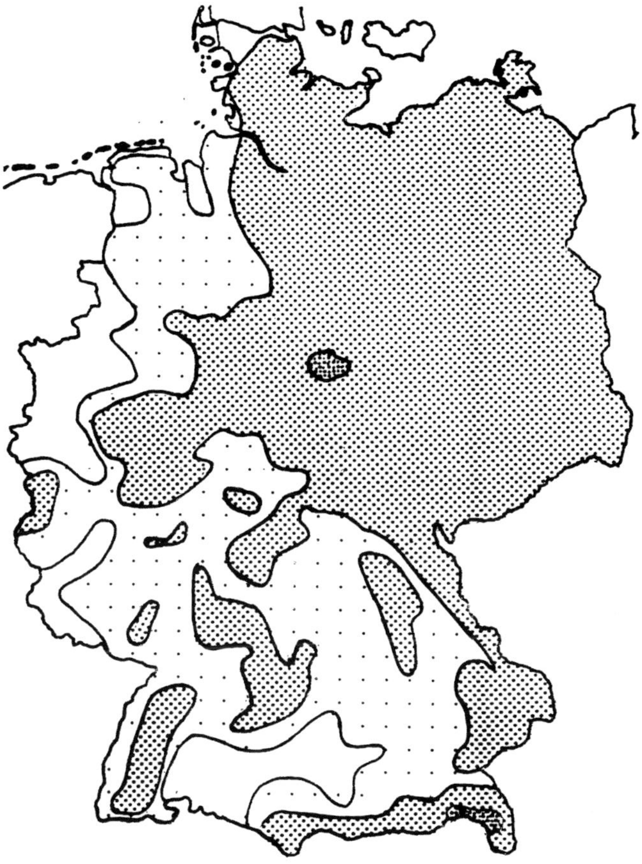

Abb. 96: Schneelastzonen in Deutschland, nach DIN 1055

davon ausgeht, daß sie die entstehenden Probleme mit Hilfe von Energie in den Griff bekommt, aus wirtschaftlichen Gründen nicht mehr baubar sein.

Orientierung des Baukörpers

Auch beim Einsatz technischer Hilfsmittel ist es sinnvoll, die Umgebungsbedingungen zu berücksichtigen. Der Baukörper des Bürozentrums Essen-Bredeney ist annähernd in Nordsüdrichtung ausgerichtet. An warmen Sommertagen erwärmen sich die nach Osten orientierten Räume als erstes. Die Mitarbeiter verlangen bereits morgens den Einsatz der Klimatisierung. Die zur schattigen Westseite orientierten Räume bleiben vormittags angenehm kühl. Die Klimaanlage faßt sowohl die West- als auch die Ostbüros zu einer Serviceeinheit zusammen. Die Folge sind entweder überhitzte Räume im Osten oder unterkühlte im Westen, da eine differenzierte Steuerung nicht möglich ist. Wesentlich besser wäre ein Layout der versorgten Flächen, das die Orientierung berücksichtigt.

Beispielsweise könnte die Klimaanlage in Ostwestrichtung organisiert sein (Abb. 97, 98).

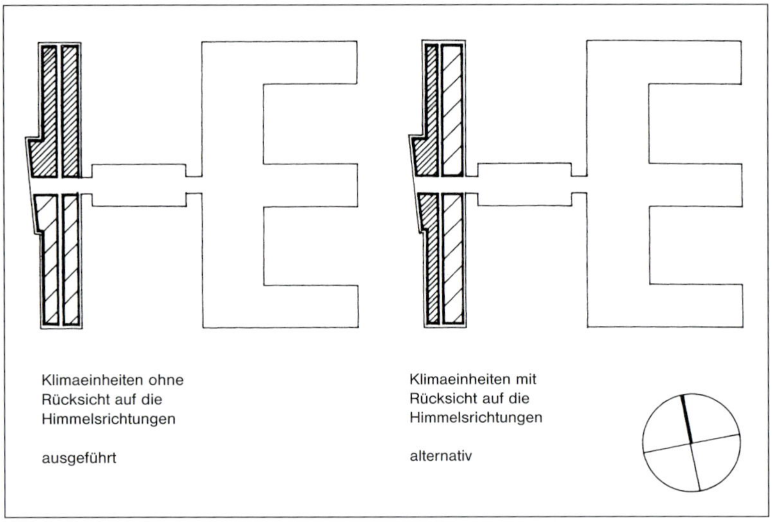

Abb. 97: Klimatisierungs-diagramm, Bürozentrum Essen-Bredeney

Abb. 98: Ansicht Bürozentrum Essen-Bredeney

2.1.5 Baurecht

Optimierung der überbaubaren Fläche

Jedes Bürohausprojekt ist, speziell im deutschen Raum, in ein umfangreiches gesetzliches Regelwerk eingebunden. Dem privaten Baurecht unterliegen die Grundbuchrechte sowie die Verträge zwischen Bauherr, Architekt, Fachplaner und ausführenden Firmen. Das öffentliche Baurecht regelt die Nutzung des Grundstücks und gliedert sich in Stadtbaurecht und Bauordnungsrecht. Dem Stadtbaurecht fällt die Aufgabe zu, Art und Umfang der baulichen Nutzung durch Grundflächenzahl (GRZ) und Geschoßflächenzahl (GFZ) anzugeben. Insbesondere der Umfang der Nutzung, das heißt in der Praxis die genehmigte Fläche, ist mitentscheidend für die Wirtschaftlichkeit des Projekts. Ein idealer Entwurf schöpft alle baurechtlichen Möglichkeiten aus, um die Nutzungsintensität zu optimieren, ohne dabei die Qualität zu beeinträchtigen. Dies stellt in der Realität allerdings manchmal ein kaum lösbares Problem dar.

In einigen Fällen kann durch die Art der Bauaufgabe eine Interpretation der baulichen Regeln notwendig werden. Bei der Planung des Lloyd's-Gebäudes konnte der Architekt in den Verhandlungen mit der Baurechtsbehörde erreichen, daß die Flächen des sogenannten »Room« und der »Underwriter galleries«, die über Rolltreppen miteinander ver-

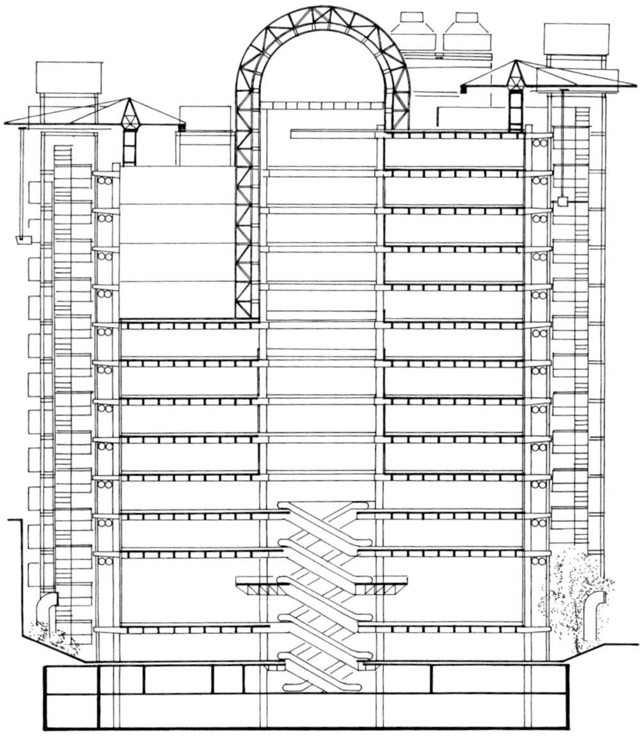

Abb. 99: Schnitt, Lloyd's, London (nach Richard Rogers Partnership)

bunden sind und in denen die Vertragsabschlüsse getätigt werden, nicht als Bürofläche definiert wurden, sondern als Handelsplatz. Diese Maßnahme ermöglichte es, die baurechtlich zugelassene Überbauung von 5 : 1 auf ein effektives Maß von 8 : 1 zu erhöhen (Abb. 99) [Freiman].

2.2 Planung

In der relativ kurzen Planungsphase eines Büroprojekts werden viele Entscheidungen für die wesentlich längere Nutzungsphase getroffen. Die mittelfristig erwartete Entwicklung der Rahmenbedingungen kann Grundlage für die Planung sein. Eine umfangreiche Analyse und eine klar formulierte Aufgabenstellung erleichtern die Planung.

2.2.1 Organisation

Die Planung von Büroprojekten wird komplexer und erfordert von allen Planungsbeteiligten großes Engagement. Unter dem Begriff der Planungsorganisation werden Tätigkeiten zusammengefaßt, die zur Vorbereitung und Koordination eines Büroprojektes notwendig sind.

Verantwortung des Bauherrn

Ohne sich immer darüber bewußt zu sein, trägt der Bauherr die volle Verantwortung für die Organisation. Er befindet sich in dem Dilemma, eine Aufgabe übernehmen zu müssen, die üblicherweise nicht zu seinen Haupttätigkeiten gehört und in der er keine große Erfahrung hat. In der Zusammenarbeit mit einem externen Berater liegt eine Chance, aber auch die Gefahr, nicht verstanden oder mit einer Standardlösung bedient zu werden.

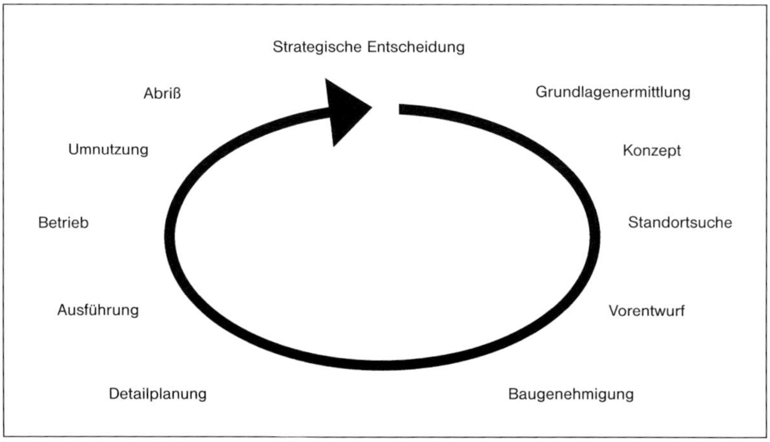

Abb. 100: Phasen des Lebenszyklus eines Büroprojektes

Planungsphase

Ein Büroprojekt gliedert sich in verschiedene Planungsphasen. Ausgangspunkt ist die strategische Entscheidung für das Projekt. Als Grundlage muß der Bedarf ermittelt werden und die Aufgabe vor dem Hintergrund der mittel- bis langfristigen Unternehmensplanung definiert sein. Die strategisch wichtigen Anforderungen müssen vom Bauherrn als Maßgabe für die anderen Planungsbeteiligten in der Konzeptphase aufgestellt werden. Je genauer der Bauherr weiß, welches Ziel er erreichen möchte, um so besser kann darauf hingearbeitet werden und um so produktiver können Gespräche mit anderen Planungsbeteiligten geführt werden. Gleichzeitig sollten der Planungsprozeß und der Planungsgegenstand möglichst lange flexibel bleiben, um Änderungen aufzunehmen. Weitere Planungsphasen sind nicht nur die klassischen Bauphasen, sondern auch der anschließende Betrieb und mögliche Umnutzungen. Eine langfristige Planung berücksichtigt sogar Aspekte des möglichen Abrisses (Abb. 101).

Architekt	Fassadenberater	Landschaftsarchitekt
Baugrundsachverständiger	Financier	Nutzer
Bauakustiker	Fördertechniker	Organisationsplaner
Bauherr	Geometer	Projektsteuerer
Bauphysiker	Haustechniker	Prüfstatiker
Ergonome	Innenarchitekt	Statiker
Farbberater	IT-Fachmann	Verkehrsplaner

Abb. 101: Planungsbeteiligte (beispielhaft, in alphabetischer Reihenfolge)

Der Bauherr muß die Planungsschritte überprüfen, korrigieren oder anerkennen. Bei vielen Großbauten, die für Gesellschaften geplant werden, findet wenig aktive Einflußnahme durch den Bauherrn statt. Die Entscheidungsgewalt besitzen nicht mehr einzelne Personen, sondern Gremien. Im Laufe einer längeren Planungsphase ändert sich die Zusammensetzung mehrmals. Entscheidungen werden anonymer. Die Bereitschaft, in der Gruppe Verantwortung für innovative Lösungen zu übernehmen, ist selten vorhanden.

Vielfach sind die Nutzerwünsche noch unbekannt und sorgen für Unsicherheit. Am Ende einigt man sich meist nur auf den kleinsten gemeinsamen Nenner, der häufig eine unbefriedigende Lösung darstellt.

Parallele Planungsprozesse integrieren Fachwissen frühzeitig

Die klassische Projektplanung war ein serieller Prozeß. Der Entwurf des Architekten wurde gefertigt. Nach Planeinsicht teilten die Fachingenieure dem Architekten ihre Anforderungen mit, der die Änderungen in seine Ausführung übernahm. Dieses Verfahren wird den heutigen Planungsanforderungen nicht mehr gerecht. Der gestiegene Zeitdruck und die Komplexität vieler Projekte fordern eine parallele Planung, bei der das Wissen der Fachingenieure schon während der Konzeptphase integriert wird. Hilfestellung bieten neueste computergestützte Planungswerkzeuge, die die Planungsqualität verbessern können.

Architekt als Verantwortlicher für das Gesamtkonzept

Die Führungsrolle im Planungsteam kommt dem Architekten zu, da er der einzige ist, der Einflüsse der oft zahlreichen Planungsbeteiligten sammeln, koordinieren und im Sinne des Gesamtkonzepts gewichten kann.

2.2.2 Werkzeuge

Starker Rationalisierungsdruck, größere Planungskomplexität, bessere Integrationen von räumlich getrennten Planungsbeteiligten und größeres Leistungsangebot haben zu einer flächendeckenden Integration von Computern in den Planungsprozeß geführt. Auf Informationen in internen oder externen Datenbanken kann heute schneller zugegriffen werden. Nach Berndt liegt das Einsparpotential bei Leistungen auf HOAI-Basis bei fast 20 % [Berndt].

Internet

Ständiger Datenaustausch zwischen Architekt und Fachingenieuren über das Internet ist heute Standard. Informationen können in spätere Planungsphasen übernommen, Zeichnungen können für den Aufbau eines Facility-Management-Systems genutzt werden oder Grundlage für Präsentationen sein (Abb. 102).

In Zukunft wird der Hardwarebereich durch gesteigerte Leistung zu Weiterentwicklung und Problemlösungen im Softwarebereich beitragen. Steigende Entwicklungskosten und kürzere Innovationszyklen für Software werden vermehrt zu Kooperationen und einer Vereinheitlichung der Datenbasis führen. Zahl und Qualität der Werkzeuge werden zunehmen.

Virtual Reality

CSCW (Computer Supported Cooperative Work)

Strategische Bedeutung kommt der Entwicklung von Virtual Reality zu. Durch die Integration von CAD, Virtual Reality und Datenbanksystemen entstehen neue Möglichkeiten, um alle Projektstadien von der Planung und Kostenermittlung über die Ausführung bis zur Unterhaltung und Entsorgung integriert zu bearbeiten. Hierdurch können nennenswerte Nutzungsvorteile und Einsparungen bei den Planungskosten entstehen [Bullinger 1994]. Gleichzeitig wird der Datenaustausch zu parallel arbeitenden Planungsbeteiligten verbessert. CSCW (Computer Supported Cooperative Work) wird durch Telepräsenz die simultane Arbeit an einer Aufgabe in räumlich getrennten Projektteams ermöglichen [Riedel].

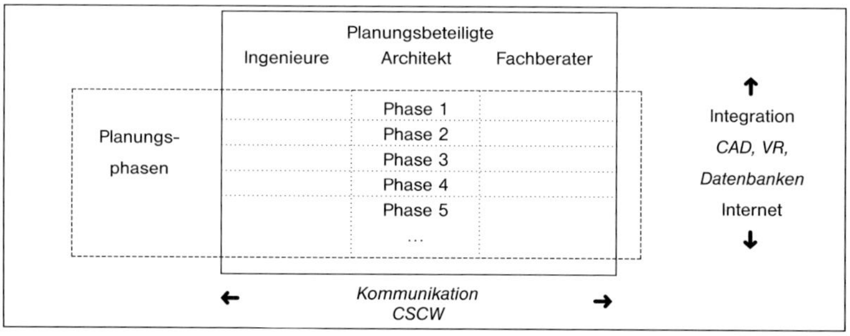

Abb. 102: Trends bei Planungswerkzeugen

2.2.3 Qualität

Gebäude als Prototypen

Mit Ausnahme einiger weniger Serienversuche sind Gebäude Prototypen. Objekt- und standortspezifisches Wissen über eine Bauaufgabe muß bei jedem Büroprojekt neu gewonnen werden. Erfahrungen, die bei der Vorbereitung einer Serienfertigung gesammelt werden können, müssen bei einer Prototypenproduktion aus vorherigen Projekten transferiert werden. Bei der Planung von Büroprojekten geschieht dies nur in sehr begrenztem Umfang. Architekten übertragen hauptsächlich ihre Baukosten- und Konstruktionserfahrung.

Gezielte Gebäudeanalyse nach einer definierten Nutzungszeit wird in den seltensten Fällen durchgeführt. Eine derartige Diagnose sollte neben baukonstruktiven und haustechnischen Aspekten vor allem die Nutzungs- und Entwurfsqualität hinterfragen und ins Verhältnis zu den Bürokosten stellen. Eine höhere Planungssicherheit ist aufgrund der erheblichen Investitionskosten bei Baumaßnahmen sinnvoll. Der zweifellos erzielbare Lernerfolg durch qualitätssichernde Maßnahmen wird häufig durch einen starken Zeit- und Kostendruck in der Planungsphase verhindert. Wenn überhaupt, finden Untersuchungen nur für Unternehmen statt, die häufiger bauen.

2.3 Bau

In der Bauphase soll die vorher erstellte Planung realisiert werden. Die Bautechnik hat die Aufgabe, während der Bauzeit die gewählten Materialien so zusammenzufügen, daß die Planungsziele erfüllt werden. Der Bauprozeß benötigt dabei eine ebenso genaue Planung wie die spätere Nutzung, damit keine unvorhergesehenen Fragen aufkommen. Nutzungsanforderungen können sich auch während der Planungs- und Bauphase noch ändern. Im Idealfall besteht dann noch während der Bauphase die Möglichkeit, auf sich verändernde Anforderungen zu reagieren.

2.3.1 Technik

Die Bautechnik beschäftigt sich mit dem Zusammenfügen von Materialien und Bauteilen, aus denen das Gebäude errichtet werden soll. Neben den bautechnischen Problemen erschweren häufig Platzmangel, schlechte Wetterbedingungen und mangelnde Ausbildung der Arbeiter den Bauprozeß zusätzlich.

Abb. 103: Ansicht Großbaustelle

Vor-Ort-Bauweise

Bei der konventionellen Vor-Ort-Bauweise werden Bauteile auf der Baustelle vorbereitet und zusammengefügt. Wasserhaltige Verbindungsmittel werden benutzt, um Bauteile zusammenzufügen. Diese »nasse Bauweise«, wie sie für Ziegelwände, Estrich oder Wandputz verwendet wird, ist jedoch unpräzise, nur eingeschränkt leistungsfähig und zeitaufwendig.

Vorfertigung

Steigende Anforderungen an die maßliche Toleranz der Bauteile und zunehmender Zeitdruck führen häufig zur Vorfertigung. Bauteile werden in möglichst großen Einheiten so vorgefertigt, daß sie auf der Baustelle nur noch zusammengesetzt werden müssen. Dieses Prinzip kann für Stahl-, Holz- oder Stahlbetonbauteile für die Baukonstruktion verwendet werden, aber auch für den Ausbau. In diesem Fall spricht man von Modulbauweise.

Bei der Modulbauweise werden in einem Gerüst sinnvolle Funktionen zusammengefaßt. Das Modul kann industriell hergestellt, eingebaut und bei Bedarf ausgetauscht werden. Sollte sich die Nutzung des Gebäudes ändern, ist es möglich, ein Modul zu versetzen.

Vorteile von Modulen

Die wesentlichen Vorteile von Modulen sind kurze Montagezeiten, Qualität und Kompaktheit. Die Herstellung kann aus dem Bauprozeß herausgenommen werden und parallel in einer Fabrik stattfinden. Module werden im Gebäude unter kontrollierten Bedingungen hergestellt, so daß sie in der Regel hochwertiger und präziser sind als vor Ort gefertigte Bauteile. Die Produktion in einer geschlossenen Werkhalle kann unabhängig vom Wetter stattfinden. Es stehen Hilfsmittel zur Verfügung, die auf dem eingeschränkten Arbeitsraum im Rohbau nicht genutzt werden könnten. Die Fertigung in einer Fabrikhalle erlaubt es, von jeder beliebigen Seite an dem Modul zu arbeiten. Bei hochinstallierten Serviceeinheiten mit großer Leitungsdichte kann dies zu beträchtlichen Flächeneinsparungen führen.

Diese Bauweise setzt eine sehr hohe Fertigungsqualität voraus, denn im Einbauzustand können viele Teile nicht mehr ausgewechselt werden. Sämtliche Verschleißteile wie Ventile oder Motoren sollten deshalb für Wartungszwecke zugänglich sein. Vor der Herstellung größerer Stückzahlen werden Prototypen gebaut. Mögliche Probleme können dabei frühzeitig erkannt werden. Vor der Auslieferung kann die gesamte Anlage getestet werden, so daß mögliche Fehler vermieden werden. Die Maßgenauigkeit der Module ist aufgrund der Fertigungsbedingungen sehr hoch. Dies gilt nicht für die vor Ort gefertigten Bauteile des Gebäudes. Hier müssen entsprechende Einbautoleranzen eingeplant werden.

Modultransport

Auf der Baustelle wird die Bauzeit auf den Einbau der Module beschränkt. Die Produktion kann rechtzeitig in der Fabrik stattfinden, um dadurch Verzögerungen des Bauablaufes zu vermeiden. Nach der Fertigstellung können sie zwischengelagert und bei Bedarf just in time zum Einbau auf die Baustelle geliefert werden. Bei problematischen Großtransporten kann die Lieferung auch nachts erfolgen, wenn es der städtische Verkehr zuläßt. Kräne heben die Module im Idealfall vom LKW sofort an die vorgesehene Stelle. Die Module müssen nur noch angeschlossen werden. Die eingesparte Bauzeit ermöglicht einen schnelleren Einzug und dadurch eine höhere Rendite.

Abb. 104:
Anliefern, Versetzen und Einbau von Modulen bei der Hongkong Shanghai Bank
(Quelle: Ian Lambot Studio, London)

Module bei der Hongkong Shanghai Bank

Auf der Baustelle wird wertvoller Arbeits- und Lagerraum eingespart. Das ist vor allem in beengten innerstädtischen Lagen von großer Bedeutung. Bei sensiblen Grundstücken kann es von Vorteil sein, wenn mehr Arbeit fernab des Bauplatzes und seiner Umgebung stattfindet. Vor Ort fällt durch Anlieferung und Montage weniger Abfall an.

Viele der oben genannten Argumente führten beim Neubau der Hongkong Shanghai Bank zum Einsatz von Modulen. Die containergroßen Einheiten enthalten jeweils Toiletten und dezentrale Klimaanlagen. Die Module wurden in Japan gebaut, nach Hongkong geschifft und von einem Lagerhaus am Hafen je nach Bedarf mit LKWs zum Bauplatz gebracht. Die Zeiteinsparung durch die Methode wird auf mehrere Monate geschätzt.

2.3.2 Zeit

Kurze Bauzeit bedeutet geringere Baukosten und Beeinträchtigung der Nutzer

Die Bauzeit wird von praktischen und finanziellen Anforderungen beeinflußt. Finden die Baumaßnahmen unter Platzmangel statt oder muß eventuell ein genutztes Gebäude abgerissen werden, um Platz für einen Neubau zu machen, dann ist die Bauzeit für die Nutzer von Umzügen, Lärmbeeinträchtigungen und Provisorien gekennzeichnet. Die Bauausführung kann verlangsamt werden, wenn verschiedene Arbeitsschritte aufgrund von Platzmangel nicht gleichzeitig ausgeführt werden können. Zwischenzeitlich anfallende Mietkosten und sinkende Produktivität machen eine zügige Fertigstellung erstrebenswert.

In der Regel wird das Grundstück vor dem Bau eines Gebäudes durch den Investor erworben. Steht es leer oder muß ein altes Gebäude abgerissen werden, erwirtschaftet das Grundstück in dieser Zeit keine Rendite. Gleiches gilt für die Bauzeit. Zusätzlich entstehen Kosten durch den beginnenden Bauprozeß. Das notwendige Geld wird meist von Banken finanziert und verursacht Kapitalkosten. Wie stark der finanzielle Druck zur Fertigstellung ist, hängt vom aktuellen Zinsniveau, dem Immobilienmarkt und der wirtschaftlichen Situation des Bauherrn ab. Nach diesen Faktoren kann beurteilt werden, wie wichtig eine Baubeschleunigung ist.

Der finanzielle Druck kann so groß sein, daß es sich lohnt, auf teurere, aber schnellere Bautechniken zurückzugreifen. Bei der Hongkong Shanghai Bank war dies der Fall. Die extrem prominente Lage in der Hongkonger Innenstadt verbot aus Renditegründen einen langen Nutzungsausfall. Ebenso erlaubte das schnell wachsende Geschäft der Bank nur eine minimale Störung durch Umzug und Neubau. Statt das Hochhaus in der billigeren und langsamen Stahlbetonbauweise zu bauen, entschied man sich für eine schnellere und teurere Stahlkonstruktion.

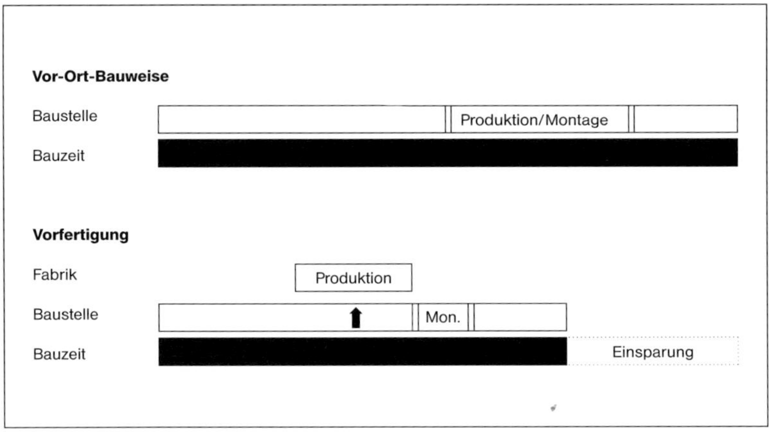

Abb. 105: Zeiteinsparung durch Vorfertigung

Ein weiterer Grund für eine zügige Fertigstellung ist die Gefahr von Beschädigungen während der Bauzeit. Im unfertigen Bauzustand können sensible Bauteile beschädigt werden. Solange Fassade und Dach nicht geschlossen sind, ist der Rohbau den Umweltbedingungen direkt ausgesetzt. Dachdichtungsbahnen, die noch nicht durch eine Kiesschicht geschützt sind, können leicht beschädigt werden. Darüber hinaus können bei innerstädtischen Bauvorhaben Behinderungen von Straßen und Gehwegen entstehen, was einen schnellen Baufortschritt wünschenswert macht.

2.3.3 Material

Alle Materialien sollten für den speziellen Einsatz geeignet und ökologisch vertretbar sein. Letzeres bezieht Überlegungen zum Energieverbrauch und zum Schadstoffgehalt der Materialien bei Herstellung, Transport, Einbau, Wartung und Entsorgung mit ein.

Toxizität

Manche Materialien, die früher in großem Umfang verwendet wurden, werden heute wegen ihrer Toxizität nicht mehr eingesetzt. Asbestprodukte, Holzschutzmittel und Formaldehyd sind nur einige Beispiele. Die toxische Wirkung eines Materials hängt von der Konzentration ab. Werden die Grenzwerte für einzelne Schadstoffe nicht überschritten, so können sich durch Kombination verschiedener Materialien dennoch kritische Dosen entwickeln.

Abfälle

In Deutschland stammen 60 % aller Abfälle aus dem Bauwesen. Bei Neubau, Umbau oder Abriß fallen jedes Jahr ca. 125 Millionen Tonnen Baureststoffe an. Dieses Problem ist durch eine ökologisch ausgerichtete Neubauplanung am besten in den Griff zu bekommen.

Wiederverwendung von Baustoffen

Eine Trennung der verwendeten Materialien ist Grundvoraussetzung für jede Art der Wiederverwendung oder für den kostengünstigen Rückbau. Gebäude werden in Zukunft nicht mehr einfach mit einer Birne abgerissen werden können. Die entstehenden Kosten durch Abnahmegebühren sind, auch bei ansatzweiser Trennung, zu hoch. Durch gezielten Rückbau eines Altbaus können die anfallenden Kosten durch Wiederverwendung noch intakter Bauteile, Verwertung von Rohstoffen und Abgabe sortierter Abfallstoffe verringert werden. Ein Beispiel in Leonberg bei Stuttgart hat gezeigt, daß die Abfallmenge um 90 % gesenkt werden kann [Andrä 1994.1]. Probleme bei neueren Bauten treten durch die weitverbreitete Anwendung von Verbundstoffen auf, die eine nachträgliche Trennung schwierig oder unmöglich machen. Nach der Trennung müssen natürlich auch Möglichkeiten zur Wiederverwertung der gewonnenen Materialien gefunden werden.

Da zwischen Neubau und Abbruch meist mehrere Jahrzehnte und oft einige Besitzerwechsel liegen, wurden diese Überlegungen bisher kaum in die Planung mit einbezogen. Im Vergleich zur Automobilindustrie, wo Recycling schon länger ein Thema ist, befindet sich die Bauindustrie noch in den Anfängen. Das Stuttgarter Ingenieurbüro Leonhardt, Andrä und Partner hat dafür im Rahmen eines Forschungsvorhabens des Umweltministeriums des Landes Baden-Württemberg Versuche mit einer neuartigen Schalenbauweise unter Verwendung eines hohen Anteils an Recyclingmaterial gemacht [Andrä 1994.2].

Abfall entsteht durch Austausch von Materialien, Verschleiß, Alterung, geänderte Gesetzgebung, neue technische Vorschriften oder wechselnde ästhetische Vorstellungen der Nutzer. Hochwertige Materialien und technisch richtiger Einbau verlängern die Nutzungsdauer von Materialien und vermindern so die Abfallmenge. Muß dennoch ein Tausch vorgenommen werden, sollte dieser so leicht als möglich durchführbar sein. Konstruktive Trennung, z. B. Aufputzleitungen und Vermeidung von Verbundwerkstoffen, sind ebenso sinnvoll wie die Reversibilität von Verbindungsmitteln.

2.4 Betrieb

Der Betrieb eines Gebäudes sollte die Nutzung unterstützen und die Fähigkeiten des Gebäudes in den Dienst des Nutzers stellen. Der Betrieb sollte störungsfrei ablaufen und keine Folgekosten durch Nutzungsbeeinträchtigungen und -ausfälle verursachen. Aus Kosten- und Umweltgründen sollten die Anlagen auf die Energieeinsparung optimiert werden.

Energiehaushalt optimieren!

Fast alle Entwurfsentscheidungen beeinflussen den Energiehaushalt des Gebäudes. Nach der Fertigstellung können viele Faktoren nicht mehr beeinflußt werden. Die Anforderungen an den Gebäudebetrieb sollten mit minimalem Aufwand erfüllt werden. Der Einstellung der haustechnischen Anlagen kommt dabei eine entscheidende Rolle zu. Hier besteht ein Interessenkonflikt zwischen Bauherr und ausführender Firma. Die Optimierung der Anlagen ist ein zeitaufwendiger Vorgang. Der Vorteil liegt allerdings allein beim Nutzer. Folglich sinkt das Interesse der ausführenden Firmen nach dem Einbau schnell. Einige Unternehmen mit großem Immobilienbesitz haben dieses Problem erkannt und beschäftigen aus diesem Grund eigene Ingenieure, die alle firmeneigenen haustechnischen Anlagen optimieren. Beim Bürozentrum in Essen-Bredeney wurde nach der abschließenden Übergabe des Herstellers in zweiwöchiger Arbeit eine zusätzliche Energieeinsparung von 15 % erzielt.

2.4.1 Wartung und Instandhaltung

Kosten

Von den jährlichen Raumkosten entfallen 21 % auf Wartung und Instandhaltung. Der Anteil ist vergleichsweise hoch, bedenkt man, daß er ein Drittel der jährlichen Bau- und Kapitalkosten ausmacht. Kostensenkungsmaßnahmen sollten zunächst darauf ausgerichtet sein, die Zahl der personalintensiv zu wartenden Bauteile zu senken und, wo Wartung und Instandhaltung unvermeidbar sind, diese einfach und ohne Störung des Betriebsablaufes durchzuführen. Die tatsächlich anfallenden Kosten durch den entstehenden Nutzungsausfall und die Personalkosten können beträchtlich sein. Dies führte dazu, Gebäudebestandteile nach ihrer Lebensdauer einzuteilen. Die Baukonstruk-

Abb. 106: Befahranlage Cannon Street Project, London (Quelle: Claus Fischer, Lauffen a. N.)

tion hat eine Nutzungsdauer von 50 bis 70 Jahren. Wird die Konstruktion fachgerecht ausgeführt, kann sie meist sogar noch länger bestehen. Der technische Ausbau altert wesentlich schneller und ist meist schon nach ca. 15 Jahren austauschbedürftig. Innenausbauten und Arbeitsplatzausstattungen werden durchschnittlich alle 5 bis 7 Jahre erneuert [DEGW]. Gute Planung berücksichtigt bei dem Zusammenfügen der Bauteile die Lebensdauer und ermöglicht eine gute Zugänglichkeit häufig zu wartender Bauteile und einen unabhängigen Aus- und Einbau.

2.4.2 Gebäudeautomation

Haustechnikgruppen

Unter einer Gebäudeautomation versteht man miteinander verbundene Haustechnikgruppen. Darunter fallen sowohl die Gebäudesicherheitssysteme als auch die Personensicherheitssysteme. Man unterscheidet Verbindungen, die in der Lage sind, Daten zu melden, und solche, die melden und empfangen können. Üblicherweise wird das wichtigste System als Gebäudeleitsystem ausgewählt. Die Gebäudeautomation kann so weit gehen, daß ein Meß-, Steuer- und Regelkreislauf geschlossen wird. In diesem Fall kann das Gebäude nach vorher eingestellten Richtwerten selbständig auf Umwelteinflüsse reagieren. Die Fähigkeit von integrierten Haustechnikgruppen kann über das Facility-Management dem Nutzer zur Verfügung gestellt werden.

Systemlayout

Wie das System im einzelnen aussieht, wie viele Haustechnikgruppen notwendig sind, welche Systeme dominant sein müssen und welches System die Gesamtkoordination übernimmt, muß auf den Einzelfall abgestimmt werden. Für das Systemlayout ist wichtig, welche Kompetenzen die Anlagenautomation erhält und wie weit die Mitarbeiter Einfluß auf die Gebäudesteuerung nehmen können.

Informationssystem

Ein Informationssystem kann an die Gebäudeautomation angegliedert sein. Dieses System hat die Aufgabe, dem zentralen Facility-Management Zustandsinformationen der einzelnen Haustechnikgruppen zur Verfügung zu stellen. Es soll eine Momentaufnahme des Gebäudes erstellen. Mögliche Informationen sind die Aufzugspositionen, die Geschwindigkeit und der Zustand der Rolltreppen, Daten zu Fördersystemen oder Informationen aus dem Parkleitsystem. Eine Protokollfunktion speichert die gebäudetechnischen Werte.

Das Informationssystem kann genutzt werden, um Energie einzusparen. Bei der neuen Commerzbank in Frankfurt befinden sich in jedem Büroraum Bewegungsmelder. Die Beleuchtung wird automatisch ausgeschaltet, wenn in einem Raum über eine längere Zeit keine Bewegung registriert wird.

2.4.3 Gebäudesicherheit

Gebäudesicherheit hat zum Ziel, Informationen und Gegenstände im Gebäude vor dem Zugriff unberechtigter Nutzer zu schützen, und unterscheidet sich von der Personensicherheit.

Zugangskontrolle

Sicherheitskonzepte beruhen in der Regel auf dem Prinzip, den Zugang zu einem Gebäude an möglichst wenigen Stellen zu ermöglichen. An den Eingängen werden wirkungsvolle Sicherheitssysteme installiert. Zugangstüren werden mit elektronischen Lesegeräten ausgestattet. Die Benutzer müssen sich mit Karten, durch Eingabe eines Codes usw. ausweisen. Die Qualität solcher Systeme, bei denen die Identifizierung nicht direkt mit dem Menschen gekoppelt ist, hängt von der vertrauensvollen Handhabung durch die Mitarbeiter ab. Neuere Systeme benutzen die persönlichen Merkmale eines Menschen wie die Stimme oder die Hand zur Identifikation. An ein Zutrittskontrollsystem kann ein automatisches Zeiterfassungssystem gekoppelt werden. Nicht alles technisch Machbare kann in die Praxis umgesetzt werden. Mitarbeitervertretungen lehnen diese Form der Erfassung häufig aus Angst vor zu rigoroser Überwachung ab. In Zukunft wird der Trend zu erfolgsorientiertem Arbeiten den Bedarf an Zeiterfassungssystemen verringern.

Zeiterfassungssysteme

Einbruchsmeldesystem

Fenster stellen weitere Schwachstellen des Gebäudes dar. Aus diesem Grund kann ein Einbruchmeldesystem an den Fenstern angebracht werden, das bei Beschädigung ein Signal auslöst. Im Bürozentrum Essen-Bredeney wurden Erdgeschoß und erstes Obergeschoß vollständig mit dem System ausgestattet. Im Fenster können ebenfalls noch Kontakte vorhanden sein, die beim Öffnen eine Unterbrechung der Klimatisierung auslösen und eine Zustandsinformation liefern.

Verbindung mit Klimatisierungssteuerung

Videoüberwachung

Um Eingänge, Flure oder größere Außenbereiche zu kontrollieren, haben sich Videoüberwachungssysteme als am wirkungsvollsten erwiesen. Die Qualität des Systems hängt wesentlich davon ab, wie gewissenhaft die Monitore überwacht werden.

2.4.4 Elektroinstallation

Die Aufgabe der Elektroinstallation in einem Gebäude besteht darin, Strom für die Verbraucher dort bereitzustellen, wo er benötigt wird. Weitere Funktionen können Verbrauchserfassung und Fernsteuerung sein. Man unterscheidet eingebaute Verbraucher wie Beleuchtung oder Steuerungsmotoren und mobile Verbraucher, die über Steckdosen angeschlossen werden. Darunter fallen die meisten Bürogeräte und die Arbeitsplatzbeleuchtung.

Abb. 107: Elektroinstallation

Notstromversorgung

Die große Menge der elektrischen Bürogeräte, insbesondere die Datenspeicherung, macht das Gebäude für einen Stromausfall anfällig. Eine kurzzeitige Notstromversorgung sollte den Mitarbeitern die Möglichkeit einräumen, die bearbeiteten Daten zu speichern.

Die Planung der Elektroinstallation muß die zukünftig benötigten Leitungsmengen und mögliche Verbrauchsorte beinhalten. Aufgrund der Annahmen muß ein Installationsraum geschaffen werden, der die Anforderungen erfüllt, den Raumtyp berücksichtigt und später einen problemlosen Zugriff zu Wartungszwecken ermöglicht. Je nach Installationssystem werden die Leitungen für die Elektroinstallation und die Informations- und Kommunikationstechnologie in einem gemeinsamen System geführt.

Brüstungskanäle

Zellenbüros mit geringer Installationsdichte und geringer Raumtiefe können über einen Brüstungskanal versorgt werden. Die mögliche Versorgungstiefe beträgt nur 1 bis 2 m, bei tieferen Büros sind zusätzliche Leitungen notwendig. Aufmerksamkeit ist Durchstoßpunkten in den Trennwänden zwischen zwei Büros zu schenken, die bei falscher Ausführung eine Schallbrücke bilden können.

Hohlraumboden

Eine Alternative stellen Unterflursysteme dar. Sie bieten die Möglichkeit, größere Raumtiefen zu erschließen, und gliedern sich in Kanalsysteme, Hohlraumböden und Doppelböden. Höher installierte Zellenbüros werden häufig mit einer Kombination aus Hohlraumboden und Kanalsystemen versorgt. Im Flurbereich sorgt der Hohlraumboden für die Hauptversorgung. Bei großer Belastung kann auch ein Doppelboden verwendet werden. Mit Stichkanälen werden die einzelnen Zellen erschlossen. Hohlraumböden haben eine Höhe von 8 bis 15 cm. Die Nachinstallation ist aber beschränkt, und bei undisziplinierter Vorgehensweise besteht die Gefahr eines Installationschaos.

Doppelboden

Die flexibelste und leistungsfähigste Lösung ist der Doppelboden. Er hat meist eine Höhe von 15 bis 50 cm. Außer den Leistungen für Informations- und Kommunikationstechnologie können bei entsprechender Höhe in den Doppelböden auch Gas, Wasser oder Luftleitungen geführt werden. Sehr große Flächen von weit über 1.000 m^2 können nur noch mit einem Doppelboden problemlos erschlossen werden. Die Nachteile liegen in den primären Kosten durch die Anschaffung, den nicht zu vernachlässigenden sekundären Kosten durch die größere Geschoßhöhe und durch mögliche hygienische Probleme nach dem Einbau.

Sternförmiges Erschließungssystem

Das sternförmige Erschließungsnetz ist bis heute das in Deutschland am weitesten verbreitete Installationssystem für die Elektroinstallation. Alle Einheiten sind einzeln mit dem zentralen Verteiler verbunden. Nachträgliche Erweiterungen verlangen einen Anschluß an den Verteiler. Beim Verwaltungsgebäude in Leinfelden-Echterdingen beträgt die Kabellänge von manchen Punkten im Gebäude zum nächsten Verteiler 75 m. Für einen neuen Anschluß müßten zahlreiche Fußbodenkanäle aufgedeckt, Steigleitungen eingefädelt und Deckenelemente heruntergenommen werden. Die Anschlußarbeiten sind durch den hohen Aufwand und die damit verbundene Störung des Büroablaufs in zweifacher Weise kostspielig.

Bus-Systeme

Bus-Systeme vermeiden dieses Problem. Verteiler ist nicht mehr ein zentraler Punkt, sondern eine Ringleitung, die sich beispielsweise unter der Decke befinden kann. Der Regelkreislauf für Steuersignale und Energiezufuhr wird in zwei Kreisläufe getrennt. Neue Verbraucher werden nur noch an der nächstgelegenen Stelle des Rings eingehängt und elektronisch angemeldet. Große Einsparungen beim Verkabelungsaufwand sind die Folge.

Besonders rentabel ist ein Bus-System dann, wenn häufige Veränderungen an der Elektroinstallation vorgenommen werden. Beim Versetzen und Herausnehmen von Trennwänden muß die Schaltung der Deckenbeleuchtung an den neuen Raumzuschnitt angepaßt werden. Werden zwei Zellenbüros zu einem Mehrpersonenbüro zusammengefaßt, soll die Deckenbeleuchtung mit einem Lichtschalter kontrollierbar sein. Bei einem Bus-System sind Sensoren, z.B. Lichtschalter und Aktoren, z.B. Deckenbeleuchtungen, nur elektronisch miteinander verbunden.

Kombination von Sensoren und Aktoren

Der Zusammenhang kann elektronisch umprogrammiert werden, ohne daß ein einziges Stromkabel neu gelegt werden muß. In gleicher Weise kann die Jalousiesteuerung angepaßt werden. Auch die Verbrauchserfassung kann problemlos umgestellt werden, wenn Teilflächen beispielsweise wegen Vermietung getrennt berechnet werden sollen.

3 Facility-Management

Für den Betrieb eines Intelligent Office ist die Transparenz der Daten ein wichtiges Instrument für Entscheidungen. Die notwendigen Daten kommen zum einen vom Gebäude und dessen Betrieb, zum anderen von den Nutzern des Gebäudes mit ihren spezifischen Nutzerprozessen.

3.1 Definition Facility-Management

Die Anbieter von FM-Leistungen haben sich sowohl international als auch national zu Verbänden zusammengeschlossen. Eine ihrer Aufgaben in der Anfangsphase war es, den Begriff FM exakt zu definieren. Hier zwei Definitionen nach Neumann:

Die amerikanische Definition [United States Library of Congress 1988, Neumann]:

Amerikanische Definition

»FM ist die Praxis, den physischen Arbeitsplatz mit den Menschen und der Arbeit der Organisation zu koordinieren. FM integriert dabei die Grundlagen der wirtschaftlichen Betriebsführung, der Architektur und der Verhaltens- und Ingenieurwissenschaften.«

Definition der Euro-Facility-Management [Neumann]:

Europäische Definition

»FM ist der ganzheitliche strategische Rahmen für koordinierte Programme, um Gebäude, ihre Subsysteme und Inhalte kontinuierlich bereitzustellen, funktionsfähig zu halten und an die wechselnden Bedürfnisse anzupassen.«

Beide Definitionen erstrecken sich auf Gebäude und Nutzer. In der Praxis zeigt sich, daß die Gebäudedaten präsent und aktuell greifbar sind. Die geometrischen Daten werden über CAD erfaßt, und die numerischen Daten liegen beispielsweise über Raumbücher in Datenbanken bereit. Hier liegen die Schwerpunkte der auf dem Markt befindlichen FM-Programme.

Die nutzerbezogenen Daten sind meist nur eingeschränkt bekannt. Während die groben Kostenblöcke (Personal, Anschaffungen, Verbrauch usw.) bereits hinreichend transparent zur Verfügung stehen, haben nur die wenigsten Bürobetreiber ihre eigentlichen Prozesse und Wertschöpfungsstufen erfaßt. Werkzeuge hierfür sind die Programme für das Workflow-Management und betriebswirtschaftliche Software.

3.2 Facility-Management und Unternehmenskultur

In den Gebäuden eines Unternehmens sind häufig erhebliche finanzielle Mittel des Unternehmens gebunden. Diese Mittel stehen für Investitionen im produktiven Bereich des Unternehmens nicht zur Verfügung. Ziel des FM ist es, durch das Schaffen einer transparenten Datenhaltung sämtliche Vorgänge im und am Gebäude zu erfassen und die Informationen - im Idealfall - online zur Verfügung zu stellen. Mit diesen Informationen können die Kosten, die mit verschiedenen Vorgängen verbunden sind, identifiziert werden. Die Rendite der einzelnen Investitionen kann erfaßt und die strategische Planung darauf aufgebaut werden.

FM wirkt als Schnittstelle zwischen Nutzer und Gebäude. Es unterstützt den Betreiber bei der Verwaltung und Bewirtschaftung. Der Nutzer erhält Vorteile im Betrieb des Gebäudes und bei der Planung von Veränderungen. Richtig eingesetzt, bringt FM eine Kostenreduktion bei gleichzeitiger Optimierung der Gebäudenutzung.

Langfristige FM-Strategie

FM lebt von der Qualität der Daten. Bereits bei der Konzeptionierung eines FM muß klar sein, welche Daten in welchem Detaillierungsgrad für welchen Zweck notwendig sind. Dies erfordert Entscheidungen auf der Ebene der Unternehmensleitung. Sie muß bestimmen, welche langfristige Strategie in der Gebäudebewirtschaftung verfolgt werden soll. Es kann durchaus sein, daß die Entscheidung über die Einführung eines FM erstmals solche Überlegungen auf Unternehmensseite auslöst. In der Konsequenz kann die Einführung eines FM mit einer Neubetrachtung der betrieblichen Immobilien verbunden sein.

Aktualisierung des Datenbestandes

Das FM muß die notwendigen Daten auf Abruf zur Verfügung stellen. Sämtliche Veränderungen müssen zeitgleich in den Zeichnungen und Datenbanken erfaßt werden, um die notwendige Konsistenz der Datenhaltung zu gewährleisten. Ein Teil der Daten kann direkt über die Informationssysteme der Gebäudeautomation gewonnen werden. Umbauten dagegen müssen von Hand in den Zeichnungen geändert werden. Das setzt die Mitarbeit der betroffenen Personen im Unternehmen voraus.

Zentrale Verankerung von FM

Diese wechselseitigen Informationsprozesse müssen durch das Management und die Unternehmenskultur unterstützt werden. Es empfiehlt sich meist, das FM in der Unternehmensorganisation an zentraler Stelle zu verankern.

3.3 Werkzeuge des Facility-Managements

Die Integration von Informations- und Kommunikationstechnologie und Gebäudeautomation stellt die technische Grundlage für FM dar. Man spricht auch von »Computer-aided Facility-Management« (CAFM) und verweist damit auf den unverzichtbaren Einsatz von Computern. Für das Betreiben von FM steht eine Reihe von EDV-Programmen zur Verfügung. FM-Programme stützen sich auf eine kombinierte Verwaltung geometrischer und nicht geometrischer Daten über zentrale Datenbanksysteme. Die geometrischen Daten umfassen Grundriß- und Schnittzeichnungen, Ansichten und eventuell auch dreidimensionale Darstellungen.

Geometrische Daten zu haustechnischen Anlagen und Leitungen

Es sind Daten über die Lage und Form von bautechnischen Anlagen und deren Leitungen und Schnittstellen erforderlich. Nach der Fertigstellung des Gebäudes können die aktualisierten Pläne im Idealfall direkt aus den CAD-Systemen der Architekten und Fachingenieure übernommen werden. Bei der Ausschreibung von Planungsleistungen sollten die Datenformate und Details wie Layer-Belegungen eindeutig definiert sein.

Nicht geometrische Daten zu Ausstattung, Möbeln, Geräten

Im Raumbuch werden die nicht geometrischen Daten erfaßt. Es enthält die technische Ausstattung, die Möbelbestückung, Gerätekonfigurationen und deren Wartungstermine, Verbrauchsdaten und Kostenstellenzuordnungen.

Es genügt nicht, diese Daten einmal zu erstellen. Der Nutzen des Systems hängt von der Aktualität der Daten ab. Über die in den Gebäuden liegenden Netze für die Gebäudeautomation können nicht nur Steuerbefehle für Beleuchtung oder Klimatisierung gegeben werden. Sie können auch den aktuellen Zustand oder die Verbräuche an das CAFM weiterleiten.

Schwachstellensuche

Die bereitgestellten Daten können vom FM auf die Fehlerhäufigkeit einzelner Komponenten und Anlagen hin analysiert werden. Durch ständige Kontrolle können Schwachstellen leichter identifiziert und Verbesserungen vorgenommen werden. Durch die Datenerfassung kann Energie eingespart werden. Bei geringer Beanspruchung können Rolltreppen mit verminderter Geschwindigkeit laufen, oder in Räumen, in denen sich viele Menschen befinden, kann die Heizung zurückgefahren werden.

Energieeinsparung

Die Ermittlung von Verbrauchsspitzen aus den Datenbeständen macht es möglich, Heiz- und Kühlsysteme auf die Reduzierung dieser Spitzen hin zu optimieren. Da sich die Tarife in Energieversorgungsverträgen häufig an den Verbrauchsspitzen orientieren, besteht die Möglichkeit, in eine günstigere Tarifstufe zu gelangen. Betriebsverbräuche und Betriebskosten können übersichtlicher und verständlicher im Zusammenhang dargestellt und zur Optimierung des Gesamtbetriebs genutzt werden.

Koordination der Wartung und Instandhaltung

Wartungs- und Instandhaltungsarbeiten können besser koordiniert werden. Ein zeitsparendes Vorgehen ist möglich, weil Wartungstermine und Gerätestandorte dem FM bekannt sind und automatisch gemeldet werden. Betriebsstörungen und Schadensfälle werden sofort gemeldet und können schnell behoben werden. Beispielsweise stellen Kontakte an Fenstern Zustandsdaten der Fassade bereit. Nach Arbeitsschluß muß niemand mehr in allen Räumen prüfen, ob die Fenster geschlossen sind. Offene Fenster werden elektronisch erkannt und können direkt aufgesucht werden.

Unterstützung der Nutzung

FM kann die Nutzungsabläufe in einem Gebäude unterstützen. Es stellt dem Nutzer die Gebäudefunktionen zur Verfügung. Das Buchen eines Konferenzraumes beschränkt sich dann nicht mehr nur auf die Eintragung im Terminkalender. Das FM regelt die Klimatechnik mit entsprechender Vorlaufzeit. Niemand ist mehr auf Kernarbeitszeiten festgelegt. Mit Hilfe von FM werden Leistungen, wenn nötig, auch nach Mitternacht zur Verfügung gestellt. Wichtig wird diese Fähigkeit vor allem dann, wenn mehrere Mieter ein Gebäude nutzen. Da die Anlagen so besser ausgenutzt werden können, sinken die Kosten für alle Beteiligten. Gleichzeitig können die tatsächlichen Verbräuche individuell abgerechnet werden.

3.4 Integriertes Facility-Management

Aus der Erkenntnis heraus, daß bei einer rein gebäudebezogenen Betrachtung des Facility-Managements eine Reihe von Defiziten entsteht, wird im folgenden ein Konzept vorgeschlagen, das die externen, gebäudebezogenen Aspekte und die internen, nutzerbezogenen Aspekte integriert.

3.4.1 Ansatz

Das bisherige FM im Sinne eines Gebäudeinformationssystems kann den Anforderungen aus dem Gesamtsystem Gebäude – Nutzer nicht gerecht werden. Einen weiter gehenden Ansatz stellt das integrierte Facility-Management (IFM) dar. In ihm wird sowohl das Gebäude als auch der Nutzer mit seinen Abläufen, internen Strukturen der Leistungserstellung, Kostenpositionen usw. berücksichtigt.

Gebäude = Objekt
Nutzung = Projekt

In einem grundsätzlich anderen Ansatz wird dem Gebäude selbst kein Projektcharakter, sondern ein Objektcharakter zugewiesen. Die einzelnen Nutzungsperioden des Gebäudes mit ihren definierten Zielen und Laufzeiten haben dagegen die Eigenschaften eines Projektes.

3.4.2 Die EDV-Struktur

Produktionsprozesse per Computer gesteuert

Für den Büro- und Verwaltungsbereich werden verschiedene Programmpakete zur Strukturierung und Optimierung von Geschäftsprozessen und Unternehmensabläufen angeboten. Mit ihnen gelingt es, die Vielzahl der anfallenden Daten zu handhaben. Diese Programme sind teilweise bereits an die Produktionsprozesse im direkten Bereich, den Fabriken, angebunden. Was liegt näher, als die vorhandenen EDV-Bausteine aus den Bereichen FM und Geschäftsprozesse miteinander zu kombinieren, um permanent einen Überblick über das Gesamtsystem im Sinne eines IFM zu haben?

Zu dem Gesamtsystem gehören drei informationstechnische Modelle [Rose]:

Statisches Modell

1. das statische Modell mit den prinzipiell unveränderlichen Gebäudebestandteilen wie Gebäudestruktur, Erschließungskerne, Primär- und teilweise Sekundärraster

Dynamisches Modell

2. das dynamische Modell mit den veränderbaren Parametern des Gebäudes wie der Position der Trennwände, Ausbauarten, EDV-Strukturen, Kostenstellen

Administratives Modell

3. das administrative Modell, das zwei Felder abdeckt – zum einen die eigentliche Gebäudeverwaltung und zum anderen die strukturellen Prozesse der Ablauforganisation des Nutzers. Hierzu gehören auch die Schnittstellen zwischen diesen beiden Bereichen.

Integration der Datenbanken

Allen drei Modellen liegt meist eine Datenbank zugrunde. Die Daten der drei Datenbanken werden entweder in einer Gesamtdatenbank zusammengefaßt oder über Schnittstellen verfügbar gemacht. Dies bildet den Kern des Programmsystems. Durch die Integration in eine objektorientierte Datenbank wird gewährleistet, daß die Datenmenge auf einen einfachen Datensatz begrenzt bleibt und Doppeleingaben entfallen. Neue Programmteile können angekoppelt und Veränderungen in einem Modell gleich mit ihren Konsequenzen in den anderen Modellen abgebildet werden.

Der Informationsfluß vom Gebäude zum Nutzer und umgekehrt wird über das IFM geregelt. Der Informationsfluß ist für den Normalbetrieb und bei Störungen identisch. Ursachen für Störungen können z. B. auf Gebäudeseite Feuer, Einbruch oder der Ausfall von Systemen, auf Nutzerseite Veränderungen in den Arbeitsabläufen, Arbeitsmitteln oder in der Anzahl der Mitarbeiter sein. Die Konsequenzen für das Gesamtsystem werden sofort erfaßt, so daß wichtige Entscheidungsgrundlagen schnell geschaffen werden [Bauer 1996].

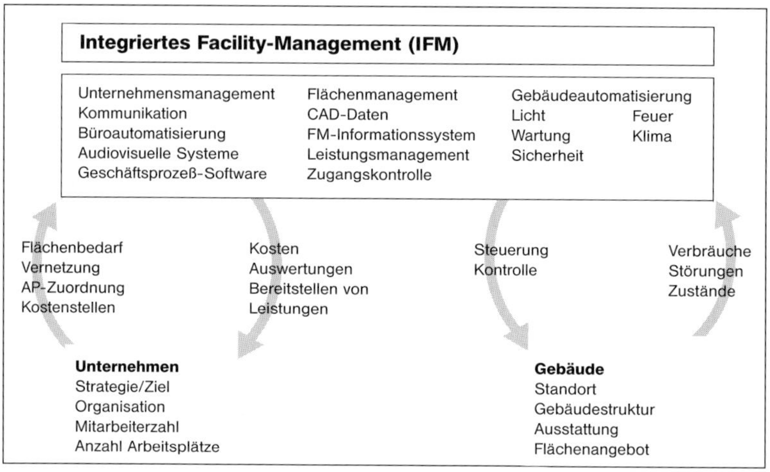

Abb. 108: Integriertes Facility-Management (IFM)

Modularität des Programmsystems schafft Flexibilität

Wichtig bei diesem System sind die Modularität und die Offenheit der einzelnen Programmkomponenten. Nicht für jeden Nutzer wird es sich lohnen, übergangslos in das Gesamtpaket einzusteigen. Die Einführung eines solchen Programmsystems wird mehr einem »Hineinwachsen« über mehrere Stufen über einen längeren Zeitraum ähneln.

Einstieg in das System

Viele Unternehmen arbeiten zwar bereits an FM für die Immobilienbewirtschaftung, jedoch noch nicht in diesem modellhaften Sinn an ihren eigentlichen Geschäftsprozessen und Abläufen. Für die einzelnen Programmodule sollte auf bereits auf dem Markt vorhandene und bereits bei den Unternehmen installierte Programme zurückgegriffen werden, die die notwendigen Funktionen zur Verfügung stellen. Damit wird sichergestellt, daß für Teilaspekte bewährte Lösungen übernommen und die Kosten niedrig gehalten werden. Permanente Fortschreibung und Ergänzung der einzelnen anwendungsspezifischen Programmkomponenten muß möglich sein.

3.4.3 Das Internet

EDV-gestützte Wartungsarbeiten

Die Kommunikation unter den Unternehmen, die an der Bewirtschaftung eines Gebäudes planend oder ausführend beteiligt sind, ist bereits heute teilweise stark EDV-gestützt. Wartungsarbeiten an Steuerungen gebäudetechnischer Anlagen können oft über eine Telefonleitung erledigt werden, ohne daß ein Techniker vor Ort sein muß. Genauso kann das Gebäudesystem von einem externen Dienstleister kontinuierlich überwacht werden, so daß Störungen frühzeitig entdeckt werden können.

Standardisierung des Datenaustausches

Durch die gestiegene Leistungsfähigkeit der Datenübertragung und die Einführung einheitlicher Datenaustauschformate, wie sie in der STEP2-DBS-Konvention beschrieben werden, wird die Zusammenarbeit aller am Bau und der Nutzung von Gebäuden beteiligten Unternehmen drastisch verbessert. Aktuelle Forschungsprojekte aus dem ESPRIT-Programm der EG zeigen hier bereits beeindruckende Resultate. So wurde das Projekt COMBI (Computer Oriented Product Model for the Building Industry) realisiert, mit dem Expertensysteme und Datenbanken aus dem Bauwesen auf eine gemeinsame Plattform für den Datenaustausch aufgesetzt werden können [Scherer].

Internet

Das IFM mit seinem offenen Ansatz bietet sich auch für die Nutzung im Internet an. Gebäude können ihre eigene Homepage haben, auf die berechtigte Nutzer nach der Eingabe eines Codewortes zurückgreifen können. Die Gebäudeinformationen stehen dann online zur Verfügung.

Nutzerspezifische Darstellungsmodelle

Zusammen mit erweiterten Darstellungsmöglichkeiten für komplexe Datensysteme, wie sie beispielsweise die virtuelle Realität bietet, lassen sich für jede Nutzergruppe geeignete Darstellungsmodelle finden [Riedel]. Während beispielsweise der Betriebsorganisator Raumflächen und Belegungen sehen möchte, stehen für Architekten eher Volumenmodelle und Oberflächen der Bauteile im Vordergrund.

3.5 Servicekonzepte

Serviceangebote ergänzen die reine Fläche

Die Bürobetreiber erkennen immer mehr das Gesamtpaket an Leistungen, das neben ihrer eigentlichen Geschäftstätigkeit für das Büro notwendig ist. Dazu gehören beispielsweise die Wartung von technischen Geräten, etwa von Kopierern und Druckern, die Reinigung der Räume, die Beschaffung von Büromaterial, aber auch die Abrechnung der tatsächlichen Verbräuche von Gas und Strom, die Beschaffung von Reiseunterlagen, die Erstellung von Werbematerial, das Betreiben eines Web-Servers, das Least-Cost-Routing für Telefongespräche und Datenaustausch usw. Kleine oder mittlere Unternehmen bekommen selten die vorteilhaften Konditionen eines Großabnehmers. Durch die Zusammenfassung der Kaufkraft aller Gebäudenutzer kann jedoch der Gebäudebetreiber im Auftrag der Nutzer einen Großkundenstatus erhalten und die günstigeren Preise an sie weitergeben. Bei Anmietungen für kurze Zeiträume bis zu einem Jahr lassen sich durch die Nutzung von Serviceangeboten Einsparungen von über 30 % erzielen [Suzman].

Mitarbeiterbindung durch Serviceleistungen für den persönlichen Bereich

Die Unternehmen fordern von ihren Mitarbeitern hohe Leistungen und erkennen, daß diese hohe Leistungsbereitschaft auch durch die Erleichterung der alltäglichen Besorgungen gefördert werden kann. Wer beispielsweise sein Auto vor 18 Uhr in die Werkstatt bringen, Einkäufe erledigen oder das Hemd in die Reinigung bringen muß, kann schlecht bis in den Abend hinein im Büro bleiben. Junge Mütter oder Väter können besser an das Unternehmen gebunden werden, wenn Kinderbetreuungseinrichtungen zur Verfügung stehen.

Ansprechpartner für alle Leistungen

Es gibt ein weites Spektrum an Serviceangeboten, die mit dem Bürogebäude verbunden und innerhalb des IFM geregelt werden können. Die Nutzer haben den Vorteil, für alle Serviceleistungen nur mit *einem* Ansprechpartner verhandeln zu müssen und die Großkundenkonditionen in Anspruch nehmen zu können. Unternehmen und Mitarbeiter können sich aus dem Angebot die Services aussuchen, die sie benötigen und für die sie bereit sind zu bezahlen [Schuricht].

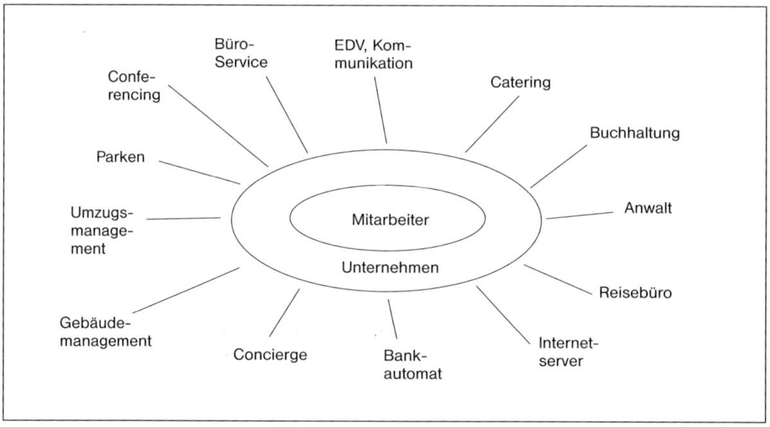

Abb. 109: Mögliche Serviceleistungen für das Büro

Serviceangebote als Marketinginstrument und neues Geschäftsfeld

Da die Nettomieten stark unter Druck sind, könnten Gebäudebetreiber sich durch die Serviceangebote ein neues Standbein aufbauen. Serviceangebote und das Anbieten von Büroflächen ergänzen sich synergetisch. Das Bürogebäude wird zusammen mit den Services zu einem hybriden Produkt, das die Bedürfnisse des Nutzers auf vielen Ebenen abdeckt.

3.6 Outsourcing

Häufig wird der Gebäudebetrieb von Unternehmen selbst durchgeführt. Mit zunehmendem Outsourcing von Randaktivitäten erkannte man, daß auch der Gebäudebetrieb nicht zu den Kernaufgaben der meisten

Unternehmen zählt. Durch das FM werden die Informationen zur Verfügung gestellt, die notwendig sind, um über ein mögliches Outsourcing dieser Leistungen zu entscheiden. Dabei muß häufig zwischen der angestrebten Rendite für das investierte Kapital und anderen Aspekten, wie z.B. schnellem Zugriff auf diese Leistungen, entschieden werden.

Externer IFM-Anbieter

Ein externer Leistungsanbieter wird sich um die Zufriedenheit seiner Kunden – der Büronutzer – mehr bemühen als ein interner Dienstleister. Der Vertrag mit dem externen Leistungsanbieter ist zeitlich befristet und kann unkompliziert gekündigt oder verlängert werden. Die Leistungsfähigkeit des externen Dienstleisters wird zudem höher sein, da der Tätigkeitsbereich zu seinen Kernkompetenzen zählt.

Beispiele

Im Rhein-Main-Gebiet wird heute bei ca. 50% aller Neubauten das Know-how für den technischen und kaufmännischen Gebäudebetrieb eingekauft. Im Vergleich zu Frankreich oder Großbritannien, wo der externe Gebäudebetrieb weit verbreitet ist, herrscht in Deutschland immer noch die Do-it-yourself-Mentalität [Wallerang]. Die IBM Deutschland hat dagegen das gesamte Gebäudemanagement für den Bereich Zentraleuropa an ein Unternehmen vergeben. Sie verspricht sich davon eine Kostenentlastung bei gleichzeitig gesteigerter Qualität [Gaudl]. Die Anbieter von FM-Leistungen setzen auf diesen Trend und erweitern ihr Leistungsangebot kontinuierlich.

4 Kosten

Alle genannten Anforderungen für das Intelligent Office müssen unter Kostengesichtspunkten bewertet und miteinander verglichen werden. Ausschlaggebend für eine Kostenbetrachtung ist die Frage nach dem Bezugspunkt. Eine Immobiliengesellschaft wird hauptsächlich an den Baukosten des Gebäudes interessiert sein. Ein Nutzer wird hingegen nach den Bürokosten fragen. Dazu gehören auch die indirekt oder später anfallenden Kosten, die nicht so leicht erfaßbar sind. Das Intelligent Office berücksichtigt die gesamten Bürokosten. Im folgenden Kapitel werden die einzelnen Kostenbegriffe beschrieben, im Zusammenhang dargestellt und abschließend beurteilt.

4.1 Baukosten

Die Kosten werden anhand von Kennzahlen wie Quadratmeter pro Mitarbeiter, Verhältnis von Nutzfläche zu Verkehrsfläche oder Größe des umbauten Raumes beurteilt. Diese harten Faktoren beschreiben den baulichen Aufwand, der betrieben werden muß, um für eine bestimmte Anzahl von Mitarbeitern Arbeitsplätze zu schaffen. Grundlage für diese Bewertung sind die Baukosten des Gebäudes.

Baukosten nach DIN 276

Die Baukostenangabe bezieht sich auf die gesamten Kosten im Hochbau, die die DIN 276 in der Fassung von 1993 festlegt. Mit ihrer Hilfe können die Baukosten bis ins Detail aufgeschlüsselt werden. Angegeben ist die durchschnittliche Verteilung der Kosten auf die einzelnen Hauptgruppen ohne Berücksichtigung der Kostengruppen für das Grundstück (100) und die Erschließung (200). Das Bauwerk allein, zusammengesetzt aus Baukonstruktionen und technischen Anlagen, macht 65 % aus. Baunebenkosten fallen mit 25 % an, Außenanlagen mit 6 % und Ausstattung und Kunstwerke mit 4 %.

Target Pricing

Der Investor wird seine Investitionskosten im Sinne des Target Pricing einem Zielpreis unterordnen. Dieser Zielpreis ist die Ertragskraft des Objektes, sei es in Form von regelmäßigen Einnahmen wie Miete oder Leasingraten oder als Verkaufspreis. In diesem Zielpreis sollte sein gesamter investiver Aufwand einschließlich eines Wagnis- und Gewinnzuschlages abgedeckt sein.

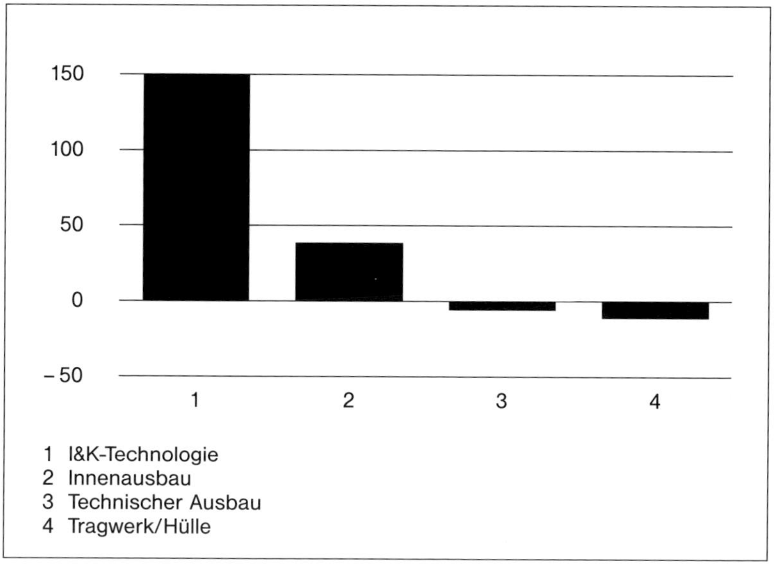

Abb. 110: Relative Veränderung der Baukostenanteile in der Zeit von 1980 bis 1990 (nach DEGW)

Um Einfluß auf die Kosten nehmen zu können, muß ein präzises und ständig aktualisiertes Kostengerüst geschaffen werden. Dies ist besonders zu Beginn des Projektes erforderlich, da schon während der Planungsphase die Einflußmöglichkeiten schnell abnehmen. Nach der Vorplanung bestehen noch $^3/_4$ der Eingriffsmöglichkeiten im Vergleich zum Projektbeginn, nach der Entwurfsplanung ist es nur noch $^1/_3$.

Nennenswert beeinflussen kann man die Kosten danach nur noch während der Vergabephase [Gottschalk 1994].

Die Baukosten haben in den letzten zehn Jahren Veränderungen erfahren, die durch neue Anforderungen an die Ausstattung und verbesserte Bauabläufe ausgelöst wurden. Den stärksten Anstieg hat die Informations- und Kommunikationstechnologie zu verzeichnen. Obwohl die Endgeräte preiswerter geworden sind, stiegen die Aufwendungen durch die wesentlich komplexeren und umfangreicheren Netze. Ebenfalls gestiegen sind die Ausgaben für die Innenausstattung. Gefallen sind sowohl die Kosten für technischen Ausbau als auch für Tragwerk und Fassade [Duffy 1992].

4.2 Raumkosten

Alle Kosten, die durch das Bereitstellen eines Gebäudes anfallen, werden als Raumkosten bezeichnet (Abb. 111). Die Baukosten machen 60 % der Raumkosten aus. 10 % der Raumkosten entfallen auf die innere und äußere Reinigung des Gebäudes. Mit 11 % können die Bauunterhaltungskosten angegeben werden. Wärme, Kälte, Luftversorgung, Beleuchtung und Wasser verursachen Kosten in Höhe von 19 % [Sommer]. Wartungsintensive und energieaufwendige technische Gebäudeausrüstung schlägt sich hier nieder.

»Zweite Miete«

Die Büronutzer sind sich dieser Zusammenhänge zusehends bewußt. Das Schlagwort der »zweiten Miete«, die meist höher ist als die erste Miete, wird häufig genannt. Oft erreichen diese Kosten innerhalb von zehn Jahren – dies entspricht ca. 20 % der Lebensdauer eines Gebäudes – die Höhe der Baukosten. Viele Gebäudebetreiber versuchen – nicht zuletzt durch den Einsatz von Facility-Management-Systemen und Outsourcing – die Raumkosten transparent zu halten und zu reduzieren.

4.3 Bürokosten

Bürokosten enthalten alle Kostengruppen

In dem Begriff der Bürokosten werden alle Kosten zusammengefaßt, die durch den Betrieb eines Büros anfallen. Es werden alle wesentlichen Kosteneinflüsse der Büronutzung berücksichtigt, Gebäude, Menschen, die im Gebäude arbeiten, und die Verbräuche, die durch die Nutzung verursacht werden. Den weitaus größten Anteil haben die Personalkosten. Sie betragen 80 % der Bürokosten. 12 % der Kosten entfallen auf die Bereiche Geräte, Kommunikation, Büromaterial, Möbel und sonstiges. Mit 8 % den kleinsten Anteil haben die Raumkosten, in denen die Kosten des Bauwerks enthalten sind [Sommer].

Kostentransparenz für Entscheidungsfindung

Diese Zusammenhänge werden im Planungsalltag häufig nicht erfaßt. Es ist bekannt, mit welchen Kosten das Entfernen einer Wand verbunden ist. Die wenigsten können den Schaden beziffern, der entsteht, wenn zwei Mitarbeiter, die bisher Einzelzimmer hatten, aufgrund geänderter Geschäftsprozesse plötzlich im Team zusammenarbeiten sollen und dieser Zusammenarbeit die Wand im Wege steht. Transparenz der Bürokosten ist als Grundlage für einen sicheren Entscheidungsprozeß unverzichtbar.

4.4 Ganzheitliche Kostenbetrachtung

Für viele Unternehmen, vor allem im Dienstleistungsbereich, ist das Büro der bedeutendste Kostenfaktor. Die Bürokosten stehen den Einkünften gegenüber und beeinflussen den Gewinn maßgeblich. Büroprojekte müssen deshalb anhand der Kosten bewertet werden. Sie setzen sich zusammen aus den Kosten für Mitarbeiter, Gebäude und Nutzung. Nur der Begriff der Bürokosten kann das Gesamtsystem erfassen und alle Einflüsse beschreiben.

Baukosten

Der Einfluß der Baukosten auf die Bürokosten ist gering, auch wenn sie als Gesamtsumme bei der Investitionsentscheidung oft im Mittelpunkt stehen. Sie stellen eine hohe Belastung dar, weil sie in ihrer Gesamtheit innerhalb der kurzen Planungs- und Bauzeit anfallen. Sie relativieren sich schnell bei der Betrachtung der Nutzungsdauer und der übrigen Komponenten der Bürokosten. Der Baukostenanteil an den Bürokosten liegt bei 5 %. Berücksichtigt man nur die Kostengruppe 300 und 400, die das Bauwerk beschreiben, sinkt der Anteil sogar auf 3 %. Eine Erhöhung der Baukosten um 10 % wirkt sich auf die jährlichen Raumkosten mit einer Steigerung von 0,5 % aus. Nach Sommer steht dem bei optimalen Arbeitsbedingungen aber ein vorsichtig geschätzter Produktionszuwachs von 5 bis 10 % gegenüber [Sommer].

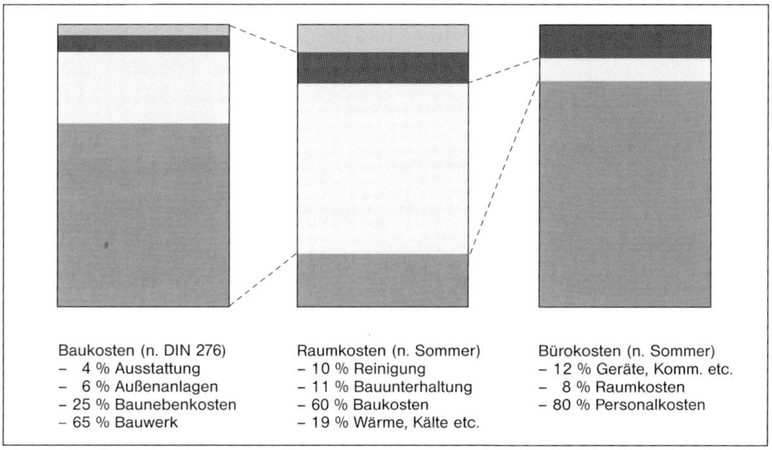

Abb. 111: Baukosten – Raumkosten – Bürokosten im Zusammenhang

Personalkosten

Die meisten Unternehmen beschreiben heute ihre Mitarbeiter als ihr »größtes Potential«. Gleichzeitig sind die Personalkosten die größte Kostenstelle. Angesichts von 80 % Personalkosten an den Bürokosten dürfen Einsparungen an den verbleibenden 20 % nicht dazu führen, daß sich die Arbeitsbedingungen für die Mitarbeiter verschlechtern. Wird leichtfertig die Beeinträchtigung der Produktivität der Mitarbeiter in Kauf genommen, um die Baukosten zu senken, besteht die Gefahr, den größten Teil der Ausgaben für das Büro uneffizient einzusetzen.

Die Produktivität kann z. B. durch die optimale Unterstützung der Geschäftsprozesse, die Motivation der Mitarbeiter und durch einen niedrigen Krankenstand positiv beeinflußt werden. Maßnahmen zur Kostenreduzierung können nur auf der Ebene der Bürokosten abschließend bewertet werden, wie verschiedene Beispiele aufzeigen sollen.

Das außenliegende System aus Lüftungskanälen beim Lloyd's Building in London beispielsweise verursacht erhöhte Bau- und Wartungskosten im Vergleich zu einem innenliegenden System. Einer der Vorteile der außenliegenden Installation liegt darin, daß Reparatur- und Umbauarbeiten kaum Störungen im Innenraum verursachen und bei laufendem Betrieb durchgeführt werden können.

Eine Stunde Arbeitsausfall aller 4.000 Mitarbeiter im Gebäude kostet ca. 250.000 DM (4.000 Mitarbeiter × 100.000 DM/Jahr : 210 Tage : 8 Stunden). Weitere Folgekosten sind darin nicht berücksichtigt. Die Gebäudetechnik kann Auswirkungen auf die Mitarbeiter und damit auf die Personalkosten haben. Die reine Betrachtung der Gebäudekosten läßt das genannte System unwirtschaftlich erscheinen. Die Bürokosten sind aber niedriger.

Baukosten contra Unterhaltskosten

Ein weiteres Beispiel zeigt den Weg, auf dem die Wirtschaftlichkeit von Investitionen in einen Neubau sich gegenüber einer einfacheren Ausstattung mit höheren Energiekosten überprüfen läßt. Ein besser wärmegedämmtes und damit teureres Gebäude verursacht einen Anstieg des Anteils der Baukosten an den Raumkosten auf über 60 %. Gleichzeitig sinkt der bisher 19%ige Anteil der Energie- und Wasserkosten. Liegt die Kostenverantwortung hier nicht in einer Hand, können die Investitionskosten zuungunsten der Unterhaltskosten verringert werden. Kurzfristige und mittelfristige Renditeerwartungen können im Widerspruch stehen.

Fahrtkosten

Ein für sich allein betrachtet sehr wirtschaftliches Bürogebäude kann täglich große Kosten verursachen, wenn es weit entfernt von den Wohnsitzen seiner Nutzer liegt. Die erhöhten Fahrtkosten werden nicht direkt vom Unternehmen aufgebracht. Je nach Arbeitsmarktlage kann es aber notwendig werden, den Nachteil durch erhöhte Gehaltszahlungen an die Mitarbeiter auszugleichen.

In der kurzen Zeit der Planungsphase werden die Entscheidungen getroffen, die die gesamte Nutzungsdauer eines Büroprojekts prägen. In Zahlen bedeutet das: Es werden zwar nur 5 % der Bürokosten in der Bauzeit ausgegeben, aber sie beeinflussen die restlichen 95 % der Bürokosten maßgeblich. Beim Neubau eines Gebäudes für 1.000 Mitarbeiter geht es nicht um ca. 100 Mio. DM Baukosten, sondern um weitere 1,9 Mrd. DM Kosten für Personal- und Gerätekosten. Vor diesem Hintergrund ist die überragende Bedeutung der Planung und eines ganzheitlichen Ansatzes, wie ihn das Intelligent Office verkörpert, offensichtlich.

Verhältnis der Planungskosen zu Bürokosten

In Deutschland regelt die Honorarordnung für Architekten und Ingenieure (HOAI) die Planungskosten. Der Anteil des Architektenhonorars liegt bei ca. 10 % der Baukosten, dies entspricht 0,3 % der Bürokosten. Entsprechend verursacht eine Honorarsteigerung um 20 % eine Zunahme der Bürokosten um weniger als 1 %. Diese Kosten sind vernachlässigbar gering im Vergleich zu möglichen Produktivitätssteigerungen des Gesamtsystems.

Kostensenkung durch Integration zukünftiger Entwicklungen

Eine überlegte Planung kann wesentlich zum Erfolg eines Büroprojekts beitragen. Sie kann Baukosten senken und spätere Umplanungen durch Integration zukünftiger Entwicklungen beispielsweise im Bereich der Informations- und Kommunikationstechnologie vermeiden. Zukünftige Einflüsse auf Büroprojekte entwickeln sich aus vielen unterschiedlichen Fachbereichen, die nicht mehr von einem einzigen Planer überblickt werden können.

Intelligent Office optimiert Bürokosten

Interdisziplinäre Planungsteams sind notwendig, um die Integration der Einflüsse zu garantieren. Das Intelligent Office fordert diese Interdisziplinarität. Es beurteilt Fragen vor dem Hintergrund des gesamten Lebenszyklus des Gebäudes und kann daraufhin die Bürokosten mittel- und langfristig optimieren.

Teil III

Ausblick: mit dem Intelligent Office ins nächste Jahrhundert

Teil III
Ausblick: mit dem Intelligent Office ins nächste Jahrhundert

Mit der Globalisierung und dem härteren Wettbewerb erhöht sich der Druck auf die Unternehmen, ihre Ressourcen produktiv einzusetzen. Die Arbeitsplätze müssen sich durch Veränderungen in der Organisation und Ausstattung zu High-Performance-Arbeitsplätzen entwickeln. Die Gebäude dürfen kein totes Kapital darstellen; sie sollen eine möglichst hohe Rendite erwirtschaften. Das Büro wird zunehmend nicht mehr durch das Bürogebäude, sondern durch die mit ihm verbundenen wertschöpfenden Prozesse repräsentiert.

Globalisierung

Die Umfeldbedingungen der Unternehmen sind im Zeitalter der Globalisierung durch starke Turbulenzen geprägt. Alle Indikatoren deuten darauf hin, daß diese Turbulenzen in Zukunft eher zu- als abnehmen werden.

Informations- und Kommunikationstechnologie

Eine besondere Dynamik hat die Entwicklung auf dem Gebiet der Informations- und Kommunikationstechnologie erhalten. Sowohl bei Kommunikationswegen als auch bei Hard- und Software finden dramatische Leistungssteigerungen statt. Zusammen mit dem starken Preisverfall ermöglichen sie es auch kleinen und mittleren Unternehmen, ihre Leistungen weltweit anzubieten.

Die Auswirkungen der Globalisierung und die Verschärfung des Wettbewerbs bedeuten für ein Unternehmen starken und anhaltenden Innovations- und Kostendruck. Es wird in Zukunft für immer weniger Unternehmen möglich sein, Kapital in Form von stillen Reserven, wie z.B. Immobilien, zu »parken«. Der finanzielle Druck wird es notwendig machen, Kapital produktiv zu investieren. Die Produktivität des gesamten Unternehmens muß gesteigert werden.

Produktivität

Der Begriff Produktivität erstreckt sich nicht nur auf die Effizienz des Ressourceneinsatzes, im quantitativen Sinn, sondern auch auf die Entwicklung der richtigen Produkte und Dienstleistungen im qualitativen Sinn. Die Ausrichtung des Büros auf seine Kernfunktion, das Produzieren von Informationen und Wissen, muß gegenüber der bisherigen Betrachtung, in der das Büro primär durch das Bürogebäude repräsentiert wird, in den Vordergrund treten.

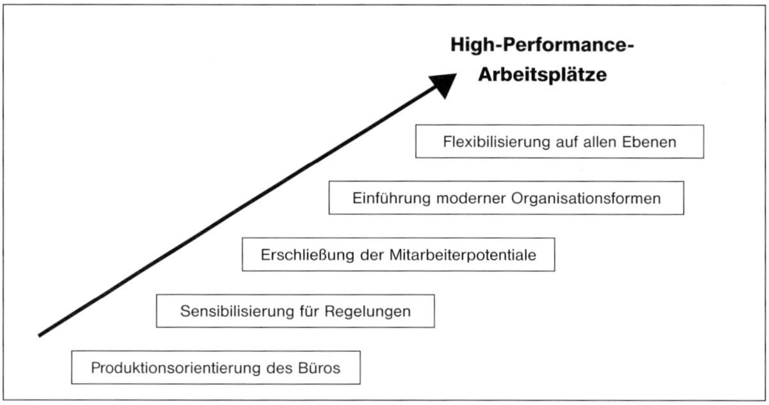

Abb. 112: Entwicklung von High-Performance-Arbeitsplätzen

High-Performance-Arbeitsplätze

Virtuelle Unternehmen

Die einzelnen Arbeitsplätze müssen sich zu High-Performance-Arbeitsplätzen entwickeln (Abb. 112). Dies bezieht sich nicht nur auf die räumlichen, organisatorischen und technischen Bedingungen am Arbeitsplatz, sondern auch auf die Mitarbeiter, deren Potentiale erschlossen werden müssen. Hierzu gehören moderne Organisationsformen bis hin zu virtuellen Unternehmen und eine Flexibilisierung auf allen Ebenen.

Es spielt für das Unternehmen nur noch eine untergeordnete Rolle, ob die Mitarbeiter ihre Arbeitsleistung in einem zentralen Bürogebäude oder zu Hause oder unterwegs oder woanders erbringen. Wichtig ist primär die erbrachte Wertschöpfung.

Es wird ein sensibles Gleichgewicht zwischen den einzelnen Kostenbereichen des Büros bestehen. Übertriebene Einsparungen im Bereich von Gebäude oder Ausstattung können z. B. zur Beeinträchtigung der Leistungsfähigkeit der Mitarbeiter führen und die Effektivität der erheblich höheren Personalausgaben schmälern. Aus diesem Grund ist immer nur eine Optimierung des Gesamtsystems sinnvoll.

Rendite und Nutzwert der Immobilie stehen im Zentrum

Das Bürogebäude als eine sehr große Einzelinvestition wird auf seine reale Rendite hinterfragt werden. Immobilien binden Kapital des Unternehmens, das für Investitionen in den produktiven Bereich fehlt. Immobilienbesitz kann für hochdynamische virtuelle Unternehmensstrukturen eine Belastung darstellen. Wegen der schnellen Veränderungsprozesse werden die Flächen nur über kürzere Zeiträume unverändert genutzt und die Standorte häufig gewechselt werden. Man wird nach Flächen suchen, deren Angebot mit Serviceleistungen kombiniert werden können. Die Verwaltung und die Bewirtschaftung der Flächen, egal ob diese sich im Eigentum des Unternehmens befinden oder gemietet sind, werden zusehends von Immobilienprofis übernommen werden, die die Nutzerbedürfnisse genau kennen. Auf diesem Weg entwickelt sich der Liegenschaftsverwalter zum Corporate-Real-Estate-Manager.

Der Nutzwert eines Büroprojektes wird im Mittelpunkt stehen. Hierfür kann eine entsprechende Miete oder ein Kaufpreis verlangt werden, der die Rendite der Investition sichert.

Intelligent Office als ganzheitlicher und offener Ansatz

Das Intelligent Office beschreibt die Anforderungen, die an ein zukunftsorientiertes Büroprojekt gestellt werden müssen. Sein ganzheitlicher und offener Ansatz bietet die Möglichkeit, die verschiedenen Anforderungen zu gewichten und ein Büroprojekt zielgerichtet zu entwickeln. Gleichzeitig stellt es ein Kontrollinstrument dar, mit dem die Effizienz von Maßnahmen und ihre Wechselwirkungen mit anderen Bereichen abgeschätzt werden können.

Emotionale Intelligenz

Die Veränderungen in der Organisationsform und in der Informations- und Kommunikationstechnologie werden zu den treibenden Faktoren gehören. Dazu gehören beispielsweise neue Eingabe- und Ausgabemöglichkeiten für Computer, die die operativen Prozesse weiter verbessern. Eine neue Anwendung besteht darin, mit Hilfe dieser Möglichkeiten die Qualitäten der Räume und Gebäude zu verbessern. Diese Technologien werden in aktuellen Forschungsprojekten (z. B. am MIT, Massachusetts, und an der Carnegie Mellon University, Boston) entwickelt (Smart Rooms). Man versucht, den emotionalen Zustand der Mitarbeiter zu messen und durch gezielte Veränderungen von Atmosphäre und Ambiente der Räume Leistungsvermögen und das Wohlbefinden positiv zu beeinflussen [Negroponte]. Bemühungen in diese Richtung verkörpern einen Trend, den Gebäuden eine »emotionale Intelligenz« zu verleihen. Immer modernere Technologien erlauben immer ausgefeiltere Intelligent-Office-Konzepte.

Ein gesundes Raumklima, unbedenkliche Baustoffe und eine möglichst gute Umweltverträglichkeit werden zu den Basisanforderungen für das Bürogebäude gehören. Die Sonne wird mit ihren Auswirkungen auf den Energieverbrauch und die Atmosphäre am Arbeitsplatz ein fester Planungsbestandteil sein.

Unterstützung des Gesamtsystems Nutzer – Gebäude durch das Intelligent Office

Das Intelligent Office nimmt diese Einflüsse auf. Mit seiner Hilfe kann entschieden werden, ob im Rahmen eines Büroprojektes die Planung oder der Umbau eines Gebäudes notwendig wird und wie die Anforderungen an das Gebäude aussehen. Es sichert die Rendite dieser Investitionen durch die Ermittlung des mittelfristigen Bedarfs. Mit seiner Hilfe werden die Nutzungsprozesse unterstützt, und die Leistungsfähigkeit des Gesamtsystems Nutzer – Gebäude wird entscheidend verbessert.

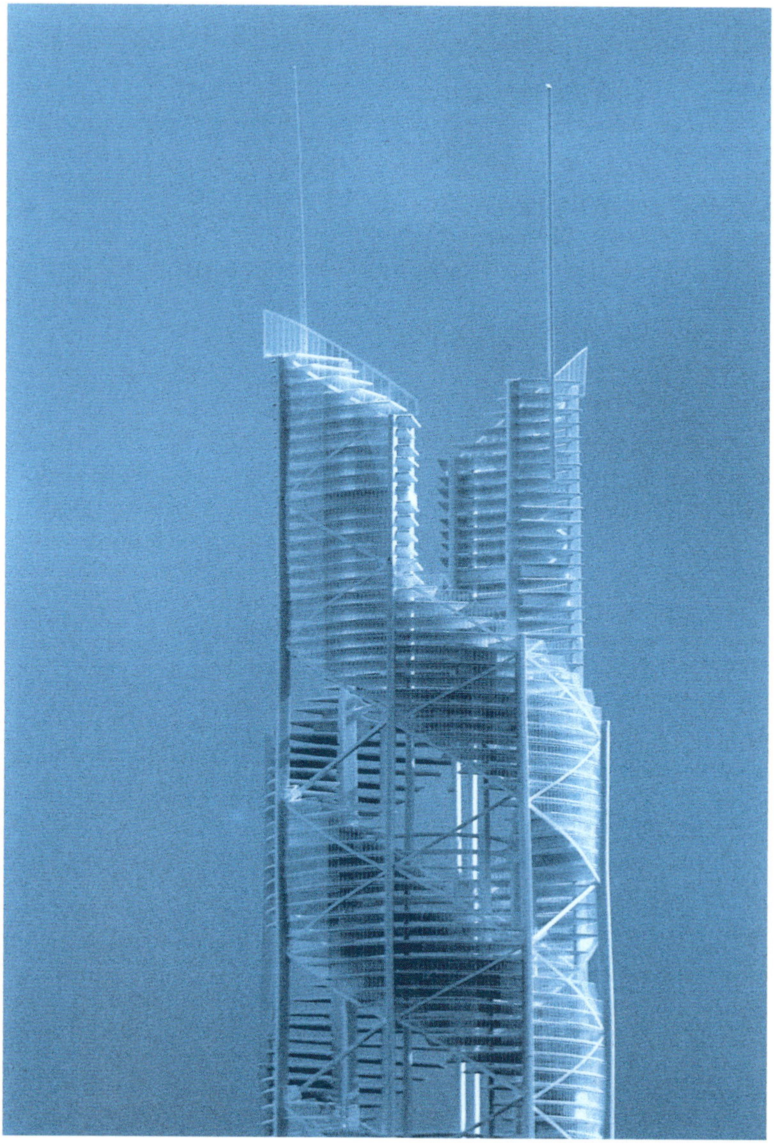

*Abb. 113:
Modell Hochhaus-
entwurf Sydney
(Entwurf Michael
Gentz)*

Teil IV

Anhang

Teil IV
Anhang

1 Methoden

Die Entwicklung eines Intelligent Office hängt in starkem Maße von der Methodenintegration ab. Sie wird von den unterschiedlichen Sichtweisen der Projektbeteiligten in den verschiedenen Planungsphasen geprägt. Nachfolgend ist ein Methodenspektrum für Gestaltungsprozesse beschrieben [Bullinger 1993].

	1	2	3	4	5	6	7	8	9	10
Benchmarking	■		■		■				■	■
Brainstorming	■	■	■	■		■	■		■	
Delphi-Methode	■	■	■	■	■	■			■	
Kosten-Nutzen-Analyse	■		■	■	■		■			■
Marktanalyse	■				■				■	■
Nutzerbefragung	■	■		■		■				■
Nutzwertanalyse		■	■		■	■			■	■
Pflichtenheft	■			■	■	■	■	■	■	■
Portfolioanalyse	■	■		■	■	■			■	
Raumbuch			■	■	■			■	■	■
Risikoanalyse	■	■	■	■					■	
Simulation		■		■			■	■	■	■
Standortanalyse	■	■			■	■			■	■
Szenariotechnik	■	■	■	■	■				■	
Trendextrapolation		■		■	■					■

1 Analyse
2 Prognose
3 Bewertung
4 Entscheidung
5 Planen
6 Konzipieren
7 Entwerfen
8 Ausarbeiten
9 Qualitativ
10 Quantitativ

Abb. 114: Methodenspektrum für Gestaltungsprozesse (nach Bullinger)

2 Checklisten

Die Checklisten sollen den Planungs- und Entscheidungsprozeß unterstützen. Sie sollen die Planenden für die Komplexität der Einflußfaktoren sensibilisieren und eine Hilfestellung bei der Gewichtung der einzelnen Faktoren geben.

Die Einteilung der Checklisten entspricht der Gliederung der Hauptkapitel. Sie nennen zu den einzelnen Themen Faktoren und schlagen mögliche Lösungen vor. Sie können nicht vollständig sein und sollten in Abhängigkeit vom konkreten Projekt sinnvoll ergänzt werden.

Bei ihrer Anwendung darf nicht nur der Zeithorizont bis zum Einzug erfaßt werden, sondern es muß auch der Zeitraum nach Beendigung des Büroprojektes erfaßt werden.

2.1 Zielausrichtung (zu Teil I)

Welche Position verkörpert der Initiator des Büroprojekts?

- Bauherr
- Nutzer
- Investor
- Planer
- Berater
- ...

Welches ist die Bestimmung des Projekts?

- Eigennutzung
- Vermietung – 1 Nutzer
- Vermietung – mehr als 1 Nutzer
- Verkauf
- ...

Was ist der Anlaß für das Büroprojekt?

- Nutzwert
  - Platznot/Platzüberschuß
  - Personalaufbau/-abbau
  - Kostenreduktion
  - Umorganisation
  - Veränderung in der Informations- und Kommunikationstechnik
  - Sicherheit
  - ...
- Ertragswert
  - Verbesserung der Rendite des Gebäudes
  - Senkung der Unterhaltskosten
  - Ausstattung des Gebäudes
  - Verkauf
  - ...
- Imagewert
  - Attraktivität für Mitarbeiter
  - Attraktivität für Kunden
  - Corporate Identity
  - ...

2.2 Nutzer (zu Teil II. 1)

Welche Funktion hat das Büro innerhalb des Unternehmens?

- Routinefunktionen
  - Verwaltung
  - Personalwesen
  - Kalkulation
  - Archivierung
  - ...
- Projektbezogene Funktionen
  - Marketing
  - Verkauf
  - Forschung
  - Entwicklung
  - ...

Welches sind die wertschöpfenden Prozesse?

Wie ist die Organisation des Unternehmens gekennzeichnet?

- Hierarchisch
- Prozeßorientiert
- Teamstrukturen
- Fraktal
- Virtuell
- Telearbeit
- ...

Welche Informations-, Kommunikations- bzw. Netzwerktechnologien werden eingesetzt?

- Schnurlose Telefone
- Dual-Mode-Telefone
- Elektronische Archivierung
- Video-Konferenzen
- Online-Services
- ISDN
- Twisted-Pair
- ATM
- ...

Welche Ein- und Ausgabegeräte werden benutzt?

- Monitore (Röhrenmonitore, Flachbildschirme)
- Tastaturen
- Diktiergeräte/Spracheingabe
- Kameras
- Life-Boards
- Projektionen
- Drucker
- Scanningsysteme
- ...

Welche Verkehrsmittel benutzen die Mitarbeiter bzw. Besucher des Gebäudes?

- PKW
- Öffentlicher Personennahverkehr
- Bahn
- Flugzeug
- Fahrrad

Welche Möbelsysteme werden eingesetzt?

- Einzelmöbel – multifunktional
- Einzelmöbel – monofunktional
- Verkettungsmöbel
- Flexible Möbelsysteme
- Fest montierte oder aufgestellte Trennwände
- Integrierte Trennwandfunktionen
- Transportable Caddys
- ...

Welche Arbeitsplatztypen mit welcher Ausstattung sind notwendig?

- Projektarbeitsplatz in Einzelarbeit als permanenter Arbeitsplatz
- Projektarbeitsplatz in Einzelarbeit als temporärer Arbeitsplatz
- Projektarbeitsplatz in Teamarbeit
- Sekretariat/Koordinationsarbeitsplatz
- Sachbearbeitung
- Arbeitsplätze mit Anspruch an Vertraulichkeit
- Arbeitsplatz mit Besprechungsmöglichkeit
- ...

Welche Büroformen mit welchen Arbeitsplatztypen sind notwendig?

- 1-Personen-Zellenbüro
- 2-Personen-Zellenbüro
- Mehrpersonen-Zellenbüro
- Gruppenbüro
- Großraumbüro
- Kombibüro
- Flexspace-Office
- ...

Welche Bürokonzepte sollen eingesetzt werden?

- Traditionelles Büro
- Nicht territoriales Büro
- Telearbeit
  - Teleheimarbeit
  - Nachbarschaftsbüro
  - Satellitenbüro
  - Mobile Office
- Fraktales Büro
- Conference-Office
- Residential Office
- ...

Welche Zusatzflächen werden unmittelbar innerhalb der eigenen Fläche des Nutzers benötigt, und wie ist die Zugangsberechtigung? Gibt es spezielle Anforderungen an die Lage dieser Räume?

- Bürotechnik
- Kommunikationsflächen (Besprechungszonen, Besprechungsräume, Meeting-Points, Konferenzräume, Seminarräume, Ausstellungsräume ...)
- Archivräume, Lager
- Bibliothek
- Restaurant, Café, Teeküche
- Betriebsarzt
- Server-Räume
- Toiletten
- Poststelle
- Anlieferung
- Ausstellung und Präsentation
- EDV-Raum
- Fitneßcenter, Pool
- Räume für Services (vgl. Kap. III. 2.4: Facility-Management)
- ...

Wodurch wird der Stauraum charakterisiert?

- Art des Mediums
- Menge, Gewicht, Volumen
- Sonderanforderungen an Umgebungsbedingungen
- Zugangsmöglichkeit
- Zugriffsart
- Zugriffshäufigkeit
- Zugangssicherheit

Wie lange wird ein Zustand konstant sein auf der Ebene des/der

- Arbeitsplatzes
- Flächenbedarfs
- Technikausstattung
- Büroeinrichtung
- Nutzers
- Nutzung
- ...

2.3 Gebäude (zu Teil II. 2)

Welche Nutzungen sollen darin stattfinden?

Bietet sich für die Eingangsebenen eine Sondernutzung (Shop, Café, Restaurant usw.) an?

Umgebung
- Verkehrsanbindung
- Städtebaulicher Kontext
- Nutzung im Gebäude
- Nutzung im Nachbargebäude
- Öffentliche Einrichtungen
- Aussicht
- Grünflächen

Orientierung
- Sonne
- Wind
- Lärm/Luftbelastung

Fläche
- Zuschnitt und Größe
- Anzahl der Stockwerke
- Lichte Höhe
- Ausstattung

Flächenökonomie
- Brutto-/Nettogeschoßfläche
- Stützenraster
- Ausbauraster
- Fassadenraster

Flexibilität
- Ausbau
- Umnutzung
- Aufteilung
- Gebäudetechnik
- Informations- und Kommunikationstechnologie

Erschließung
- Eingangssituation
- Empfang
- Aufzüge
- Treppen
- Flure

Gebäudehülle
- Sonnenschutz-/Blendschutz
- Wärmeschutz
- Ausblick
- Lüftung
- Belichtung
- Lärm
- Wartung
- ästhetische Qualität

Sicherheit
- Umgebung
- Eingänge
- Fluchtwege
- Sicherheitssysteme

Gebäudetechnik
- Heizung
- Lüftung
- Klima
- Strom, Gas, Wasser
- Sanitärausstattung
- Elektroinstallation
- Gebäudemanagement
- Informations- und Kommunikationstechnologie
- Transportsysteme
- ...

2.4 Facility-Management (zu Teil II. 3)

Gibt es eine einheitliche Basis für Datenerfassung und -verwaltung?

Ist der Informationsfluß für das Gesamtsystem Gebäude – Nutzer definiert?

Ist die permanente Aktualisierung des Datenbestandes gewährleistet?

Welche Leistungen sollten für das Gebäude erbracht werden?

- Nutzungsverträge
- Planung und Konstruktion
- Aufzüge, Rolltreppen
- Kunst am Bau
- Ver- und Entsorgung
- Gebäudemanagement
- Bepflanzung
- Wartung und Instandsetzung

Welche Leistungen sollen für den Nutzer erbracht werden?

- Raumplanung
  - Möbel
  - Kommunikationstechnologie
  - Büromaterialien
  - Wartung von Möbeln und Ausrüstung

- Sicherheit
  - Empfang
  - Elektronische Systeme
  - Wachdienste

- Reinigungsleistungen
  - Unterhaltsreinigung
  - Glasreinigung
  - Grundreinigung
  - Sonderreinigung
  - Winterdienst
  - Außenreinigung
  - Verbrauchsgüter

- Catering
  - Restaurant
  - Gästebewirtung
  - Teeküchen
  - Verkaufsautomaten
  - Lebensmittelladen

- Management
  - Zeiterfassung
  - Informationssammlung und -auswertung
  - Abschreibungen und Inventur
  - Versicherungen

- Serviceeinrichtungen
  - Büroservice
  - Büromaterialservice
  - Buchhaltung
  - Gehaltsabrechnung
  - Conferencing
  - Strukturierte Verkabelung (Plug & Work)
  - Internet-/Intranet-Service (inkl. Local Server)
  - Telekommunikations-Provider-Vertrag (Großkundenvorteile)
  - Concierge
  - Ausstellung
  - Layout- und Druckservice
  - Fitneßraum
  - Kinderbetreuung

- Einkaufsservice
- Car-Service
- Hausmeister
- Pforte
- Empfang
- Hotelling
- Kleiderreinigung
- Steuerberater
- Anwalt
- ...

2.5 Kosten (zu Teil II. 4)

Findet die Kostenabrechnung verbrauchsorientiert statt?

- Reinigung
- Strom
- Müll
- Gas
- Wasser/Abwasser

Welches sind die Kosten des Nutzers für seine wertschöpfenden Geschäftsprozesse?

Werden die tatsächlichen oder die fiktiven Flächenkosten des Nutzers in Ansatz gebracht?

Gibt es eine ganzheitliche Kostenbewertung für das Gesamtsystem Gebäude – Nutzer?

Ist das Büroprojekt unter steuerlichen Gesichtspunkten konzipiert?

Welche Erträge sind mit dem Gebäude in Abhängigkeit von den verschiedenen Nutzungen erzielbar?

Wie wird sich der Wert des Gebäudes entwickeln?

Literaturverzeichnis

Das Literaturverzeichnis enthält primäre Quellen, die im Text zitiert wurden, und sekundäre Quellen, die interessante Teilaspekte beschreiben.

Ackermann 1978
Ackermann und Partner: Kurt Ackermann – Bauten, Projekte. Karl Krämer Verlag, Stuttgart 1978.

Ackermann 1992
Ackermann, K.: Konstruktionsbüro in Gundelfingen. In: Detail 6/1992, S. 587–591.

Akzente
Akzente Studiengemeinschaft Murnau: Das Kombi-Büro – Büroraumkonzept mit Zukunft. Akzente Studiengemeinschaft, Murnau 1990.

Andrä 1994.1
Andrä, H.-P./Schneider, R.: Recycling am Bau – Ressourcenminimierung bei Abbruch und Umnutzung. In: db 11/1994, S. 144–151.

Andrä 1994.2
Andrä, H.-P./Schneider, R./Wickbold, T.: Baustoff-Recycling. Arten, Mengen und Qualitäten der im Hochbau eingesetzten Baustoffe. Lösungsansätze für einen Materialkreislauf. Ecomed-Verlag, Landsberg 1994.

Appleyard
Appleyard, B.: Richard Rogers – A biography. Faber and Faber, London 1986.

Bailey
Bailey, S.: Offices. Butterworth Architecture, London 1990.

Bauer 1993
Bauer, W./Maile, M.: Fallstudie Teleheimarbeit; Empirische Untersuchung der Bedingungen und Auswirkungen der Teleheimarbeit. Fraunhofer-Institut für Arbeitswirtschaft und Organisation IAO, Stuttgart 1993.

Bauer 1996
Bauer, W./Schneider, R.: Integriertes Facility Management. In: Office Design 2/1996, S. 10–15.

Bédarida
Bédarida, M./Milatovic, M.: Bürogebäude. Karl Krämer Verlag, Stuttgart 1990.

Benesch
Benesch, H: DTV-Atlas zur Psychologie, Band 1. Deutscher Taschenbuch Verlag, München 1985.

Berndt
Berndt, U./Gröber, J. H./Satow, M.: CAD-Systeme im Vergleich. EDV-Arbeitskreis der Architektenkammer Baden-Württemberg, Stuttgart 1994.

v. Braun
v. Braun, C.-F.: Innovationskriege. Hauser, München 1994.

Buchanan
Buchanan, P.: Fostering a news image. In: The Architectural Review, 1129, 1991 S. 40–45.

Bullinger 1993
Bullinger, H.-J.: Arbeitswissenschaft I. Manuskript zur Vorlesung, WS 1993/1994. Institut für Arbeitswissenschaft und Technologiemanagement, Universität Stuttgart 1993.

Bullinger 1994
Bullinger, H.-J./Bauer, W.: Strategische Bedeutung der Virtual Reality (1). In: Office Management 3/1994, S. 14–18.

Bullinger 1996
Bullinger, H.-J.: Entwicklungen in der Arbeitsorganisation und Kommunikationstechnik zukünftiger Bürogebäude. In: Gebäude von morgen. Forschungsbericht der Philipp Holzmann AG, Frankfurt am Main 1996.

Bullinger 1997
Bullinger, H.-J.: Effiziente Büroprozesse als Schlüssel zum Unternehmenserfolg. In: Fraunhofer-Institut für Arbeitswirtschaft und Organisation IAO (Hrsg.): OFFICE-Forum 1997: Office 21, Zentrum für Innovation und Produktivität. Tagungsband. Stuttgart 1997.

Chang
Chang, C.-F.: The Land of the low MQ. In: Sinorama 5/1997, S. 6–9.

Chaslin
Chaslin, F./Hervet, F./Lavalou, A.: Norman Foster – Beispielhafte Bauten eines spätmodernen Architekten. Deutsche Verlagsanstalt, Stuttgart 1987.

Condit
Condit, C. W.: The Chicago School of Architecture: A History of Commercial and Public Building in the Chicago Area; 1875–1925. Chicago 1964.

Congena
Congena: Zukunftsstrategie Kombi-Büro – Chancen für Architektur und Organisation. Callwey, München 1994.

Danner
Danner, D.: Kalkulierter Auftritt – Architektur als Marketingfaktor (II). In: AIT 3, 1991, S. 100–101.

Davies 1988
Davies, C.: High-Tech-Architektur. Verlag Hatje, Stuttgart 1988.

Davies 1991
Davies, M.: Towards the cybernetic Building. In: 2. Symposium Intelligent Building: Tagungsband. Universität Karlsruhe, Fakultät für Architektur, Karlsruhe 1991.

Davies 1992
Davies, C./Lambot, I.: Century Tower – Foster Associates builds in Japan. Ernst & Sohn, Berlin 1992.

DEGW
DEGW Ltd/Teknibank Spa: The intelligent Building in Europe. DEGW London, Teknibank Milan, 1992.

DIFA
N. N. In: Raum & mehr, Informationsbroschüre des DIFA, Hamburg 1996.

Di Martino
Di Martino, V./Wirth, L.: Telework – A new way of working and living. In: International Labour Review 5/1990.

Duffy 1992
Duffy, F.: The Changing workplace. Phaidon Press Ltd., London 1992.

Duffy 1993
Duffy, F./Laing, A./Crisp, A.: The Responsible Workplace – The redesign of work and offices. Butterworth-Heinemann Ltd., Oxford 1993.

Eisler
Eisler, R.: Wörterbuch der philosophischen Begriffe, Band 1, Mittler & Sohn, 4. Aufl., Berlin 1927.

Fehlbaum
Fehlbaum, R.: Bauen muß Chefsache sein. In: TopBusiness 5/1993.

Fischer
Fischer, U./Späker, G./Weißbach, H.: Neue Entwicklungen bei der sozialen Gestaltung von Telearbeit. Iuk Institut für Sozialwissenschaftliche Technikforschung, Düsseldorf 1993.

Forstbauer
Forstbauer, N. B.: Architektur – eine materielle Nostalgie – Codewort Telepolis: Zur Theorie der interaktiven Stadt. In. Stuttgarter Nachrichten, 19.08.1995, S. 19.

Foster
Foster, N.: Towards the modern Vernacular. In: Detail 6/1993, S. 664–670.

Frei
Frei, H.: Louis Henry Sullivan. Artemis Verlags-AG, Zürich 1992.

Freimann
Freimann, Z.: The Price of Hubris. In: Progressive Architecture 8/1994.

Friedemann
Friedemann, J.: Bürotürme werden in Appartements verwandelt. In: FAZ, 19.12.1996.

Fuchs
Fuchs, W.: Bürohausplanung – ein Jahrzehnt nach Tschernobyl. In: Office Design 1/1994.

Gauchel
Gauchel, J.: Intelligent Building – Annäherung an einen aktuellen Begriff. In: Symposium Intelligent Building: Tagungsband. Universität Karlsruhe, Fakultät für Architektur, Karlsruhe 1989.

Gaudl
Gaudl, P.: »Total Facility Management« am Beispiel der IBM. In. Euroforum Düsseldorf (Hrsg.): Die Zukunft der Büroimmobilie. Tagungsband. Düsseldorf 1997.

Geberzahn
Geberzahn, W.: Das neue Büro – Eine kritische Betrachtung zum Stand der Bürohaus- und Arbeitsplatzarchitektur. In: AIT 3/1991, S. 50–56.

Goleman
Goleman, D.: Emotional Intelligence, why it can matter more than IQ. Bloomsbury, London 1996.

Gottschalk 1993
Gottschalk, O./Segelken, S.: Arbeit im Büro – Eine Analyse der Tätigkeitstypen und deren Bedeutung für die Büroraumplanung. In: Office Design 1/1993, S. 16–19.

Gottschalk 1994
Gottschalk, O.: Verwaltungsbauten: flexibel – kommunikativ – nutzerorientiert. Bauverlag, 4. Aufl., Wiesbaden/Berlin 1994.

Grühsem
Grühsem, S.: VW-Einkaufschef López möbelt Flötotto auf. In: Handelsblatt, 08.08.1994, S. 9.

Hahn
Hahn, H.: Das moderne Bürogebäude – eine komplexe Planungsaufgabe. Expert, Ehningen 1991.

Hartkopf
Hartkopf, V. (Hrsg.): Designing the office of the future – The japanese approch to tomorrow's workplace. John Wiley & Sons, New York 1993.

Haselau
Haselau, C.: Bauherr – Architekt – Systemtechniker: Drei Perspektiven zum intelligenten Bürogebäude. In: Tagungsband. Symposium Intelligent Building: Universität Karlsruhe, Fakultät für Architektur, Karlsruhe 1989.

Herzog
Herzog, T.: Ausstellungs- und Kongreßgebäude in Linz. In: Detail 6/1993, S. 690–691.

Herzog
Herzog, T.: Energien gestalten. In. ARCH+ 4/1995, S. 34–42.

Ho
Ho, T.: Foster-Tower: Hongkong Bank. Process Architecture no. 70, Tokio 1986.

Jicha
Jicha, W.: Lokale Netzwerke für Kommunikation; Energie und Gebäudemanagement in modernen Bürogebäuden. In: Symposium Intelligent Building: Tagungsband. Universität Karlsruhe, Fakultät für Architektur, Karlsruhe 1989.

Joedicke
Joedicke, J.: Bürobauten, Hatje, Stuttgart 1959.

Kähler
Kähler, G. (Hrsg.): Architekten Schweger + Partner – Bauten und Projekte. Hatje, Stuttgart 1991.

Kaiser
Kaiser, N.: Intelligente Gebäudehülle – Neuentwicklungen und Demonstrationsvorhaben. In: Symposium Intelligent Building: Tagungsband. Universität Karlsruhe, Fakultät für Architektur, Karlsruhe 1989.

Kammerer 1985
Kammerer + Belz, Kucher und Partner (Hrsg.): Kammerer + Belz. Hoffmann, Stuttgart 1985.

Kammerer 1991
Kammerer + Belz, Kucher und Partner: Schulungs- und Rechenzentrum der Deutschen Lufthansa AG in Kelsterbach. In: Detail 05/1991, S. 493–499.

Kelter
Kelter, J.: Büroplanung im Wandel – Ergebnisse einer repräsentativen Untersuchung. In: Office Design 1/1991.

Kern 1991
Kern, P./Lorenz, D.: Planung und Realisierung von Bürogebäuden. In: io Management Zeitschrift, 9/1991.

Kern 1992
Kern, P./Ruf, F.: Ergonomie im Büro – Zahlenkataloge einer Geheimwissenschaft oder aktive Gesundheitsvorsorge. In: Lebensraum Büro – Ideen für eine neue Bürowelt. Oktagon, München 1992.

Kern 1994
Kern, P./Bauer, W./Rebmann, E.: Das Fraktale Büro – Business Re-Engineering und Customer Focus konsequent umgesetzt im Büro. In: Mensch & Büro 3/1994, S. 98–110.

Kern 1995
Kern, P./Bauer, W./Schneider, R.: So ist das Büro zeitgemäß! Auswertung der Umfrage. Verlag Mensch&Büro, Baden-Baden 1995.

Khiabani
Khiabani, F.: Gebäudeeigenes Infrastruktur-Managementsystem. In: 2. Symposium Intelligent Building: Tagungsband. Universität Karlsruhe, Fakultät für Architektur, Karlsruhe 1991.

Kiessler
Kiessler, U.: Integriertes Bauen. In: 2. Symposium Intelligent Building: Tagungsband. Universität Karlsruhe, Fakultät für Architektur, Karlsruhe 1991.

Kraemer 1983
Kraemer, F. W./Sieverts, E.: Kraemer, Sieverts & Partner – Bauten und Projekte. Krämer, Stuttgart 1983.

Kraemer 1987
Krämer, K. H. (Hrsg.): Verwaltungsbauten – Neubau; Umbau und Erweiterungen. In: architektur und wettbewerb 129/1987.

Krinsky
Krinsky, C. H.: Gordon Bunshaft of Skidmore, Owings & Merrill, MIT Press, Cambridge 1983.

Lambot 1989.1
Lambot, I. (Hrsg.): Norman Foster – Buildings and Projects of Foster Associates – Volume 2 – 1971–1978. Ernst & Sohn, Berlin 1989.

Lambot 1989.2
Lambot, I. (Hrsg.): Norman Foster – Buildings and Projects of Foster Associates – Volume 3 – 1978–1985, Ernst & Sohn, Berlin 1989.

Mcguire,
Mcguire, P.: Power structure. In: Architectural Review 6/1995, S. 90–94.

Mellin
Mellin, G. S. A.: Enzyklopädisches Wörterbuch der kritischen Philosophie, Band 3. Scientia, Aalen 1971.

Metzen
Metzen, H.: Der Weg zum Lean Office – Re-Engineering, Re-Ökonomisierung und Re-Integration des Bürobereichs in die Wertschöpfungskette. In: zfo 63, 1994, S. 86–92.

Mill
Mill, P./Drake, P./Demeter, M.: Tightfit to Misfit in Building Tuning: A Decade of Collective Incompetence. In: 2. Symposium Intelligent Building: Tagungsband. Universität Karlsruhe, Fakultät für Architektur, Karlsruhe 1991.

Negroponte
Negroponte, N.: Total digital – Die Welt zwischen 0 und 1 oder die Zukunft der Kommunikation. Bertelsmann, München 1995.

Neufert
Neufert, E.: Bauentwurfslehre, Vieweg, 33. Aufl., Braunschweig 1992.

Neumann
Neumann, G.: Facility Management, aktiver Umgang mit Sachanlagen. In: v. Lüthje, B. (Hrsg.): Facility Management, Optimierung der internen Betriebswirtschaft. Bonn 1994.

N. N. 1997.1
N. N.: Wohnen und Arbeiten unter einem Dach. In: Gebäudemanagement 3/1997, S. 18.

N. N. 1997.2
N. N.: Nützliche Details. In: Wirtschaftswoche 20/1997, S. 160.

Papadakis
Papadakis, A. (Hrsg.): Architectural Monographs – Richard Rogers + Architects. Academy Editions, London 1985.

Pawley
Pawley, M.: Frank Lloyd Wright – Public Buildings. Thames and Hudson, London 1970.

Peters 1973
Peters, P. (Hrsg.): Entwurf und Planung – Verwaltungsbauten. Callwey, München 1973.

Peters 1988.1
Peters, P.: Qualität statt Identity. In: Baumeister 12/1988, S. 11–12.

Peters 1988.2
Peters, P.: IBM als Bauherr. In: Baumeister 12/1988, S. 13–15.

Peters 1990
Peters, G.: Ablauforganisation im Büro. In: Zeitschrift Führung + Organisation 2/1990, 105–110.

Powell
Powell, K.: Architecture in Detail – Lloyd's Building – Richard Rogers Partnership. Phaidon, London 1994.

Preiss
Preiss, W.: Duschen in der Zelle – Fertigräume verkürzen die Bauzeit bei Sanierungen. In: VDI-Nachrichten, 15.09.1995, S. 28.

Rantama
Rantama, M.: Ekono OTV IV – Office Building of the Future in Espoo, Finnland. In: 2. Symposium Intelligent Building: Tagungsband. Universität Karlsruhe, Fakultär für Architektur, Karlsruhe 1991.

Rappoport
Rappoport, J. E./Cushman, R./Daroff, K.: Office Planning and Design – Desk Reference. John Wiley & Sons, New York 1992.

Regenthal
Regenthal, G.: Corporate Identity – Managementstrategien für Unternehmen – Identität und Image als Erfolgsfaktoren. In: Sondernummer DBZ 10/1994, S. 78–85.

Riedel
Riedel, O./Schneider, R.: Neue Werkzeuge für die Virtuelle Realität. Architektenkammer Hessen (Hrsg.): Tagungsband zum Kongreß auf der ACS '94, Wiesbaden 1994, S. 37–42.

Ritter
Ritter, J./Gründer, K.: Historisches Wörterbuch der Philosophie, Band 4. Schwabe, Basel/Stuttgart 1976.

Rose
Rose, B.: Facility-Management: Eine Frage der System-Intelligenz. In: VDI-Nachrichten, Nr. 4, 28.04.1994, S. 4.

Roth
Roth, L. (Hrsg.): Handlexikon der Erziehungswissenschaften. Ehrenwirth, München 1976.

Schempp
Schempp, D. (Hrsg.): Symposium: Solararchitektur – Europäischer Vergleich – Technischer Stand – Städtebau. LOG ID, Tübingen 1992.

Scherer
Scherer, R. J./Sparacello, H.-M.: COMBI, Computer-Integrated Object Oriented Product Model for the Building Industry. Final Report des ESPRIT-Projektes Nr. 6609, März 1996.

Schirmer
Schirmer, W. (Hrsg.): Egon Eiermann 1904–1970 – Bauten und Projekte. Deutsche Verlags-Anstalt, 2. Aufl., Stuttgart 1988.

Schlote
Schlote, A.: Ökologische Anforderungen an ein Bürogebäude. In: Office Design 1/1994.

Schulitz 1986
Schulitz, H. (Hrsg.): Constructa-Preis '86 – Industriearchitektur in Europa. Quadrato Verlag, Braunschweig 1986.

Schulitz 1990
Schulitz, H. (Hrsg.): Constructa-Preis '90 – Industriearchitektur in Europa. Vincentz Verlag, Hannover 1990.

Schuricht
Schuricht, U.: Checkpoint Charlie als Beispiel für ein Büro der Zukunft. In: Euroforum Düsseldorf (Hrsg.): Die Zukunft der Büroimmobilie. Tagungsband. Düsseldorf 1997.

v. Seidlein
v. Seidlein, P. C./Richards, C./Sobek, W./Ricknagel, W./Küfner: Atria instead of airconditioning. In: 3rd European Conference on Architecture: Tagungsband. Florenz 1993.

Sieverts
Sieverts, E./Jäger, D./Esdorn, H.: Büro 2000 – Anforderungen an Bürobauten der obersten Bundesbehörden. Bundesministerium für Raumordnung, Bauwesen und Städtebau, Bonn 1992.

Society
Society of Architectural Historians (Hrsg.): Oriel Chambers – Liverpool. In: Architectural History 1/1958.

Sommer
Sommer, H.: Vor- und Nachteile verschiedener Büroformen. In: Congena (Hrsg.): Kombi-Büro. Verlag Office FBO Media, Baden-Baden 1990.

Spieker
Spieker, H.: Qualität im Detail – Bauten von Egon Eiermann, 1977.

Steinle
Steinle, C.: Das Büro als Lean Office – Komplexes Management für eine schlanke Büroproduktionswelt. In: zfo 63, 1994, S. 78–85.

Stone
Stone, P./Luchetti, R.: Das Büro der Zukunft – Vernünftig eingesetzt kann der Computer zwischenmenschliche Kontakte fördern, anstatt sie zu unterbinden. In: Harvardmanager 4/1985, S. 75–86.

Struhk
Struhk, H.: Edding – Deutschlands erstes Kombi-Büro. In: Congena (Hrsg.): Kombi-Büro. Verlag Office FBO Media, Baden-Baden 1990.

Sudjic 1986
Sudjic, D.: Norman Foster, Richard Rogers, James Stirling – New directions in British architecture. Thames and Hudson, London 1986.

Sudjic 1994
Sudjic, D.: Richard Rogers – Bauten und Projekte. Ernst & Sohn, Berlin 1994.

Sullivan
Sullivan, L. H.: The Tall Office Building Artistically Considered. Kindergarten Chats and Other Writings. Isabella Athey, New York 1947.

Suzman
Suzman, M.: Centre of Savings. In: Financial Times, 07.05.1997.

Theilig
Theilig, A.: Über die neue Anlage der Leybold AG in Alzenau. In: Baumeister 4/1988 S. 4–33.

Votteler
Votteler, A.: Lebensraum Büro – Ideen für eine neue Bürowelt. Oktagon, München 1992.

Wallerang
Wallerang, E.: Bedrohliche zweite Miete. In: VDI-Nachrichten, 10.06.1994, S. 2.

Warneke
Warneke, H.-J.: Revolution der Unternehmenskultur – Das Fraktale Unternehmen. Springer-Verlag, Berlin 1993.

Wiggington
Wiggington, M.: Response and responsibility – How clever can a building be today, asks Michael Wiggington. In: Architecture Today 6/1990.

Welsch
Welsch, J.: Telearbeiten – dort arbeiten, wo man leben möchte? In: Der Personalrat 12/1991.

Wendehorst
Wendehorst, R./Muth, H.: Bautechnische Zahlentafeln. Teubner Verlag, 21. Aufl., Stuttgart 1983.

Worthington
Worthington, J.: Intelligent Workplaces – Key to Business Success. In: 2. Symposium Intelligent Building: Tagungsband. Universität Karlsruhe, Fakultät für Architektur, Karlsruhe 1991.

Yoshida 1986
Yoshida, Y. (Hrsg.): a+u extra issue Lloyd's Building. a+u Publishing Co., Tokio 1986.

Yoshida 1988.1
Yoshida, Y. (Hrsg.): a+u extra issue Norman Foster, 1964–1987. a+u Publishing Co., Tokio 1988.

Yoshida 1988.2
Yoshida, Y. (Hrsg.): a+u extra issue Richard Rogers 1978–1988. a+u Publishing Co., Tokio 1988.

Zevi
Zevi, B.: Frank Lloyd Wright. Artemis, Zürich 1981.

Zimmermann
Zimmermann, K.: Florenz, ein europäisches Zentrum der Kunstgeschichte, Denkmäler, Sammlungen. DuMont, 3. Aufl., Köln 1985.

Zorn
Zorn, W.: Telearbeit – mehr Produktivität pro qm Bürofläche – Telearbeit und Desk-Sharing reduzieren den Flächenbedarf. In: Fraunhofer-Institut für Arbeitswissenschaft und Organisation IAO (Hrsg.): OFFICE-Forum 1997: Office 21, Zentrum für Innovation und Produktivität. Tagungsband. Stuttgart 1997.

Zukowsky 1988
Zukowsky, J. (Hrsg.): Chicago Architektur 1872–1922 – Die Entstehung der kosmopolitischen Architektur des 20. Jahrhunderts. Prestel-Verlag, München 1988.

Zukowsky 1993
Zukowsky, J. (Hrsg.): Chicago Architecture and Design – 1923–1993 – Reconfiguration of an American Metropolis. Prestel-Verlag, München 1993.

Bildquellennachweis

Abb. 21 Teamarbeit, Quelle: Bruce Ayres, Tony Stone Bilderwelten, München

Abb. 30 Stehpult aus der Serie isi4, Quelle: Wini, Coppenbrügge

Abb. 52 Innenraum DEC, Espoo, 1986, Quelle: Digital Equipment Corporation International (Europe), Genf

Abb. 53 Ansicht Century Tower, Tokio, Quelle: Ian Lambot Studio, London

Abb. 72 Ansicht Hauptverwaltung RWE, Essen, Quelle: Josef Gartner & Co., Gundelfingen

Abb. 73 Fassadenausschnitt RWE, Essen, Quelle: Josef Gartner & Co., Gundelfingen

Abb. 78 Fassadenansicht Konstruktionsbüro Gartner, Gundelfingen, Quelle: Josef Gartner & Co., Gundelfingen

Abb. 80 Ansicht Bank Austria Wien, Quelle: Siemens Geschäftsbereich Beleuchtungstechnik, Traunreut

Abb. 81 Detail Prismenplatten Bank Austria Wien, Quelle: Siemens Geschäftsbereich Beleuchtungstechnik, Traunreut

Abb. 104 Anliefern, Versetzen und Einbau von Modulen bei der Hongkong Shanghai Bank, Quelle: Ian Lambot Studio, London

Abb. 106 Befahranlage Cannon Street Project, London, Quelle: Claus Fischer, Lauffen a. N.

Die Rechte aller übrigen Bilder liegen bei den Autoren.

Stichwortverzeichnis

N

O

P

R

S

T

U

V